dtv

Als Streifenpolizist Jared Snowe aus Michigan bei einem Einsatz merkt, dass er plötzlich Gedanken lesen kann, fürchtet er zunächst, verrückt geworden zu sein. Beruflich bringt es ihm zumindest Vorteile: Schnell löst er einen Fall nach dem anderen und wird zum Supercop. Ist darum FBI-Agentin Terry Dyer auf ihn aufmerksam geworden? Snowe soll für sie einen aus der Todeszelle entflohenen Polizistenmörder aufspüren. Er findet Brooks Denny mühelos. Doch als er ihn festnehmen will, macht er eine überraschende Entdeckung: Denny hat dieselbe Gabe wie er …
»Levison hat ein gutes Gespür für schwarzen Humor und Spannungsaufbau.« (Peter Körte in der ›Frankfurter Allgemeinen Zeitung‹)

Iain Levison, 1963 in Aberdeen/Schottland geboren, lebt seit 1974 in den USA, wo er nach seinem Studienabschluss in Anglistik u. a. als Lastwagenfahrer, Maler und Krabbenfischer in Alaska gearbeitet hat. Seine inzwischen sieben Romane wurden in mehrere Sprachen übersetzt und zwei davon bereits fürs Kino verfilmt.

Iain Levison

Gedankenjäger

Roman

Deutsch von
Walter Goidinger

dtv

Ausführliche Informationen über
unsere Autoren und Bücher
www.dtv.de

MIX
Papier aus verantwortungsvollen Quellen
FSC® C019821
FSC
www.fsc.org

Ungekürzte Ausgabe 2019
dtv Verlagsgesellschaft mbH & Co. KG, München
Lizenzausgabe mit Genehmigung des Paul Zsolnay Verlags Wien

Titel der amerikanischen Originalausgabe:
›Mindreader‹

Umschlaggestaltung: ZERO Werbeagentur GmbH
Satz: C.H.Beck.Media.Solutions unter Verwendung einer Vorlage
von Eva Kaltenbrunner-Dorfinger, Wien
Druck und Bindung: Druckerei C.H.Beck, Nördlingen
Gedruckt auf säurefreiem, chlorfrei gebleichtem Papier
Printed in Germany · ISBN 978-3-423-21742-2

Gedankenjäger

Kapitel eins

Wenn er einen ganz bestimmten Augenblick angeben müsste, als es anfing, dann wäre das jener Moment, in dem er dem Junkie vor der Da-Vinci-Apotheke einen Hieb versetzt hatte. Schon die ganze Woche vor dem Faustschlag hatte Snowe eine gewisse ... na ja: Sensibilität ... an sich bemerkt. So als ob er die Gefühle anderer Menschen spüren könnte. Am Mittwoch, nach der Arbeit, wusste er, dass die Frau, die im Studio auf dem Laufband neben ihm trainierte, verärgert war, und er hatte ein unbestimmtes Gefühl, dass ihr Boyfriend daran schuld war. Damals erschien ihm das als ein beliebiger Einfall. Als er am nächsten Morgen auf dem Weg zur Arbeit in der Cafeteria vorbeischaute, spürte er, dass das Mädchen hinter der Theke erschöpft, verkatert und deprimiert war. Er stellte sich vor, dass sie in Gedanken soeben den lieben Gott angefleht hatte, diese Schicht doch ganz schnell enden zu lassen. Es war allerdings nicht schwer, sich das vorzustellen. Selbst an ihren besten Tagen war diese Frau nicht gerade ein Kind des Frohsinns, und jeder halbwegs empathiebegabte Mensch hätte bemerkt, dass sie von irgendwas geplagt wurde. Und der Typ an der Tankstelle hatte offenbar Stress beim Warten auf seinen Hasch-Dealer, weil der sich verspätete, aber auch hier genügte ein Blick, und jeder hätte sofort die offensichtliche Anspannung in seinem Gesicht gesehen.

Doch als er dem Junkie eine reinhaute, wusste er, dass irgendwas anders war. Er spürte die Angst und den Schmerz des Junkies, und als der Junge versuchte, sich seinem Griff zu entwinden, war ihm bewusst, dass dieser viele Male zuvor geschlagen worden war, von seinem Vater, und der Junkie erlebte einen dieser vergangenen Augenblicke aufs Neue, ohne an das zu denken, was gerade geschah. Snowe war so schockiert von dieser Erkenntnis, dass er den Junkie losließ, doch der versuchte gar nicht abzuhauen, sondern ließ sich am Geländer vor der Da-Vinci-Apotheke herabsinken und streckte kleinlaut seine Hände aus, damit Snowe ihm Handschellen anlegte. Handschellen waren nichts Neues für ihn.

»Sorry«, sagte Snowe, noch immer verwirrt über das, was er sah und spürte. Er hatte sich niemals zuvor bei einem Täter entschuldigt, und schon gar nicht bei einem, der ihn angegriffen und dann versucht hatte, ihm zu entwischen. Bei einem, der versucht hatte, ihn niederzuschlagen. Der Junkie war von der Apotheke gerade durch das Seitenfenster in einen Flur herausgeklettert, die Taschen prall gefüllt mit Pillenfläschchen – eine menschgewordene Rassel. *Wisch wisch wisch*, schlurfte er den Gang entlang, doch als er Snowe erblickte, stieß er in Panik einen Schrei aus, und sein *Wisch-wisch-wisch*-Rhythmus beschleunigte sich. Es blieb ihm nichts anderes übrig, als direkt auf Snowe zuzurennen, was er dann auch tat, kreischend und darum bemüht, größer und furchterregender zu erscheinen, als er war. Allerdings hatte der Bursche nach einer langen Karriere als Drogenkonsument kaum noch Fleisch an den Knochen, während Snowe im Studio trainierte und gut genährt war – viel zu kämpfen war da nicht. Snowe hatte seine Hände hochgerissen, eigentlich gar nicht in Schlagabsicht, eher als Zeichen für »Sofort stehen bleiben!« – ja, und so hatte das wohl alles angefangen.

»Aufstehen«, sagte Snowe, und von dem Kid kam bloß ein *Oh God, Oh God, ich wusste, dass das keine gute Idee war.* Doch Snowe bemerkte, dass der Junge gar nichts sagte, sondern einfach nur mit ausgestreckten Händen dalag. Sein Mund bewegte sich nicht, trotzdem hörte Snowe ihn reden. *Ich hab Tony noch gesagt, dass die bei Da Vinci's eine stille Alarmanlage haben! Ich hab's ihm gesagt.* Der Junge schwafelte nur so vor sich hin, eine Litanei aus Angst und Reue, und Snowe schaute ihn an, wie er da am Boden lag, und versuchte herauszufinden, warum er Dinge hören konnte, ohne dass irgendjemand was sagte. Da ging's nicht um Empathie. Das widersprach dem gesunden Menschenverstand. Das war neu und abwegig und komplett anders.

Der routinemäßige Ablauf wäre jetzt gewesen, dem Kid am Boden die Handschellen anzulegen, Hände auf dem Rücken, weil du ja nie weißt, was solchen Typen so alles einfällt. Sie könnten versuchen, sich deine Waffe zu krallen, oder sie könnten eine eigene Waffe dabeihaben. Doch Snowe war völlig unbesorgt. Er *wusste*, dass der Junge keine Waffe hatte, er *wusste*, dass er keine Schwierigkeiten machen würde. Das Bürschchen hatte aufgegeben. Er dachte darüber nach, wie er im Knast ohne Dope auskommen würde müssen. Er erinnerte sich, wie er im letzten Jahr im Gefängnis auf den Stoff verzichten musste, und wie verdammt hart das gewesen war. Alle zwanzig Minuten ins Knastklo scheißen oder kotzen, und dies vor den Augen dreier anderer Typen, die auch noch stinksauer waren, weil sie nicht schlafen konnten. Der Junkie hasste sich selbst, weil er sich erneut in diese Situation gebracht hatte, und er dachte keinen Augenblick daran, dem Bullen, der ihn gerade ins Gesicht geschlagen hatte, irgendwelche Probleme zu bereiten.

»Steh auf«, sagte Snowe noch einmal. Der Junkie blickte ihn an und überlegte, ob es da noch irgendwo einen Ausweg für ihn gab. Es war nur ein einziger Cop zur Stelle. Andere würden nachkommen, das wusste er, es hatte einen Alarm gegeben, und dieser da war als Erster erschienen. Er musste irgendwas tun, irgendwas sagen, bevor die anderen Bullen auftauchten. Irgendwie musste er diesen Cop dazu bringen, ihn laufenzulassen.

»Ich lass dich sicher nicht laufen«, sagte Snowe. »Du bist in ein Geschäft eingebrochen und hast Waren gestohlen.«

Der Junkie blickte ihn überrascht an. *Dieser Cop ist clever. Der errät meine Gedanken. Scheint auch recht nett zu sein. Hat sich für seinen Faustschlag entschuldigt. Ich kann mich da herauswinden. Vergiss Tony. Die alte Lady in der Jefferson Avenue. Erzähl ihm davon, mach einen Deal mit ihm.*

»Du ... stehst ... jetzt auf«, sagte Snowe mit fester Stimme. Sobald du versuchst, nett zu sein, nutzen sie das sofort aus, da machte er sich nichts vor. In seinen ersten Wochen auf Streife war er freundlich gewesen. Nett zu den Huren, nett zu den Junkies, nett zu den schwarzen Kids, die neben den Basketballplätzen ihren Stoff verkauften. Er hütete sich, sie wie die anderen Cops grob anzufassen, herumzustoßen und ihre Köpfe zusammenzuschlagen, wenn er sie auf den Rücksitz seines Streifenwagens setzte. Er wollte anders sein. Eine Hure hatte nur darauf gewartet, bis er sich umdrehte, und versuchte, ihn in die Hoden zu treten. Ein Junkie hatte gewartet, bis er nicht aufpasste, und versuchte, ihn mit einer Nadel zu stechen. »Nett« war offenbar eine Sprache, an die sie nicht gewöhnt waren. Sein Verhalten verwirrte sie.

Der Junkie stand auf, Snowe führte ihn zu seinem Streifenwagen, spreizte mit seinem Bein die Beine des Burschen, und er hörte, wie dieser über Fluchtmöglichkeiten nachdachte. Der Junge begann erneut in Panik zu geraten. Snowe fragte sich, wo seine Kollegen blieben. Er hatte sie vor fünf Minuten angefunkt. *Wenn er meinen Arm packt, um mir Handschellen anzulegen, dann sofort Gegenwehr*, dachte der Junkie.

Snowe machte einen Schritt zurück und musterte seufzend den Rücken des Mannes, den er gegen seinen Wagen gedrückt hatte. Er war mal fit gewesen, vielleicht Sportler in der Highschool. Das Heroin hatte ihn fertiggemacht, jetzt war er zu einem Knochengerüst mit etwas Fleisch dran verkommen. Doch in der Verzweiflung entwickelt der Mensch enorme Kräfte. Der Junkie wollte auf keinen Fall auf Drogenentzug in den Knast und fing an, im Stillen zu flennen: *Nein nein nein*, konnte Snowe hören. Snowe wusste, dass er einen Kampf gewinnen würde, doch er wollte nicht kämpfen. Kämpfen war nie gut. In jedem Kampf, selbst in den einfachen, bekommst du Verletzungen ab, und es dauert Tage oder Wochen, bis sie ausheilen – eine verrenkte Schulter, abgeschürfte Knöchel, angeschlagene Knie.

»Nimm die Pillen aus der Tasche«, sagte Snowe, der noch immer ein paar Schritte hinter ihm stand. »Leg sie aufs Auto.«

Langsam folgte der Junkie und zog etwas aus der Tasche. Er wollte abwarten, bis Snowe näher kam, ihm dann einen satten, präzisen Schlag versetzen und abhauen. Er zog ein Fläschchen raus, blickte es an, dann stellte er es auf die Motorhaube des Streifenwagens. Und dann noch ein Fläschchen.

»Was brauchst du«, fragte Snowe, »damit du keine Entzugserscheinungen hast?« Augenblicklich spürte Snowe die

Aufregung, die seine Frage auslöste, und gleichzeitig Verwirrung: *Warum will dieser Cop das bloß wissen?*

Der Junkie hielt eines der Fläschchen hoch. »Ein paar von denen würden reichen«, sagte er.

»Nimm sie.«

Der Junkie drehte sich um, ganz langsam. »Im Ernst?«

»Im Ernst. Nimm, was du brauchst, schnell, bevor meine Kollegen auftauchen.«

Der Kerl begann wie verrückt den Flaschenverschluss zu bearbeiten, schälte die Kunststoffhülle ab und leerte einige Pillen in seine Hand, die er gleich schluckte. Er schüttelte noch ein paar in seine Hand und steckte sie in die Tasche. Snowe verdrehte die Augen.

»Das hat keinen Sinn«, sagte er. »Die nehmen sie dir in der Aufnahme gleich wieder weg. Jetzt schraub die Flasche zu und stell sie zurück.«

Der Junkie tat, was Snowe sagte. Er war jetzt mental entspannt. Dachte nicht an Kämpfen oder Weglaufen. Snowe trat auf ihn zu, zog sanft seine Arme auf den Rücken und legte ihm Handschellen an. »Das bleibt zwischen uns, okay?«

»Klar, Mann.« Die Gedanken des Junkies waren jetzt voller Freude, Entspannung und Gelassenheit. Die Drogen hatten beinahe augenblicklich Wirkung gezeigt. »Vielen Dank.«

Ein weiterer Polizeiwagen bog mit eingeschaltetem Blaulicht in den Parkplatz ein, und Jeff Kleider, einer jener Kollegen, die Snowe am wenigsten leiden konnte, stieg aus. »Hey Snowe, was hamma denn hier Schönes?«

»Ein Kid, hat ganz allein bei Da Vinci's eingebrochen. Hat sich 'n paar Pillen geschnappt und ist durchs Seitenfenster wieder raus.«

»Hast du's schon gemeldet?«

»Hatte noch keine Gelegenheit. Hab ihn vor zwei Minuten aufgegriffen.«

Kleider warf einen Blick auf den Junkie, und Snowe hörte ihn denken: *Du hässlicher, abgemagerter Scheißkerl.* Der Junge blickte Kleider an, und Snowe spürte seine Angst. Du lieber Gott, dachte er bei sich, ich kann nicht nur den Junkie hören, ich höre alle anderen auch. War er dabei, verrückt zu werden? Waren das, was er da vernahm, die wirklichen Gedanken dieser Menschen, oder hatte er bloß angefangen, Stimmen zu hören?

»Der Typ ist ein verdammter Drecksack«, sagte Kleider beiläufig und in normaler Lautstärke. »Den hab ich letztes Jahr schon mal hoppgenommen.« Kleider sah sich die Pillenfläschchen auf der Motorhaube von Snowes Streifenwagen an und nahm eines davon genauer unter die Lupe. Das gibt's doch gar nicht, dachte Snowe. Kleider überlegte tatsächlich, wie er die Pillen an sich bringen könnte. Er konnte seine Gedanken ganz klar hören: *Diese blauen sind achtzig Mäuse das Stück wert. Zweihundert in einer Flasche, scheiß mich an, das macht allein schon sechzehn Riesen. Die geb ich einem meiner Spitzel und kassier die Hälfte in Cash.* Snowe spürte die Aufregung Kleiders. *Zu Snowe sag ich, ich geb sie für ihn als Beweisstück ab. Der wird nicht merken, wenn eine Flasche fehlt.*

Kleider stellte die Flasche ab und wandte sich zu Snowe, der dabei war, den Junkie auf den Rücksitz seines Autos zu verfrachten. Der Junkie bekam glasige Augen und schwere Lider. Die Leute waren in der Regel wesentlich einfacher zu behandeln, wenn sie zugedröhnt waren. Der Junkie bedankte sich regelrecht für die Festnahme. »Ich weiß das sehr zu schätzen, Mann«, lallte er. »Du bist in Ordnung.«

»Hey Snowe, ich reich die als Beweisstücke für dich ein«,

sagte Kleider in einem bemüht fröhlichen und hilfsbereiten Ton. Snowe war sprachlos. Er hatte Kleider nie gemocht, allerdings hauptsächlich weil der sich gegenüber Verdächtigen so beschissen benahm. Einmal hatte er ein junges, schwarzes Mädchen an der Gurgel gepackt, nur weil sie seine Fragen nicht schnell genug beantwortete, und Snowe hatte ihn beobachtet, wie er einen anderen Mann mit dem Kopf gegen die Wand schlug, nachdem er ein Messer in seiner Jackentasche gefunden hatte. Wegen Typen wie Kleider wurden Polizisten von so vielen Leuten gehasst. Aber dass Kleider auch ein Dieb war – auf die Idee war er bisher noch nicht gekommen.

»Ich krieg das schon hin«, sagte Snowe. »Lass mich nur machen.«

»Ach was, ich übernehm das für dich«, erwiderte Kleider und fing an, die Pillenfläschchen in eine Asservatentüte zu stopfen, die er ganz zufällig in seiner Hosentasche fand. Snowe sah ein, dass er ihn nicht zurückhalten konnte, ohne ihm die Diebstahlsabsicht direkt ins Gesicht zu sagen, was ihm widerstrebte. Kleider war Senior Patrolman, drei Jahre länger bei der Truppe als Snowe und stand vor der Beförderung zum Sergeant.

Snowe beobachtete Kleider, wie dieser die Tüte mit den Beweismitteln wie nebenbei durchs offene Fenster seines Streifenwagens warf und sich dann vom Vordersitz eine Taschenlampe holte. »Gute Arbeit, Snowe«, sagte er gut aufgelegt. »Ich schau mal nach dem hinteren Fenster, mach ein paar Beweisfotos.« Snowe war klar, dass er ins Da Vinci's reingehen und sich noch mehr Pillenfläschchen holen würde. »Okay für dich, wenn du den Drecksack aufs Revier bringst?«

Snowe nickte. »Sag mal, wieso hast du eigentlich so lange gebraucht, bis du hier warst?«, fragte er. »Ist immerhin zehn Minuten her, seit ich um Back-up gebeten hab.«

»Ich war drüben am anderen Stadtrand«, sagte Kleider, und Snowe wusste augenblicklich, dass das gelogen war. Er war eine Meile entfernt gewesen, hatte einen Coke-Dealer aufgemischt, in der sogenannten *Wilderness*, einer heruntergekommenen Wohnanlage, die für nahezu die Hälfte aller Einsätze der Polizeiwache verantwortlich war – und für fast alle ernsten Fälle. Snowe hatte Kleider nur deshalb gefragt, weil er wissen wollte, ob er die Antwort als Lüge entlarven würde. Und natürlich war sie das. Wie aber konnte er das wissen? Wieso konnte er plötzlich hören, was andere Leute dachten? Träumte er? Hatte er ein Erkältungsmittel genommen oder was gegessen, oder war er irgendeiner Chemikalie zu nahe gekommen, einer Strahlung oder was auch immer, das einem in den Comic-Heften plötzlich besondere Kräfte verlieh? Er versuchte sich an irgendetwas zu erinnern, was er in den letzten Tagen anders als sonst gemacht hatte, es fiel ihm aber nichts ein. War einfach eine ganz normale Woche gewesen.

Snowe nickte. Er war zu verwirrt von seiner neuen Fähigkeit, um sich auf eine Konfrontation einzulassen. Er traute der Sache nicht. Es fühlte sich an, als habe er eine Begabung, aber auch so, als ob er gleich verrückt würde. Er musste sich jetzt konzentrieren. Er benötigte Zeit für sich allein. Er ließ Kleider vor dem offenen Fenster der Da-Vinci-Apotheke stehen, wo dieser alle Pillen an sich raffen konnte, die er für was immer für Nebengeschäftchen benötigte, und kümmerte sich um den Junkie auf seinem Rücksitz. Er stieg in seinen Wagen und fuhr zurück auf die Polizeistation – gerade in dem

Augenblick, als zwei weitere Streifenwagen auf dem Schauplatz erschienen.

Der Wärter hatte ein Clipboard und eine Stoppelfrisur und blankpolierte Schuhe. Terry Dyer wusste sofort, dass er eine Militärvergangenheit hatte. Die meisten Gefängniswärter waren im nahe gelegenen Fort Polk angeheuert worden. Nachdem ihre Militärzeit endete, wechselten sie stracks in den Zivilsektor. Da gab's bessere Bezahlung und keine Außeneinsätze. Und auch das Gefängnis war zufrieden: Man konnte sich aus einem Pool potenzieller Mitarbeiter bedienen, die an Uniformen, autoritäre Strukturen und Gewalt gewöhnt waren. Für alle Beteiligten eine Win-Situation.

»Ich bin Sergeant Coffey«, sagte er, ohne die Hand zum Gruß auszustrecken. Terry fragte sich, ob das daran lag, dass sie eine Frau war, oder ob es vielleicht irgendein besonderes Protokoll für Handshakes gab. »Sie sind wegen diesem Denny hier?«

»Brooks Denny«, sagte sie mit einem zustimmenden Nicken.

»Folgen Sie mir.« Auf seine Aufforderung hin ertönte ein Summton, ein Stahltor öffnete sich, und sie gingen einen sauberen, in fluoreszierendes Licht getauchten Flur entlang. Es folgte ein weiteres Stahltor, das sich summend öffnete. Diesmal hatte es ein Fenster, offenbar aus kugelsicherem Glas, in dem sich ein Drahtgitter abzeichnete. Noch ein Flur, noch ein Tor, darüber eine Aufschrift, »Trakt D – Permanente Unterbringung«. *Permanent* war im Fall der Todeszellen ja durchaus nicht übertrieben.

Der neue Flur, den sie nun betraten, war von Türen gesäumt, und Coffey blieb an der mit »Besuche-C« beschrifteten dritten Tür stehen. Er spähte vorsichtig durch das kleine Fenster, dann wandte er sich zu Terry und nahm, das Clipboard fest unter den Arm geklemmt, die militärische »Ruht«-Haltung ein.

»Auf dem Tisch ist eine weiße Linie eingezeichnet. Diese weiße Linie dürfen Sie mit keinem Teil Ihres Körpers überschreiten. Sie dürfen den Insassen nicht berühren. Haben Sie verstanden?«

Terry nickte.

»Sie müssen mir das mündlich bestätigen, Ma'am.«

»Ja. Ich habe verstanden.«

»Wenn Sie dem Häftling einen Gegenstand geben wollen, geben Sie den zuerst mir, und ich geb ihn dann weiter. Haben Sie das verstanden?«

»Ja.« Terry dachte einen Augenblick nach. »Sagen Sie, werden Sie eigentlich die ganze Zeit bei uns bleiben?«

»Ja, Ma'am.«

»Wär's nicht möglich ... äh ... könnten wir nicht ein wenig unter uns sein?«

»Nein Ma'am, ist nicht möglich.«

»Aber ...«, sie hielt einen Moment lang inne. Wie sollte sie das erklären, ohne den Mann zu beleidigen? »Es handelt sich um eine Angelegenheit der nationalen Sicherheit. Sie haben meine ID gesehen. Sie wissen, wer ich bin. Ich muss mich mit Denny vertraulich unterhalten können, wenn auch nur für ein paar Minuten.«

»Sie hätten das Formular für einen Ehegattenbesuch ausfüllen sollen«, sagte Coffey. Er zog das Clipboard unter seinem Arm hervor. »Ich hab hier nur einen Antrag auf einen Standardbesuch.« Er zeigte ihr das Formular, das sie ein paar Tage zuvor unterschrieben hatte. Sie war sich nicht bewusst gewesen, dass es überhaupt eine Möglichkeit für eine intimere Besuchsvariante gab.

»Ich brauche etwas Privatsphäre«, sagte sie traurig. Vielleicht war ja mit der Verzweifelte-Frau-Masche was auszurichten bei dem Kerl. »Die Angelegenheit ist topsecret.« Sie strich sich die Haare hinter die Ohren und sah sich mit leicht verzweifeltem Gesichtsausdruck um. Sergeant Coffey blickte sie an wie eine Statue. Scheiße. Vielleicht funktionierte flirten? Sie warf ihm einen hilflosen Rehleinblick zu, der ihn ein wenig zu erweichen schien. Er starrte durch das Fenster auf den Insassen.

»Dieser Idiot hat was mit der nationalen Sicherheit zu tun?«, fragte er.

Terry nickte. »Nur am Rande. Ich muss ihm ein paar Fragen stellen.« Sie setzte ein trauriges Lächeln auf, als sei sie besorgt, er würde erneut ablehnen. Er sollte sich ruhig vorstellen, wie sehr sie das zermürben würde.

Coffey zuckte mit den Achseln. »Na gut. Ich warte auf dieser Seite der Tür. Die Regeln übers Berühren gelten aber trotzdem. Ich beobachte euch durchs Fenster.«

»Vielen, vielen Dank, Sergeant«, sagte sie, während sie leicht seinen Arm berührte und ihre Gesichtszüge sich aufhellten. Er errötete leicht, nickte dann unwirsch und zog die schwere Stahltür auf. Sie liebte Männer. Bei einer weiblichen Gefängnisbeamtin hätte sie nicht den Funken einer Chance gehabt.

Denny saß auf einem Stuhl, mit einem orangen Overall bekleidet. Um seine Beine war eine Kette gelegt, die am Boden verklinkt war. Die Hände auf den Knien ruhend, blickte er sie mit einem harten, intelligenten Ausdruck an, während sie ihren Stuhl herauszog und ihm gegenüber am Tisch Platz nahm. Der Tisch war aus schwerem Holz und an den Boden sowie an die Wand geschraubt, wohingegen die Stühle, wie sie bemerkt hatte, überraschend leicht und zart waren. Wahrscheinlich, vermutete Terry, weil die Stühle für den Fall, dass da jemand die Kontrolle über sich verlor, am ehesten als Waffen oder Wurfgeschosse herhalten mussten. Die Tür wurde hinter ihr geschlossen und abgesperrt.

»Ich würde ja aufstehen«, sagte Denny. »Meine Momma hat mir beigebracht, mich zu erheben, wenn eine Lady den Raum betritt. Aber ...« Er zeigte auf die Kette, die seine Bewegungsfreiheit erheblich einschränkte.

»Schon gut, danke«, sagte Terry. Sorgsam darauf bedacht, alles auf ihrer Seite der weißen Linie zu behalten, legte sie ihre Aktenmappe auf den Tisch und holte Mr. Dennys Akte heraus. »Ich heiße Terry Dyer«, sagte sie. »Ich bin Regierungsbeamtin und hätte einige Fragen an Sie.«

Denny nickte. Bevor sie hier runtergekommen war, hatte ihr Boss, Section Chief Emmanuel Bentham, sie gewarnt, dass Häftlinge, selbst Mörder, in der Regel ganz normal rüberkamen. Wenn du sie erlebst, ist zwischen ihnen und ihren Taten oft ein Abstand von vielen Jahren, hatte er erklärt. Aber sie solle nie vergessen, wozu sie fähig sind. Dennoch war sie überrascht, wie normal ihr Denny erschien. Wenn sie sich nicht im Todestrakt, sondern in einem Café begegnet wären – würde er sich so stark von den anderen unterscheiden? Sie hatte gelesen, dass er vor seiner Verhaftung bei den Ladys in seiner Stadt beliebt gewesen war. War gut vorstellbar. Er kam ihr vor wie einer der Typen, mit denen man in einer Bar ein Gespräch anfängt, wenn man Lust auf unverbindlichen Spaß hatte.

»Was wollen Sie?«, fragte Denny. Er sprach leise und direkt. Seine frei beweglichen Hände ließ er auf den Knien liegen. Vielleicht eine Vorschrift hier, dachte Terry.

»Auf Ihrem Gefängniskonto liegen 1700 Dollar«, sagte Terry. »Letztes Jahr um diese Zeit hatten Sie 18,42 Dollar auf dem Konto.«

Denny nickte. »Richtig. Na und?«

»Wo ist das Geld hergekommen? Es sind keine Einzahlungen von außen dokumentiert.«

»Andere Insassen«, sagte Denny, den die Art der Befragung offensichtlich langweilte. Er sah sich im Raum um, auch wenn es da nichts zu sehen gab, abgesehen von den weißen Ziegelwänden. Seine Hände lagen noch immer auf seinen Knien. »Kommen Sie von der Steuerbehörde?«

»Derlei Einnahmen sind Sache der einzelnen Bundesstaaten, die US-Regierung besteuert das nicht«, sagte sie mit einem freundlich gemeinten Lächeln. »Warum sollten andere Insassen Ihnen 1700 Dollar geben?«

Denny zuckte mit den Achseln und starrte sie unverwandt an. Genau das ist das Problem, wenn du versuchst, von Bewohnern des Todestrakts Informationen zu bekommen – du kannst ihnen mit nichts drohen. Sie haben nichts zu verlieren. Was also tun, um einen zum Tode Verurteilten zum Reden zu bewegen?

»Was wünschen Sie sich? Es muss doch was geben, das Sie gern hätten. Einen Fernseher, oder besseres Essen, ein Buch, eine Zeitschrift? Ich kann Ihnen das alles besorgen.«

Er machte ein verwundertes Gesicht, etwas verärgert, nicht hoffnungsvoll oder gierig, wie sie gehofft hatte. »Sagen Sie ihnen, sie sollen aufhören, mich mit meinem Termin zu ärgern. Die haben schon dreimal meinen Termin verschoben.«

»Ihren Exekutionstermin?«

Er nickte. »Mein letzter Termin war der 6. August. Zwei Tage vorher sagen sie mir, sie haben schon wieder verschoben. Sagen Sie ihnen, sie sollen mir einen Termin geben und den dann auch einhalten. Können Sie das für mich tun?«

Terry dachte einen Augenblick nach. Sie konnte ihm das sicher versprechen, wenn es ihn glücklich machte. Wenn er im nationalen System gewesen wäre, hätte sie dafür sorgen können, dass er noch am selben Tag angebunden und mit einer Spritze zu Tode gebracht wurde, aber die bundesstaatlichen Gerichte waren schwieriger. Bei einer Todesstrafe ging es ja gerade darum, den Verurteilten aus dem Entscheidungsprozess draußen zu halten. Nur weil da einer sterben wollte, war das kein Grund zur Eile. Die hatten schließlich ihren Opfern auch nicht erlaubt, über den Zeitpunkt zu bestimmen – warum also sollte man ihnen den Gefallen tun? War eine Sache des Prinzips. Terry nickte. »Kein Problem«, sagte sie.

»Das ist alles Scheiße, was Sie da labern«, sagte Denny ruhig, die Hände noch immer auf den Knien, als ob er eine beiläufige Bemerkung übers Wetter machte. »Sie sind von der Bundesbehörde. Auf ein Oklahoma-Gericht haben Sie keinen Einfluss.«

»Wir haben überall Einfluss«, sagte Terry, aber das war gelogen, und er wusste es. So hatte sie sich das Gespräch nicht vorgestellt. Sie war dabei, die Kontrolle zu verlieren. Mit Absicht hatte Denny sie um etwas gebeten, von dem er wusste, dass sie es ihm nicht geben konnte, um ihre Aufrichtigkeit zu testen – und sie war ihm auf den Leim gegangen. Wenn sie ihm sagte, was sie wirklich tun konnte, was sie zu tun beabsichtigte – nämlich ihn hier rauszuholen –, würde er ihr nie glauben. Doch zuvor musste sie wissen, wo sein Geld hergekommen war.

Einige Sekunden lang saßen sie nur da und sahen einander an, Denny mit den Händen auf den Knien und Terry mit ihrer offenen Mappe vor sich auf dem Tisch. Sie wusste einfach, dass er zu *ihnen* gehörte. Inzwischen hatte sie so viel Erfahrung, dass sie so was augenblicklich schnallte: Er war *online*. Vielleicht lag es an der Art, wie sie redeten, oder an einem Blick, den sie dir zuwarfen, als ob sie dich restlos durchschauten, als ob niemand vor ihnen etwas geheim halten konnte. Niemandem außer ihr, aber das war ihm noch gar nicht aufgefallen.

Es war das Selbstbewusstsein, die Energie. Die Energie zeigte sich in ihren Gesichtern. Er versuchte sie zu lesen, schien aber nicht frustriert darüber, dass er keine Informationen bekam. Üblicherweise war dies der Moment, an dem sie feststellten, dass irgendwas anders war mit ihr. Vielleicht hatte seine Zeit im Gefängnis die gesamte Dynamik verändert. Er war weniger gut sozialisiert gewesen.

»Wo ist das Geld hergekommen?«, fragte Terry.

Denny schaute sich schweigend im Raum um, blickte ins Leere, dann seufzte er. »Ich hatte eine Katze«, sagte er. Jetzt hob er zum ersten Mal eine Hand vom Knie und kratzte sich bedächtig am Kinn. »Letztes Jahr hat mir die Gefängnisverwaltung eine Katze geschenkt. Süß war die. Ein kleines Kätzchen. Ich nannte sie Pebbles. Sie kennen doch auch diese ganze Familie-Feuerstein-Scheiße. Weil sie so 'ne Starke war.« Er lächelte zaghaft. »Sie gaben mir ein Katzenklo und eine Futterschale und all das Zeug, und die Katze leistete mir Gesellschaft in der Zelle. Hat zu so 'nem Programm gehört, in dem sie testen wollten, ob die Insassen weniger gewalttätig sind, wenn sie ein Haustier haben. Dann erwischten sie mich mit Schmuggelware und nahmen mir das Tier wieder weg.«

»Schmuggelware?«

»Ein Metalllöffel. Ich hab den im Hof am Boden gefunden, dreckverschmiert. Ist aber nicht erlaubt, so was zu besitzen. Ich hab ihn in meine Zelle gebracht, und sie haben ihn bei einer unangekündigten Kontrolle gefunden.«

»Sie hätten den Löffel nicht an sich nehmen dürfen. Sie kennen die Regeln«, sagte Terry.

Zum ersten Mal ließ Denny es zu, dass in seinem Gesicht eine Emotion aufblitzte, die sich aber gleich wieder verflüchtigte. Ein kurzes zorniges Aufflackern. Es gefiel ihm nicht, zurechtgewiesen zu werden. Sie hätte gefühlvoll reagieren sollen, als er ihr die Katzengeschichte erzählte, doch diese Gelegenheit hatte sie verpasst.

»Soll ich mich dafür einsetzen, dass sie die Katze zurückbekommen?«

»Sie wurde nach draußen vergeben. Die ist weg«, sagte Denny. Doch seine Stimme hatte sich merklich verändert. Ins Zornige. Der Polizistenmörder war jetzt knapp unter der Oberfläche. »Ist ohnehin nur auf Zeit. Wir kriegen sie ein paar Monate, bis der Tierschutzverband ein Zuhause für sie findet.«

»Was war dann das Problem?«

»Sie haben sie mir einfach weggenommen. Ohne Warnung. Sind einfach in meine Zelle gekommen, während ich im Hof war, und als ich zurückkam, war sie weg. Keine Gelegenheit, *goodbye* zu sagen.«

Du lieber Gott! Das war ja alles ganz interessant, diese *Große Katzentragödie*, doch was zum Teufel wollte er eigentlich? Was konnte sie für ihn tun, um so weit sein Vertrauen zu gewinnen, dass mit ihrer Sache was weiterging? Terry lehnte sich über den Tisch und streckte beide Arme bis zur weißen Linie aus. Ob Sergeant Coffey jetzt durch das Fenster spähte, um zu checken, ob sie die Grenze überschritt, die von der gedachten Wand oberhalb der Linie gebildet wurde? Sie hielt Denny ihre offenen Handflächen hin, als befände sich eine Glasscheibe zwischen ihnen, dann fragte sie ihn noch einmal mit flehentlicher Stimme: »Aber was soll ich denn bloß machen? Was kann ich für Sie tun?«

Denny zuckte mit den Achseln, seine Verärgerung verflog. Vielleicht wollte er nur darüber sprechen. Wie oft hatte er schon Gelegenheit, sich mit Leuten zu unterhalten, die keine Kriminellen waren? Noch dazu mit einer Frau! »Ich spiele Karten um Geld. Ich zocke. Wir spielen Karten. Zufrieden? Und jetzt nehmen Sie mir das Geld vom Konto und geben es irgendeinem Beamtenarsch, damit der sich ein Steak zum Abendessen leisten kann?« Er lächelte, beinahe liebenswürdig. »Oder womöglich behalten Sie's ganz für sich?«

Sie lächelte zurück, in der Hoffnung, es würde freundlich ankommen. »Nein. Es ist Ihr Geld. Meine Behörde kümmert sich darum nicht.«

»Was für eine Behörde ist das? Worum geht es Ihnen eigentlich?«

»Ach, wir kümmern uns um Geldsachen und so Zeug. Wie sind Sie ein so guter Kartenspieler geworden?«

Er zuckte mit den Achseln. Er war es gewohnt, Geheimnisse für sich zu behalten, das wusste sie. Bevor er den Cop getötet hatte, war er einige Jahre lang eine größere Nummer im Drogengeschäft gewesen, ziemlich erfolgreich. Er hatte den Ruf eines Mannes, der nur dann sprach, wenn es unbedingt sein musste. »Ich war schon immer gut im Pokern.«

Terry seufzte. Mal kurz das Thema wechseln, dachte sie, vielleicht nützt's ja was. Sie warf einen Blick auf die erste Seite seines Gefängnisaktes. In der Rubrik *Besondere Kennzeichen* stand: Tätowierung, linke Schulter. Schlange, schwarz und rot. »Sie haben eine Tätowierung auf der linken Schulter.«

Dieser neue Gesprächston überraschte ihn. »Yeah, hab ich in der Army machen lassen. In Alaska.« Er schob den Ärmel seines orangen Overalls hoch und zeigte es ihr, das kleine Kriechtier mit der roten Schwanzspitze, das sie so viele Male zuvor gesehen hatte. »Mann, ich war so besoffen in der Nacht, kann mich nicht mal erinnern, wie ich dazu gekommen bin. Ich hab auch Angst vor Schlangen«, sagte er lachend. »Keine Ahnung, was mich dazu gebracht hat, mir eine Schlange tätowieren zu lassen.«

Terry lächelte zurück. Zum ersten Mal erlebte sie ihn angeregt. Es wurde ihr klar, dass er einsam war. Er sehnte sich nach jemandem, mit dem er einfach nur mal plaudern konnte. Er war eingesperrt in seiner Zelle und wollte sterben. Wollte nur reden. Es war ihm eigentlich gar nicht wichtig, weshalb sie gekommen war.

Die Tür öffnete sich hinter ihr. »Fünf Minuten«, sagte Sergeant Coffey, ehe er die Tür wieder schloss. Terry drehte sich um und nickte ihm zu.

»*Irgendeinen* Einfluss müssen Sie wohl haben, sonst hätten Sie den Scheißkerl nicht dazu gebracht, draußen zu warten«, sagte er in einem Tonfall, in dem nach Terrys Empfinden so was wie Anerkennung für sie durchklang.

»Siebzehnhundert Dollar«, sagte sie im gleichen bewundernden Ton. »Das ist richtig viel Geld. Wie kommt es, dass Sie so gut mit Karten sind, Brooks?«

»Brooks«, lachte er. »Jetzt bin ich also Brooks, nicht wahr?

Verdammt lange her, dass mich jemand so genannt hat.« Lächelnd schüttelte er den Kopf. Er legte die Hände wieder auf die Knie. »Sie wollen wissen, wie ich beim Kartenspielen gewinne?«

Sie nickte.

»Sie werden mir nicht glauben.«

Sie zuckte mit den Achseln. »Versuchen Sie's doch mal.«

»Es ist so, als könnte ich die Karten, die die anderen in Händen halten, sehen. Ich weiß, dass Sie mir nicht glauben, und mir ist das auch scheißegal. Ich hab das noch nie jemandem erzählt, aber ich kann das Blatt der anderen Spieler sehen. Es fing einige Tage vor meinem letzten Exekutionstermin an. Wissen Sie, ich dachte, das hätte was damit zu tun, dass ich mich dem Tod näherte. Auf einmal konnte ich alles rund um mich sehen und spüren. Total abgefahren.«

Terry nickte und lächelte. »Das ist tatsächlich abgefahren«, sagte sie, wohl wissend, dass sie kokett klang. War aber kein Problem, zumal sie sehr erleichtert darüber war, dass Denny bestätigte, was sie ohnehin schon wusste. Emmanuel war überhaupt nicht begeistert davon, dass sie hier runterging. Er konnte nichts Besonderes darin erkennen, dass Denny so viel Geld auf dem Insassenkonto liegen hatte. Schließlich hatte er zugestimmt, damit sie Ruhe gab.

»Ich sag Ihnen noch was«, sagte Denny, nach vorne gebeugt und mit gesenkter Stimme. »Kennen Sie den Wärter da draußen, den Coffey?«

Terry nickte.

»Der spielt den superanständigen Kerl, dabei betrügt er seine Frau mit einer weiblichen Kollegin namens Andrea, die in der Aufnahme arbeitet. Keine Ahnung, Mann, warum ich das weiß, ist total verrückt. Ich weiß es einfach.«

Terry lachte. Das war eben ein kleines Info-Schnäppchen gewesen, das vielleicht ganz gelegen kam. Doch Denny war noch nicht fertig.

»Das Verrückteste kommt aber noch«, lachte er. »Bevor sie mir die Katze wegnahmen, konnte ich die ebenfalls denken hören. Als ob ich gewusst hätte, wann sie hungrig war oder gekrault werden wollte ...«

Die Farbe war aus Dennys Gesicht gewichen, ohne dass er es beim Reden und in seiner vergnügten Stimmung merkte. Du meine Güte, dachte sie, dieser Typ versteht Tiere. Er muss seit mindestens einem Jahr *online* sein. Der ist ein verdammter *Level One*. Sie versuchte wieder zu lächeln und sich vorzubeugen, als ob das Gespräch noch im Gang wäre. Hinter ihnen öffnete sich die Tür.

»Die Zeit ist abgelaufen«, sagte Coffey.

»Trotzdem komisch«, sagte Denny, obwohl die Tür offen war und Coffey vor ihm stand. »Sie.«

»Was ist mit mir?«, fragte Terry, wohl wissend, was jetzt kommen würde.

»Ich sehe nichts ... ich höre nichts«, suchte er nach Worten. Er war ein *Level One*, und ihm fehlten selbst die einfachsten Begriffe, um zu erklären, was vor sich ging. »Von Ihnen empfange ich rein gar nichts.«

»Ich bin ein vielschichtiges Mädchen«, sagte Terry und machte ihre Aktentasche zu. »Auf Wiedersehen. Ich hoffe, wir sehen uns bald wieder.«

Sergeant Coffey und Denny machten beide ein überraschtes Gesicht über die Freundlichkeit der Verabschiedung – als ob sie von einer Dinner Party nach Hause aufbräche.

Nachdem sich die Tür geschlossen hatte und sie den blank gescheuerten, weißen, fluoreszierenden Flur in Richtung

Haupttor entlangschlenderten, fragte Terry: »Wie stehen die Chancen, dass ihr ihn den Bundesbehörden übergebt?«

»Dafür bin ich nicht zuständig, Ma'am. Aber ich schätze, die sind gleich null.«

Sie gingen durch den Aufnahmebereich, den ersten Raum auf ihrem Weg, der ein Fenster zum Gefängnishof hinaus hatte. Terry bemerkte, dass es regnete. Innerhalb des Gefängnisses gab es keinen Regen, keinen Himmel, keine natürliche Welt. Der Regen erinnerte sie daran, dass sie ein menschliches Wesen war. Polizistenmörder oder nicht – ab und zu musste man daran erinnert werden.

Die Justizbeamtin im Aufnahmekäfig, eine korpulente, dunkelhaarige, junge Frau mit einem hübschen Gesicht und üppigem Make-up, schob der vorbeigehenden Terry das Registrierheft zu. »Sie müssen sich austragen, Ma'am«, sagte sie.

Terry sah sie an. Auf ihrem Namensschild stand »A. Marcotti«.

»Wofür steht eigentlich das A?«, fragte Terry.

»Andrea«, sagte die Frau, die anscheinend nicht im Geringsten an einer Fortsetzung der Konversation interessiert war. Sie zeigte in die entsprechende Spalte des Formulars. »Hier bitte«, sagte sie.

Terry blickte Andrea eine Sekunde lang an, dann Sergeant Coffey. War eindeutig im Bereich des Möglichen. Sie schaute auf die Uhr und unterschrieb das Formular. »Danke. Bye.«

Sergeant Coffey nickte, Andrea gab keine Antwort. Terry zog sich den Mantel über den Kopf hoch, während sie in den warmen Oklahoma-Regen hinausging. Ein *Level One* also. Total heiße Sache, das!

Kapitel zwei

Snowe war zurück in seinem Apartment und zappte sich durch die Kanäle, erleichtert, dass er die Gedanken der Protagonisten in den TV-Sendungen nicht lesen konnte. Nie war er glücklicher darüber gewesen, dass er allein wohnte. Als der Pizzalieferant an der Tür gestanden hatte, hatte er dreißig Sekunden dessen Gedankenstrom mitgehört, während er nach einem Zwanziger suchte ... *wird der Mann mir ein Trinkgeld geben. Shit, ich hoffe, der lässt sich nicht bis auf den letzten Cent rausgeben, hat ein nettes Apartment, so eins hätte ich auch gern, keine Mitbewohner, Mann, ich muss wirklich ausziehen und mir meine eigene Wohnung suchen, auch 'n tolles TV-Gerät, was ist das für einer, ein 36-Zoll-Flatscreen ... Da ist sein Wechselgeld, da fällt kein Trinkgeld ab für mich ...*

»Behalten Sie den Rest«, sagte Snowe und verzichtete lieber auf volle sieben Dollar Wechselgeld, als sich den Nonsens noch länger anhören zu müssen.

»Wow, im Ernst? Thanks, Man«, *geile Sache ... was für ein cooler Typ. Könnte der bitte jeden Abend was bestellen?!*

Snowe hatte versucht, ihm nicht die Tür vor der Nase zuzuschlagen. Er ging ein paar Minuten in seiner Wohnung umher, die Pizzaschachtel lag mit geöffnetem Deckel auf dem Esszimmertisch, und er bemühte sich, nicht durchzudrehen. Hatte der Fahrer wirklich diese Gedanken gehabt, oder hatte er sich das nur vorgestellt? Und der Junkie letzte Nacht? Und Kleider, der Pillendieb? Nachdem er mit seinem Papierkram fertig war und Jenny, der Nachtdienst-Kollegin, eine gute Nacht gewünscht hatte, hatte die dann wirklich gedacht, Snowe habe einen kessen Hintern und dass sie ihn gern nackt sehen würde? Sie war sechzig Jahre alt, verheiratet mit vier erwachsenen Kindern, und sie backte Kekse für die Beamten, die sonntagmorgens Dienst hatten. Und war Sergeant Townes, der Schichtdienst machte, tatsächlich schwul? Snowe hatte ihn denken gehört, wie sehr er sich wünschte, Officer Aguilar, den erst kürzlich eingestellten Latino-Neuling, flachzulegen. *Vielleicht treib ich mich einfach in der Umkleide bei den Spinden rum, wenn Aguilar in die Dusche geht.* Sergeant Townes war Mitte fünfzig und sehr auf die Einhaltung der Vorschriften erpicht. Unter seinem Kommando mussten die Officer stets geschniegelt und frisch rasiert auf Streife gehen, darauf legte er großen Wert.

Kurz nachdem er sich das Frühstück zubereitet hatte, erhielt er einen Anruf von einem Telefonverkäufer, der ihm eine Aktualisierung seines Telefonvertrags anbot, und er dehnte das Gespräch einige Minuten länger als nötig aus, froh darüber, dass er nichts weiter als die Stimme des Mannes hörte. Letztlich hatte er dem neuen Vertrag nur aus Erleichterung darüber zugestimmt, dass er die inneren Stimmen übers Telefon nicht hören konnte. Der Verkäufer schien zu spüren, dass etwas nicht stimmte, zumal er das Gespräch mit Snowe alle paar Minuten unterbrach, um nachzufragen, »Mr. Snowe, sind Sie noch da?« Snowe hatte keine Ahnung, was er da jetzt vereinbart hatte. Er wusste nur, dass seine Mobiltelefonrechnung jetzt höher sein würde – und dass er die Gedanken einer anderen Person nur dann hören beziehungsweise lesen konnte, wenn er mit dieser in einem Raum war.

Vielleicht sollte er mit jemandem darüber sprechen. Aber

mit wem? Wer würde ihm glauben? Und würden die Menschen sich nicht unwohl in seiner Gegenwart fühlen und ihn womöglich meiden? Er wusste bereits, dass einer seiner Kollegen ein Dieb war, ein anderer schwul, ein weiterer geil – und all das nach wenigen Minuten. Was würde dann nach einer Stunde ans Tageslicht kommen? Wie konnte er eine ganze Schicht mit einem Partner absolvieren, acht Stunden in einem Auto mit einem anderen Streifenpolizisten, von dem er jedes noch so triviale Detail, das ihm durch den Kopf ging, ungefiltert mitbekommen würde? Es ging ja nicht nur um die Geheimnisse, es ging auch um die Banalitäten.

Jemanden ins Vertrauen zu ziehen war also keine Option. Aber was dann? Er ging ins Internet und suchte nach »Gedankenlesen«. Ein Wust technischer Artikel über neue medizinische Geräte für Gelähmte. Technischer Jargon. Schnittstellen zwischen Gehirn und Computer, LOHA-Navigatoren, Software, die die eigenen Gedanken in Computeraktionen umzusetzen verstand. Und für die Fans von Stanniolhüten jede Menge Kopfgeschirr aus Metall, das andere Menschen davon abhalten sollte, ihre Gedanken zu lesen. Aber keine Informationen darüber, was du tun sollst, wenn du plötzlich diese Fähigkeit an dir feststellst.

Er klickte sich von einer Site zur nächsten, um irgendetwas zu finden, was zu seiner Situation passte. Auf der achten Ergebnisseite, nach einem Artikel, den ein Mann verfasst hatte, der »intuitiv wusste«, dass die US-Regierung für *Nine Eleven* verantwortlich war und obendrein unser Trinkwasser vergiftete, entdeckte er einen Eintrag auf einer Website über mentale Gesundheit mit dem Titel »Hilfe, ich kann die Gedanken anderer Menschen hören«.

Snowe klickte den Thread an und war sogleich enttäuscht,

dass das Posting so kurz war. Es stammte von einem User, der sich als mindreader1234 bezeichnete. Der einfallslose Benutzername ließ darauf schließen, dass der Account hastig eingerichtet wurde, nur um das Posting abzusetzen.

Helft mir!, schrieb mindreader1234. *Letzte Woche in der Arbeit fing ich an zu glauben, dass ich die Gedanken anderer Menschen lesen kann. Es ist aus dem Nichts gekommen. In meiner Familie hat's nie so was wie Geisteskrankheiten gegeben. Keine Ahnung, was das soll.*

Das war alles, mehr stand nicht in dem Posting. Die Antworten kamen sämtlich von gutmeinenden und hilfsbereiten Postern, die ihm vorschlugen, sich unverzüglich an einen Psychiater zu wenden. Der Ausdruck »Schizophrenie« kam häufig vor, dazu Anekdoten über Bekannte, die ähnliche Symptome gezeigt hatten, ehe sie diagnostiziert wurden. Ein Poster fragte, ob er in letzter Zeit einen Psycho- oder Persönlichkeitstest gemacht habe, und mindreader1234 antwortete: *Nicht seit der Militärzeit.* Es folgten keine weiteren Postings oder Antworten.

Der Eintrag war mit August 2008 datiert und schien zur Website eines psychiatrischen Krankenhauses in Pennsylvania zu gehören. Dieses Krankenhaus war mit einer Kette von Drogen-Reha-Zentren und Websites über Suchtkrankheiten in allen Teilen des Landes verlinkt.

Snowe ging durch den Hausflur und klopfte an die Tür seines Nachbarn. Das war ein tätowierter Musiker mit struppigem Haar, mit dem Snowe in den vergangenen drei Jahren bloß zweimal gesprochen hatte, und zwar jedes Mal nur, um ihn zu bitten, weniger Krach zu machen. Der Typ wusste, dass Snowe Polizist war, weshalb er sich fügte, doch Snowe hatte das Gefühl, der Nachbar wäre wohl ungemütlich geworden, hätte er sich nicht einem Angehörigen der Exekutive gegenübergesehen. Soviel Snowe von der Exfreundin des Musikers, die er mal in der Waschküche getroffen hatte, gerüchteweise hörte, war der Mann auch als Computer-Hacker aktiv.

Der Typ öffnete die Tür und blickte sich verwirrt um, zumal seine Stereoanlage gar nicht durchs Haus dröhnte. »Hey«, sagte er, um Freundlichkeit bemüht. *Du meine Güte, was will dieser Bullenarsch. Bin froh, dass er nicht vor zwanzig Minuten aufgetaucht ist, da hätte er mich ein hübsches Pfeifchen rauchend angetroffen. Ich wünschte, dieser Scheißkerl würde ausziehen. Der macht mich noch ganz paranoid.*

Snowe ignorierte die Gedanken, was ihm ohne Mühe gelang, obwohl das Phänomen kaum vierundzwanzig Stunden alt war – du kannst nicht auf die Gedanken der Leute reagieren, sondern bloß darauf, was sie sagen. Aus dem hinteren Zimmer wehte ihn ein leichter Geruch von Haschrauch an; auf der Couch des Musikers da hinten erspähte er eine junge Frau unter einer Decke liegend. »Sie müssen mir einen Gefallen tun«, sagte Snowe. »Ich zahle dafür.«

»Worum geht's?«

»Sie kennen sich gut mit Computern aus, oder?«

Der Mann zuckte mit den Achseln. Er war älter, als Snowe ihn in Erinnerung hatte. Wegen seines Lebensstils hatte Snowe ihn auf höchstens Anfang zwanzig geschätzt; jetzt, so bei Tageslicht betrachtet, hätte Snowe ihm gute dreißig gegeben. Seine Haut war zerfurcht und lederartig. Snowe fragte sich, wie viel Geld man heutzutage mit Musik machen konnte. Konnte er sich sein Apartment und die neue Dodge-Ram-Karosse allein von dem leisten, was er als Bass-Spieler samstagnachts im HyperGrill verdiente?

»Ja, einigermaßen«, sagte er. Seine Gedanken waren ein konfuses Herumraten, was dieser Cop von ihm wollte. Außer dass er ein Bulle war, hatte Snowe bisher keinen Eindruck auf ihn gemacht, so viel stand fest.

Snowe nahm ihn rüber in sein Apartment und zeigte ihm das Posting von mindreader1234. »Ich muss wissen, woher das kommt. Gibt es irgendeine Möglichkeit, dass Sie über den Typen was rausfinden?«

Der Nachbar nickte. »Könnte ein paar Minuten dauern. Ich müsste die URL kopieren und auf meinem eigenen Computer damit arbeiten.« *Ist der Mann verrückt? Gehört das zu irgendeiner Ermittlungsarbeit? Helf ich da mit, einen Typen einzunähen?*

»Ist eine rein persönliche Angelegenheit«, sagte Snowe. »Wenn ich irgendwas für Sie tun kann, sagen Sie's mir.«

»Meine Freundin da drüben, die hat vor kurzem eine Strafe wegen Schnellfahrens ausgefasst.«

»Das erledige ich«, sagte Snowe. Er wusste, dass er es nicht richten konnte, wenn die Strafe bereits ins System eingespeist war. Er konnte die Strafe höchstens für sie bezahlen, aber die Strafpunkte würde sie trotzdem kassieren. Die Leute glaubten immer, Polizisten könnten sich alles erlauben, das Gesetz einfach nach Belieben beugen, ohne je zur Rechenschaft gezogen zu werden. Um die Strafverfügung aus der Welt zu schaffen, würde er das Strafgeld so wie jeder andere auch bezahlen müssen.

Der Musiker schrieb die URL ab und verschwand in seine eigene Wohnung, während Snowe überlegte, was er als Nächstes tun sollte. Freunde besuchen wollte er nicht, weil er fürchtete, deren Gedanken zu hören. Er wollte die intimsten Geheimnisse der anderen nicht kennen. Er wollte nicht herausfinden, wer noch aller aus seinem Bekanntenkreis schwul oder zu Diebstählen imstande war. Er wollte ganz einfach sein Leben so leben, wie er das bis gestern getan hatte – für die Sergeanten-Prüfung pauken und sich darüber aufregen, ob die Detroit Lions einen neuen Quarterback brauchten. Ihm fiel ein, dass er schon eine Weile keinen Sex gehabt hatte, seit seiner Trennung von Kerry Ann. Vielleicht fehlte ihm einfach der Sex? Seine neue Fähigkeit könnte ihm da vielleicht sogar nützlich sein. Er sollte mal eine Single-Bar aufsuchen.

Jetzt klopfte es an der Tür, der Musiker kam zurück, mit einem Stapel Papier in den Händen. Er zeigte auf die Couch, um damit anzudeuten, dass Snowe Platz nehmen sollte, so als ob sie sich in seinem Büro befänden und nicht in Snowes Apartment.

»Das ist seine IP-Adresse. Das heißt, so was wie ...«

»Ich weiß, was eine IP-Adresse ist«, sagte Snowe.

»Okay. Die IP-Adresse war auf seine physische Adresse in Philadelphia registriert. Im Jahr 2008, als er das Posting abschickte, war der Mieter dort ein gewisser Kenneth Wiggins. Kennen Sie den?«

Snowe schüttelte den Kopf.

»Okay, ich hab mir alles besorgt, was ich über Kenneth Wiggins rausfinden konnte. Hier ist ein Artikel aus einer Lokalzeitung, als sie seine Leiche gefunden haben. Der Mann ist tot. Selbstmord. Da ist ein Eintrag über eine Arreststrafe aus 2007. Alkohol am Steuer. Hier seine Ausmusterungspapiere aus dem Militärdienst mit Dienstbeschreibung. Hier ein paar Steuerformulare, da hab ich ...«

»Du meine Güte, das alles haben Sie in einer Stunde gefunden?«

Der Typ zuckte mit den Schultern. Er dachte an nichts. Schien nur auf die Papiere fokussiert zu sein, die er auf Snowes Couchtisch legte. Snowe spürte, wie total fasziniert der Mann von dem Computerzeugs war. So mochte es aussehen, wenn man seine Arbeit wirklich liebte. »Wenn ich nicht gerade Musik mache, dann häng ich mich da rein«, sagte er.

Snowe nickte. »Danke dir, Mann.« Er streckte seine Hand aus, die der Musiker zu einem laschen Händedruck ergriff. »Ich heiße Jared«, sagte Snowe.

Für den Musiker das Stichwort zum Gehen – er nickte und erhob sich. Im Gehen gab er Snowe den Strafzettel seiner Freundin und zog die Tür lautlos hinter sich zu, ohne Snowe seinen Namen zu verraten.

Snowe warf einen Blick auf all die Unterlagen auf seinem Tisch. Das war weit mehr, als er gewollt hatte. Er war bloß ein wenig neugierig gewesen. Er holte sich eine – inzwischen kalt gewordene – Pizzaschnitte und fing an, das Leben des Kenneth Wiggins zu durchforsten. Wie es schien, hatte der 2008 Selbstmord durch Ertrinken im Delaware River begangen, ungefähr zwei Monate, nachdem er das Posting abgesetzt hatte.

Im Jahr zuvor wurde er wegen Trunkenheit am Steuer auf dem Nachhauseweg von einer Bar in Arrest genommen. Das Polizeiprotokoll war ziemlich vage. Augenfarbe braun. Haarfarbe braun. Und in die Anmerkungs-Rubrik hatte der Cop »kooperativ« eingetragen. Er hatte nicht mehr als 0,9 Promille Alkohol im Blut, knapp über dem Grenzwert. Er warf das Polizeiprotokoll zurück auf den Papierstapel. Ruhe in Frieden, Kenneth Wiggins. Der arme Kerl war offenbar verrückt geworden und hatte sich umgebracht.

Höchste Zeit, dass er seine Situation in einem neuen Licht betrachtete. Er konnte ja seine besondere Begabung auch genießen. Vielleicht würde sie sich nach einer Weile von selbst verflüchtigen; vielleicht sollte er sie nutzen, solange er sie hatte. Sie war aus dem Nichts gekommen und könnte schon morgen wieder verschwunden sein. Es war an der Zeit, sich nicht mehr zu ärgern und mal wieder eine Frau zu vernaschen.

Als Erstes wurde Snowe bewusst, dass ihm Single-Bars nichts mehr bedeuteten. Es war schon Jahre her, dass er ernsthaft ein solches Lokal aufgesucht hatte. Mit zweiunddreißig fühlte er sich zu alt für diese Szene, zumal alle hier Anfang bis Mitte zwanzig zu sein schienen. Fröstelnd bei Temperaturen unter dem Gefrierpunkt, und verwundert darüber, dass die zwei jungen Frauen in Miniröcken vor ihm keiner akuten Unterkühlung anheimfielen, stellte Snowe fest, dass ihm die Fähigkeit, zu hören, was andere Menschen dachten, keineswegs die Macht über Frauen verlieh, die er sich zurechtphantasiert hatte. Alle waren bloß damit beschäftigt, über ihr Aussehen nachzudenken, und wenn sich eine der Frauen vor ihm mal umdrehte und ihn anblickte, registrierte er überhaupt keinen Gedanken. Das war der Moment, auf den Snowe gewartet hatte: Der Schleier war gelüftet, das weibliche Denken lag offen vor ihm und enthüllte ihm die nackte Wahrheit darüber, welchen Eindruck er, Jared Snowe, auf Frauen machte. Die Frau sah ihn an, wandte sich dann wieder ihrer Freundin zu und dachte, *Ich glaube, ich hätte doch die roten anziehen sollen.*

Die zwei Männer hinter ihm waren ähnlich besessen – der eine dachte über seine Haare nach, der andere überlegte, ob der Rücksitz seines Autos sauber genug sei, um eine junge Frau positiv zu beeindrucken, die darin später Platz nehmen sollte. Die Erfahrung, mitten in einer Gruppe Leute herumzustehen, war weniger aufschlussreich, als Snowe gehofft hatte, vielmehr eine Kakofonie verschiedener Unsicherheiten und trivialer Sorgen. *Habe ich die Tür für meinen Mitbewohner offen gelassen? Hätte ich dazu besser einen Gürtel getragen? Wie viel kosten die Drinks in diesem Lokal ... ich habe nur mehr 66 Dollar auf der Kreditkarte.* Wenigstens die Tatsache konnte ihn etwas beruhigen, dass sich niemand darüber wunderte, was ein Typ in den Dreißigern da ganz allein in der Warteschlange zu tun hatte, obwohl das wohl weniger an einer coolen Selbstsicherheit lag, die er etwa ausgestrahlt hätte, als vielmehr daran, dass alle anderen zu beschäftigt mit ihrem eigenen Aussehen waren, als dass sie Notiz von seiner Existenz genommen hätten.

Als er dem Eingang näher rückte, hörte er den Türsteher darüber nachdenken, ob er in der Polizeiakademie aufgenommen würde. Snowe machte einen Schritt zurück, um den Mann besser in den Blick zu bekommen. Er hatte mit seinem kräftigen Körper zweifellos die körperlichen Voraussetzungen, und er war offensichtlich stolz auf seine Erscheinung. In der Highschool war er mal wegen Marihuana-Besitzes im Knast gewesen, hörte Snowe, und er fragte sich, ob er lügen oder lieber darauf hoffen sollte, dass sie ihn im Bewerbungsgespräch nicht darauf ansprachen. Der Türsteher machte sich auch Gedanken darüber, ob den Mädchen in der Warteschlange muskelbepackte Männer gefielen. Er hatte an diesem Tag einen Artikel in einem Männermagazin gelesen, demzufolge die Mehrzahl der Frauen behauptete, sie machten sich nichts aus besonders muskulösen Männerkörpern.

Wenn es so weiterging, dauerte es wahrscheinlich eine halbe Stunde, bis er es in den Club hinein schaffte, und es war saukalt hier draußen, also stieg Snowe ohne nachzudenken über die Samtkordel und näherte sich dem Türsteher.

»Entschuldigung, Sir«, sagte der Türsteher mit einem aggressiven Bellen. »Zurück hinter die Kordel.« Zwei andere Türsteher kamen langsam die Treppe des Clubs herunter, begierig auf eine Konfrontation, und in der Hoffnung, dass in die langweilige Tätigkeit der Personenkontrolle durch einen Faustkampf mit entsprechendem Adrenalinschub endlich etwas Abwechslung käme. Snowe kannte dieses Verhalten. In der Polizeistation Kearns gab es Polizisten, die stets auf subtile Weise versuchten, eine Situation eskalieren zu lassen, nur damit sie ihre Taser zum Einsatz bringen konnten. Im Pausenraum machten sie sich dann darüber lustig.

Snowe lächelte ihn an. »Sie sind Dave Wickett, nicht wahr? Sie haben sich für die Polizeiakademie beworben?«

Der Gesichtsausdruck des Türstehers änderte sich abrupt, und Snowe war fasziniert darüber, wie wunderbar das Spiel mit der Autorität funktionierte, über den abrupten Wechsel von Aggression zu Unterwürfigkeit, sobald ein Hauch von Macht zu spüren war. »Yes, Sir«, sagte Dave Wickett, begeistert und angenehm berührt.

»Man hat mich hierhergeschickt, um Sie abzuchecken«, sagte Snowe jovial. Er streckte seine Hand aus, die Wickett bereitwillig ergriff, und holte mit der anderen Hand seine Dienstmarke hervor. Es war eine silberne Patrolman-Marke, kein goldenes Detective-Abzeichen, mit dem tatsächlich so was wie Autorität verbunden gewesen wäre, aber der Türsteher war zu beeindruckt von der Anwesenheit eines Mannes, der über seine Zukunft mitbestimmen konnte, und achtete deshalb nicht auf derlei Details. Snowe war schockiert darüber, wie flüssig ihm die Lüge über die Lippen ging, so als ob er jemand anders in einem Film beobachten würde. Er legte dem Türsteher die Hand auf die Schulter und sagte sanft: »Ihre Jugendstrafen sind nicht mehr im System; die haben kein Recht, Sie danach zu fragen. Solange Sie nicht selbst davon anfangen, werden Sie keine Probleme haben.«

Wickett sah zuerst schockiert, dann erleichtert drein; dann fing er breit zu lächeln an und schüttelte noch einmal Snowes Hand. »Danke, Mann. Vielen Dank. Echt supernett von Ihnen.« Snowe lächelte zurück und tätschelte freundlich einen seiner gewaltigen Arme.

»Keine Ursache, Mann. Machen Sie's gut. Ich hoffe, wir sehen uns bald mal im Dienst.« Er drehte sich um, und ohne auch nur eine der traurigen Gestalten, die in der Kälte ausharrten, eines Blickes zu würdigen, spazierte er in den Club.

Nun, das war ja einfach, dachte Snowe. In das Schuldgefühl wegen seiner Lüge mischte sich die beflügelnde Erkenntnis, dass er jetzt über echte Macht verfügte. Er konnte beinahe alles zu seinem Vorteil manipulieren. Solange er diese Macht hatte, musste er sich von all den kleinen Dingen, die gewöhnlichen Leuten das Leben schwermachten, nicht mehr ärgern lassen. Während er sich im Club umsah und die Menschen beobachtete, die sich so sehr um ihr Aussehen sorgten, die versuchten, Kellnerinnen und Barkeeper auf sich aufmerksam zu machen, oder die vor offenen Champagnerflaschen auf ihren Sofas saßen, spürte Snowe einen Schub an Selbstvertrauen, wie er es noch nie zuvor erlebt hatte. Er war anders. Er war besonders. Er war: Elite!

Da diese neue Macht aus dem Nichts gekommen war, hatte er keine Ahnung, ob sie ebenso rasch wieder verschwinden würde, wie sie ihm zugefallen war – ein Gedanke, der ihm unvermittelt Angst einflößte. Er musste die Situation optimal nutzen, solange ihm das möglich war. In der Arbeit würde sich herausstellen, wie gut er es schaffte, die Straßen von kriminellem Gesindel zu säubern, wo er doch jetzt in jeden und jede hineinblicken konnte, die er verhörte. Er wäre imstande, ohne Hilfe jeden Mordfall in der *Wilderness* zu lösen, wenn Chief Fremantle ihn im Morddezernat arbeiten ließ. Wenn man sich bloß die Arbeitsstunden vorstellte, die das Department sich ersparte, wenn er imstande war, einen lügenden Verdächtigen innerhalb von Sekunden zu überführen. Es war erst ein paar Tage her, da hatte er eine junge Frau herangewunken, die ihm erzählte, sie sei unterwegs zu ihrem Vater im Krankenhaus, man habe sie angerufen, er habe einen Herzinfarkt erlitten. Snowe ließ sie ohne Strafe wegen Schnellfahrens davonkommen, doch er hatte das bestimmte Gefühl, dass er angelogen wurde. Gnade Gott jenen, die ihn in Zukunft auf diese Art bescheißen wollten. Der Gedanke brachte ihn zum Lächeln, und er schlenderte zur Bar rüber.

Snowe stellte sich zu einer Gruppe junger Frauen; er erkannte rasch, dass sie von einem Ladys-Polterabend kamen. Sie hatten schon einiges intus, und ihre Gedanken zeigten – wie auch ihr Reden – erste Anzeichen einer leichten Verwirrtheit. Eine war wütend auf ihren Mann, weil der sie andauernd mit SMS-Nachrichten zutextete, sie solle nach Hause kommen. Eine andere dachte gerade, dass sie sich ziemlich wohlfühlte und sie wieder mehr ausgehen sollte; sie sorgte sich, dass sie zu besessen von ihrer Arbeit war. Der ihm zunächst Stehenden, einer kleinen Brünetten, ohne Zweifel die Hübscheste der Runde, ging gerade durch den Kopf, dass alle anderen groß und schön seien, während sie selbst sich als zu klein und unattraktiv empfand. Doch obwohl ihm all diese wertvollen Informationen zur Verfügung standen, brachte er kein Wort heraus. Wie sollte er es angehen? Ihr sagen, dass sie die Hübscheste der Runde war, das wäre genau die Anmache, mit der's einer versuchen würde, der ihre Gedanken *nicht* lesen konnte.

»Möchtest du was trinken?«, fragte er, noch immer von dem Selbstbewusstsein zehrend, das ihm die Begegnung mit dem Türsteher eingebracht hatte. Die Frau sah ihn an, schüttelte dann den Kopf und hielt ihr volles Glas hoch.

»Nein danke, hab schon.«

Oh shit. Was will der Typ von mir. Snowe spürte, dass er sie nervös machte, und das machte wiederum ihn nervös. Könnte sich seine Fähigkeit gar als Nachteil herausstellen? Er wurde jetzt noch nervöser als sonst. Entspann dich, dachte er. Der Barkeeper kam rüber, Snowe bestellte ein Bier. Er gab dem Barkeeper seine Kreditkarte, um zu bezahlen, auch wenn das eine Weile dauern konnte. Seiner Einschätzung nach hatte er die erste von ihm angequatschte Frau innerhalb kürzester Zeit abgeschreckt. Allerdings war sie wenigstens nicht weggelaufen, immerhin ein gutes Zeichen.

»Ich werde jetzt mal raten, was du beruflich machst«, sagte er, und während er redete, empfing er mental bereits Bildfragmente aus ihrer Arbeitswelt. Sie war in einem Büro beschäftigt. Ein Wartezimmer. Hauptsächlich ältere Leute. »Du arbeitest für einen Arzt. Du bist Ordinationshilfe in einer Arztpraxis.«

Sie warf ihm einen überraschten Blick zu, während sie an ihrem Drink nippte. »Zahnarzt«, sagte sie, nicht ohne jetzt wenigstens eine Spur von Interesse zu zeigen. Sie zeigte auf ihre Freundin neben sich. »Und was macht sie?«

Eine schwierige Aufgabe, stellte Snowe plötzlich fest. Es funktioniert nur, wenn du eine Person mit einer direkten Frage konfrontierst, sodass diese über ihre Arbeit nachzudenken beginnt. Und diese Frau war weggedreht, ins Gespräch mit ihren Freundinnen vertieft. »Ich müsste ihr Gesicht sehen.«

Die kleine Brünette stupste ihre Freundin am Arm – übrigens die mit dem lästigen Ehemann –, und diese wandte sich den beiden zu. »Er will dir sagen, was du beruflich machst«, sagte die Brünette. Die Freundin hörte auf zu reden und starrte Snowe mit einem zynischen Ausdruck an. Auch die beiden anderen Frauen hatten sich dazugesellt und betrachteten ihn skeptisch. Sie waren alle attraktiv und männliche Aufmerksamkeit gewohnt – bereit, sich über ihn lustig zu machen, wenn er danebenhaute, aber willens, ihm eine Chance zu geben. Die Frau dachte jetzt an ihren Job. Snowe sah Autos. Einen Verkaufsraum für Kraftfahrzeuge.

»Verkauf«, sagte Snowe, selbstbewusst nickend. »Du bist Verkäuferin. Teure Sachen.«

»Was für Sachen?« Sie war ebenfalls beeindruckt, wollte es aber nicht zeigen.

»Lass mich raten ... vielleicht Boote? Oder Autos? Was immer es ist, es handelt sich um Oberklasse.« Er sah BMWs, und er erkannte jetzt auch das Autohaus. Sie arbeitete beim BMW-Händler an der Route 7. Snowe hatte da wegen eines Einbruchs im letzten Monat mal vorbeigeschaut, die Frau aber nicht gesehen. Es war seltsam, etwas von den mentalen Vorstellungen anderer Menschen erkennen zu können, er wollte aber nicht die Stimmung zerstören, indem er jetzt darauf herumritt. Er hatte das Gefühl, er war gut in Form, umso mehr, als die beiden anderen Frauen sichtbar beeindruckt schienen, als hätte er gerade einen erstaunlichen Zaubertrick vorgeführt. Unehrlichkeit und Effekthascherei war er bisher immer abgeneigt gewesen, jetzt war er überrascht, wie natürlich er sich damit anfreunden konnte.

»Was ist mit diesen beiden«, sagte die Brünette, die jetzt lächelte.

Snowe musterte die beiden länger als notwendig. Das waren die beiden, die die kleine Brünette einschüchterten. Sie waren groß und klassisch schön, Model-Typen. Nicht die Art von Frauen, von denen sich Snowe normalerweise angezogen fühlte, obwohl er nachvollziehen konnte, warum andere Männer sie attraktiv fanden. Für ihn aber: zu makellos! »Medizinischer Beruf«, sagte er. »Etwa Ärztinnen?« Er wusste, dass sie Krankenpflegerinnen waren, doch konnte ein kleiner Fehltritt nicht schaden, solange die Richtung stimmte.

Die beiden lachten verblüfft. »Du bist gut«, sagte eine der Schwestern ohne Makel. »Wir sind beide Krankenpflegerinnen. Und was machst du beruflich?«

Das war immer ein heikler Moment. Manchmal hörte das Gespräch an dieser Stelle abrupt auf, weil ihm eine Welle von Abneigung von Leuten entgegenschlug, die ihn persönlich für ihren letzten Strafzettel verantwortlich machten, oder für irgendeinen Fall von Polizeiübergriffen, über den sie im Internet gelesen hatten. Es gab auch Menschen, die Polizisten von vornherein hassten. Doch wenn die zwei Model-Girls Krankenschwestern waren, überlegte Snowe, könnte er mit einer positiven Reaktion rechnen. Pflegepersonal und Polizisten kamen in der Regel gut miteinander aus. »Polizeibeamter«, sagte er also. Und um seinem beeindruckenden Beruferaten von vorhin einen möglichst harmlosen Anstrich zu geben, zeigte er auf die Autoverkäuferin und sagte: »Ich hab letzte Woche einen Einbruch in eure Niederlassung bearbeitet.«

»Ich war aber letzte Woche gar nicht in der Arbeit«, sagte sie, und sofort merkte Snowe, dass ihm ein Fehler passiert war. Jetzt erschien er wie ein Stalker, der Dossiers über alles und jeden angelegt hatte. Wie konnte er wissen, für welchen Händler sie tätig war? Nachdenken, nachdenken, nachdenken. Die vier Frauen starrten ihn an, mit Lachen war erstmal Schluss. Die kleine Brünette, die kokett an ihn herangerückt war, entfernte sich wieder ein Stück, als ob sie soeben bemerkt hätte, dass Snowe an der Pest erkrankt war.

»Dieser beschissene Paul«, sagte die Autoverkäuferin. »Du bist Privatdetektiv, nicht wahr? Der lässt mich beschatten. Deshalb hast du gewusst, was wir alle beruflich machen.« Im Nu war die Flirtsituation in Feindseligkeit gekippt, die Frauen glotzten den sprachlos vor ihnen Stehenden zornig an. *Was für ein Fiesling*, dachte die Brünette. *Wie dumm ich bin. Ich kann nicht glauben, dass ich auf den reingefallen bin.*

»Nein, nein, du bist nicht dumm«, sagte Snowe zu der Brünetten, im verzweifelten Bemühen, die Situation zu retten, doch ehe er den Satz vollenden konnte, sah er, wie sich das Glas der Autohändlerin in seine Richtung bewegte. Er spürte das kalte Aufklatschen des Wodka Tonic in seinem Gesicht, sodass er einen Augenblick nichts mehr sehen konnte. Der kalte Schauer ließ ihn nach Luft schnappen, die halb geschmolzenen Eiswürfel rutschten sein Hemd herab. Als er seine Augen wieder öffnete, hatten sich die vier Frauen zu einem geschlossenen Kreis formiert, nur die Verkäuferin nahm ihn noch wahr, das leere Glas lässig in der Hand, das Lächeln schräg und bitter, aber siegesgewiss.

»Du kannst Paul von mir ausrichten, er soll sich zum Teufel scheren«, sagte die Autohändlerin mit einer Stimme voll kontrollierter Empörung. Dann gingen sie geschlossen weg, während ihm Wodka und Tonic von den Augenbrauen tropften. Er war schon froh darüber, dass Dave Wickett, der Türsteher, ihn wenigstens nicht sah, wie er mit durchnässtem Hemd und Limettenstückchen im Haar das Lokal verließ. Offenbar war Dave damit beschäftigt, eines der Mädels in der Warteschlange aufzureißen – und er tat dies, ohne irgendwelche überirdischen Kräfte bemühen zu müssen.

Kapitel drei

Ein *Level One* also. Schöne Scheiße.

Am Ende wurden sie alle irgendwann *Level One*. Das Problem war, dass sie in der Zeit, bis sie diese Stufe erreichten, für gewöhnlich etwa ein Jahr, unzuverlässig wurden. Ganz egal, welchen Job sie gerade ausübten, als sie *online* gingen – alle erreichten irgendwann einen Punkt, an dem sie die Autoritäten in Frage stellten. Selbst die Fügsamsten und Unkreativsten begannen irgendwann Fragen zu stellen. Warum sind die Reichen reich, warum sind die Mächtigen an der Macht? Irgendwas im Zusammenhang mit ihrer Fähigkeit, die Gedanken anderer Menschen zu lesen, brachte sie dazu, genau die sozialen Strukturen, die ihnen stets selbstverständlich gewesen waren, in Frage zu stellen. Terry erinnerte sich an einen, der versucht hatte, ihr das zu erklären, bevor sie zum Abendessen ausgingen: Wenn du hören kannst, wie dein Boss, der überall als Innovationsgenie gepriesen wird, darüber nachdenkt, ob seine Mutter ihn jemals wirklich geliebt habe, oder wie er während einer Sitzung überlegt, wie er wohl die zweiundzwanzig Jahre alte Rezeptionistin dazu bringen würde, sich von ihm vögeln zu lassen, wird es zunehmend schwierig, von ihm Befehle entgegenzunehmen. Für Terry war das zwar nachvollziehbar, doch es änderte nichts an der Tatsache, dass sie alle ziemlich nutzlos wurden, sobald sie auf *Level One* waren.

Denny war anders. Er war so lange in seiner Zelle eingesperrt, von jeglichem menschlichen Kontakt abgeschieden gewesen, dass sich seine Fertigkeiten entwickeln konnten, ohne dass eine fundamentale Änderung seiner Persönlichkeit stattfand. Terry bezweifelte ohnedies, dass Denny je der große Teamplayer gewesen war. Die Entdeckung, wie scheißegal er und seine Interessen diesen Autoritätsfiguren in Wahrheit waren, konnte ihn deshalb auch nicht wirklich schockieren. Er war Drogenhändler gewesen und hatte einen Polizisten erschossen, von einem gesetzestreuen und autoritätsgläubigen Bürger konnte ohnehin keine Rede sein. Während also andere erlebten, wie ihre Vorstellungen von der Gesellschaft zerbröselten und sich ihre Persönlichkeiten im Innersten änderten, hatte Denny seine Zeit auf der Schlafpritsche in der Todeszelle verbracht und sich der Kumpanei mit einer hungrigen Katze hingegeben. Und jetzt war er ein mentaler Supermann.

»Wie soll das nun also ablaufen?«, fragte Emmanuel Bentham. Er strich sich an der Stelle übers Gesicht, wo sein Bart zu sein pflegte. Terry konnte sich an seinen glattrasierten Look nicht gewöhnen. Der Bart war doch sein Zeichen von Weisheit und Autorität gewesen, ohne ihn erschien er ihr wie ein beflissenes Bürschchen. Versteckt in seinem kleinen Büro, hatte er diese Abteilung länger als zwanzig Jahre geleitet, und vor kurzem war er auf die Idee verfallen, es müsse an seinem Bart gelegen haben, dass er nicht befördert wurde.

»Wir legen ihm ein Fußkettchen mit einem integrierten GPS an, sodass wir nie seine Spur verlieren. Wir können ihn von diesem Büro aus per Laptop überallhin verfolgen. Wir sorgen dafür, dass ein Wärter aus dem Gefängnis andauernd bei ihm ist, damit die Gefängnisverwaltung Oklahoma zufrieden ist. Dann stoßen noch zwei Militärpolizisten von Fort Dix zu uns, als zusätzliche Sicherheit, nur für den Fall der

Fälle. Wir haben also insgesamt drei Aufpasser, plus meine Person.«

Terry wusste bereits, dass Emmanuel sein Okay geben würde. Er war der ideale Boss: vertraute ihrem Urteil und ließ sie in ihrem Verantwortungsbereich an der langen Leine. Seit ihren Anfängen vor neun Jahren hatte er kein einziges ihrer Vorhaben in Frage gestellt. Und dass ihnen Denny für dieses Projekt zur Verfügung stand, würde einen Höhepunkt in seiner Karriere bedeuten und ihm Lob vom State Department einbringen – vorausgesetzt, es lief alles nach Plan.

»Ich versuche gerade, mir ein Worst-Case-Szenario vorzustellen«, sagte Emmanuel und kratzte sich wieder am blanken Kinn.

»Na ja, das wäre wohl, wenn er entkommt. Aber das wird nicht passieren.«

»Nein, ich meine, was würde passieren, wenn er entkommt. Wir könnten sein Gesicht ja nicht mal plakatieren. Eigentlich könnten wir es keinem Menschen erzählen, schließlich sollte er ja in der Todeszelle in Oklahoma sitzen.«

»Er wird nicht flüchten.«

Emmanuel lehnte sich vor. »Ich weiß. Doch was wäre, wenn? Stell dir mal eine Sekunde lang vor: Wir haben einen *Level One*, der eigentlich in der Todeszelle in Oklahoma einsitzen sollte, tatsächlich aber in Manhattan herumläuft. Und wir können's nicht mal jemandem sagen. Wie also sieht der Plan aus, wenn er abhaut?«

»Wir spüren ihn mit der Fußfessel auf.« Emmanuel gefiel diese Antwort nicht. Er rieb sich das Kinn und begann mit seinem nicht mehr vorhandenen Bart zu spielen. Terry dachte daran, dass sie mal von Amputierten gelesen hatte, die versuchten, sich an ihren fehlenden Gliedern zu kratzen. »Dein Bart ist weg, Manny«, sagte sie gut gelaunt, in der Hoffnung, dass ihn ein Themenwechsel entspannen würde. Er schnaubte.

»Das macht mir Sorgen«, sagte er, während er abwesend Dennys Akte durchblätterte. Terry dachte, es sei an der Zeit, noch ein Schäuflein nachzulegen. Sie hatte bemerkt, dass Emmanuel in den letzten Monaten zunehmend Anzeichen eines Karrieristen an den Tag gelegt hatte. Im vergangenen Jahr hatte er sich scheiden lassen, jetzt hatte er eine junge Freundin, eine von denen, die sich von seiner Beamtenstellung beeindrucken ließen, von seinem Top-Secret-Status und gelegentlichen Nachtsitzungen mit Kabinettsmitgliedern. Er hatte abgenommen, dafür schien seine Risikoscheu zugenommen zu haben.

Terry zuckte mit den Schultern. Das Positive betonen. »Schau mal, wir können Denny zu den Verhandlungen bringen. Die ganze Sache dauert eine Stunde. Das State Department bekommt Antworten auf sämtliche Fragen, wir werden alles wissen, was es zu wissen gibt, und du kriegst einen goldenen Stern.« Genau das wollte er hören, das wusste sie. Auch wenn er noch immer skeptisch dreinblickte – sie drehte sichtbar an den richtigen Knöpfen. Und jetzt drehte sie noch ein Stück weiter. »Die brauchen wirklich Hilfe. Unsere Abteilung wird eine Belobigung erhalten, wenn wir ihnen Denny liefern können.«

Er blickte sie lächelnd an. »Ach hör doch auf, du manipulative Hexe.«

Sie lachte, und sie blieb am Drücker. »Deine neue Freundin wird so stolz auf dich sein. ›O Manny …‹, wird sie sagen.« Terry zog ihre »Dummerchen-mit-fiepsender-Stimme«-Nummer ab, von der sie wusste, dass sie ihm insgeheim gefiel, auch wenn Emmanuels neue Freundin eigentlich ein Doktorstudium der Physik an der Georgetown University absolvierte und wahrscheinlich mehr auf dem Kasten hatte als sie selbst. Ihm gefiel das Image eines Mannes mit einem Vorzeigepüppchen an seiner Seite.

»Ist ja gut, alles klar«, beschwichtigte er sie mit einer Handbewegung. »Nur dieser eine Einsatz, okay? Dann ist Feierabend.« Er hatte jetzt diese angespannte Jammerstimme, die Terry jedes Mal veranlasste, seinen Befürchtungen mit ihrem Selbstbewusstsein entgegenzutreten.

»Ein Einsatz. Dann Feierabend.« Terry schenkte ihm ein breites, frohes Lächeln. »Alles wird gutgehen.«

Emmanuel nickte. Sein Sorgenschleier begann sich zu lichten, wie immer, wenn er eine Entscheidung getroffen hatte. Er warf Dennys Akte auf den Tisch. »Na gut. Ich ruf den Gouverneur von Oklahoma an. Scheiße!«, sagte er, indem er aufstand und Terry damit aufforderte, desgleichen zu tun. »Ich weiß nicht mal seinen Namen. Jerry!«

Emmanuels Assistent, der einzige andere Mitarbeiter der Abteilung, steckte seinen Kopf zur Tür rein. »Ja?«

»Wer ist zurzeit Gouverneur von Oklahoma?«

»Keine Ahnung.«

»Erkundigen Sie sich und rufen Sie ihn oder sie an.«

»Bin schon dabei.«

Emmanuel wandte sich wieder Terry zu. »Ein Einsatz, dann Feierabend, klar?«

»Ein Einsatz, dann Feierabend.« Sie nickte, klemmte sich Dennys Akte unter den Arm und winkte Emmanuel kokett zu, ehe sie die Tür hinter sich zuzog.

Kapitel vier

Auch wenn es ihm bei den Ladys möglicherweise nichts brachte, sagte sich Snowe, während er an der Radarfalle wartete, doch karrieremäßig werden die Karten jetzt neu gemischt. Einige andere Streifenpolizisten hatten ihm bereits den Spitznamen *Supercop* verpasst, und Chief Fremantle hatte ihn an diesem Morgen in sein Büro gerufen, um ihm mitzuteilen, einige Bürger hätten angerufen, um ihn für sein Verhalten bei einem Verkehrsunfall an einer stark befahrenen Kreuzung zu loben. Er war schnurstracks auf den zertrümmerten BMW des betroffenen Geschäftsmannes zugegangen, hatte die Beifahrertür geöffnet und einen Flachmann mit Scotch unter dem Sitz rausgezogen. Sie befanden sich in einem schwarzen Viertel, und die andere beteiligte Person war eine schäbig gekleidete Schwarze gewesen, die sich alles andere als eine gerechte Behandlung durch die Polizei erwartete. Umso mehr applaudierten ihm die verblüfften Zuschauer, als er den Geschäftsmann in Handschellen legte und auf den Rücksitz seines Streifenwagens schubste.

Im Verlauf einer Woche hatte er eine Gitarre im Spind einer Frau »gefunden«, die das Instrument als gestohlen gemeldet hatte, um von der Versicherung zu kassieren. Beim Plaudern mit ein paar Kids an einer Straßenecke hatte er nebenbei einen Einbruch aufgeklärt, und er hatte einen Mann wegen schwerer Körperverletzung festgenommen, obwohl ihm drei Freunde für die betreffende Nacht ein Alibi gegeben hatten. Er teilte allen dreien ganz einfach mit, wo sie sich in jener Nacht wirklich aufgehalten hatten, und erntete entsprechend erstaunte Blicke, während er sie ermahnte, die Polizei nicht anzulügen.

Das Beste war, so schien ihm, dass er keine wertvolle Zeit mehr damit verschwenden musste, herauszufinden, wer die Unwahrheit sagte. Über nichts konnte Snowe – aber auch seine Kollegen – sich mehr ärgern als darüber, sich dieses kindische, eigennützige Gequassel anhören zu müssen, mit dem man die Polizei nach Meinung der Leute an der Nase rumführen konnte: Ich hab dieses Methadon-Päckchen gerade vorhin auf der Straße gefunden, wusste nicht mal, was das für Zeug ist. Das bin nicht ich auf dem Video, muss ein Typ sein, der mir total ähnlich sieht. Ich hatte keine Ahnung, dass meine Exfrau hier lebt, ich hab hier nur geparkt, um im Auto meinen Lunch zu verzehren. Was für ein Zufall aber auch! Als er hörte, wie sich die anderen Polizisten im Pausenraum über Situationen unterhielten, mit denen er selbst in der Woche davor auch konfrontiert war, konnte er nicht anders, als sie zu bemitleiden. Er fragte sich, ob er sich vielleicht ein wenig zurücknehmen sollte, etwas verwirrter handeln sollte, nur für den Fall, dass jemand den Verdacht schöpfte, er würde mit gezinkten Karten spielen.

Er hörte an der Ampel einen Motor aufheulen, gleich darauf raste ein roter Porsche an ihm vorbei. Snowe fuhr raus in die Sycamore Road und nahm die Verfolgung auf. Der Fahrer verlangsamte das Tempo auf die Hälfte, so wie es alle machen, wenn sie draufkommen, dass ein Streifenwagen hinter ihnen fährt. Snowe machte das Spaß. Wenn sie dann anfingen zu fahren wie bei ihrer Führerscheinprüfung. Ganz langsam auf gelbe Ampeln zurollten, ihre Blinker benutzten, auf Fußgänger achteten, auch wenn spätnachts kein Mensch auf der Straße war. Ach, ein Polizist hinter mir? Kein Problem. Betrifft mich nicht. Wie eine Katze, die mit ihrer Beute spielt, wartete Snowe immer ein wenig, ehe er das Blaulicht einschaltete, damit sie bis zur letzten Sekunde hofften, er würde sie doch nicht heranwinken. Er beobachtete ihre Augen, wie sie immer wieder kurz in den Rückspiegel spähten, um draufzukommen, worauf Snowe hinauswollte. Wenn er dann das Licht einschaltete, konnte er sehen, wie der Fahrer aus Frustration jeweils krampfartig zusammenzuckte; eine ruckartige Bewegung mit dem Kopf oder ein Zucken mit der Hand, die Art von Bewegung, die für gewöhnlich mit dem Ausruf eines Schimpfwortes einhergeht: »Scheiße!«

Den Genuss, den diese Augenblicke bereiteten, konnten nur andere Cops nachempfinden. Wenn du einem Zivilisten sagst, es macht Spaß, Leute aufzuhalten, wirst du sofort Abscheu erregen. Augenblicklich werden die bekannten Klischees bemüht, die Bullen würden sich ja nur dafür rächen, dass sie nicht zum Schul-Abschlussball eingeladen waren, oder dass sie als Schüler an der Highschool gemobbt wurden. Jetzt, mit Pistole und Dienstabzeichen ausstaffiert, würden sie's der ganzen Welt heimzahlen. Snowe kannte das alles, normalerweise von betrunkenen College-Girls, die vergeblich versucht hatten, sich flirtenderweise eine Anzeige wegen Alkohols am Steuer zu ersparen, und sich jetzt auf dem Rücksitz seines Streifenwagens wiederfanden und sich fragten, was ihn zu so einem Fiesling gemacht hatte, einem Lebensversager, einem verbitterten und machtgeilen Idioten, der seine einzige Freude daraus bezog, anderen Leuten, die wesentlich besser, klüger und netter waren als er, den Tag zu versauen. Das nächste Zusammentreffen spielte sich in der Regel vor Gericht ab, wo sie meist in Begleitung ihrer Eltern aufkreuzten, in einer übertriebenen Entschuldigungshaltung, voller Scham und Reue. Doch der Schaden war nun mal angerichtet. Er wusste, dass man ihn hasste. Das war wahrscheinlich die am ehesten mit Rassismus vergleichbare Lage, in die ein gesunder, gutaussehender, weißer Mann je geraten konnte, und dafür revanchierte er sich eben mit seinem Katz-und-Maus-Spiel. Du willst keinen Strafzettel? Halt dich an die Geschwindigkeitsbegrenzung!

Er schlenderte vor zum Seitenfenster des Wagens und war überrascht, eine junge Dame am Steuer vorzufinden, eine hübsche, zarte Blonde, wahrscheinlich eine Studentin der Michigan State University. Normalerweise saßen ältere Männer in solchen Autos. Gehört wahrscheinlich ihrem Daddy, dachte Snowe. »Sie wissen, warum ich Sie angehalten habe?«

Nach ein paar Wochen in der *Wilderness* war Snowe froh, ein paar Schichten im wohlhabenderen Teil der Stadt schieben zu können. Er beschäftigte sich lieber mit zu schnell fahrenden Porsches, Lärmbelästigungen und betrunkenen College-Kids als mit Gewalt zwischen Eheleuten und Schlägereien. Die Bezahlung war schließlich die gleiche. »Bin ich zu schnell gefahren? Der Tacho ist kaputt, da kann ich das schwer abschätzen.«

»Ihr Tacho ist okay«, sagte Snowe. »Ich hab Sie mit sechzig in einer 35er-Zone gemessen.«

»Ich hab gerade meine Oma im Krankenhaus besucht«, sagte das Gör mit süßer Stimme, »da war ich wohl ein wenig aufgeregt.«

»Sie kommen vom Haus Ihres Freundes Jeff, wo Sie sich mit Marihuana eingedeckt haben«, sagte Snowe und ahmte dabei ihren süßlichen Tonfall nach. »Vorsichtigerweise haben Sie das Zeug in den Kofferraum gelegt, für den Fall, dass Sie angehalten würden. Wir haben jetzt also zwei Möglichkeiten: Entweder Sie akzeptieren Ihr Strafmandat wegen Schnellfahrens, oder ich hole unsere Hundetruppe, die Ihren Kofferraum durchsucht.«

Die junge Dame sagte gar nichts. Sie sagten nie was, stellte er fest. Wenn jede Lüge, die sie erzählten, augenblicklich aufgedeckt wurde, verschlug es ihnen einfach nur mehr die Sprache. Herrlich war das – nichts als süße Ruhe, während sie es zuließen, dass er ungestört seinem Geschäft nachging, das Recht durchzusetzen. Ihnen blieb nichts übrig, als sich endlos zu wundern: Wie zum Teufel ist das möglich? Unmöglich, die vielen Minuten zu zählen, die ihm in nur einer Woche erspart geblieben waren, in denen er sich ansonsten all die abstrusen Geschichten seiner lieben Mitbürger anhören musste, die sie ihm reindrückten, um einer Strafe zu entgehen. Dabei war auch Snowe selbst nicht um den einen oder anderen Trick verlegen. So hatte seine Dienststelle in Kearns beispielsweise gar keine Hundestaffel.

»Also gut«, sagte Snowe und ging zurück zu seinem Streifenwagen, um den Strafzettel auszustellen. Als er ihn ihr ein paar Minuten später überreichte, wünschte er ihr noch einen schönen Abend. »Und fahren Sie vorsichtig.« Sie war noch immer zu geschockt, um antworten zu können, jedenfalls fuhr sie nun ganz langsam weg, deutlich unter der erlaubten Geschwindigkeit.

Der nächste Typ war ein junger Mann in einer zerbeulten Karre aus den siebziger Jahren mit einem defekten Rücklicht. »Wissen Sie, warum ich Sie angehalten habe?«

»Liegt's am Rücklicht?«, fragte er. »Mann, ich hab echt überall gesucht, um das Ersatzteil zu finden. Ich hab das Teil jetzt online bestellt und warte noch immer drauf«, sagte er. Das war wahr. Er wartete schon eine Woche, in der Hoffnung, nicht angehalten zu werden. Zudem war seine Versicherung abgelaufen, weil er seinen Job verloren hatte und ihm das Geld fehlte, sie zu verlängern. Er war unterwegs zu einem Teilzeitjob als Barkeeper, um sich ein paar Mäuse dazuzuverdienen. Snowe ließ ihn mit einer Warnung davonkommen und hatte ein gutes Gefühl dabei. Zurück in seinem Wagen, hörte er aus dem Funksender die Meldung »Zwischenfall mit Schusswaffengebrauch«.

Er musste nicht mal die Adresse hören, um sofort zu wissen, wo das war – in der *Wilderness*, wo sonst? Aguilar, der Neuling, und Toomes, ein permanent zorniger Fünfziger, der den Kollegen gerne rassistische Witze erzählte, wenn er glaubte, dass niemand zuhörte, die beiden waren offenbar in Schwierigkeiten geraten. Snowe nahm das Mikrofon und gab durch, er sei auf dem Weg, obwohl die *Wilderness* mindestens fünf Meilen entfernt war und er bezweifelte, dass er dort als Erster ankommen würde. Er schaltete das Blaulicht ein und raste die nahezu menschenleeren Straßen seiner Stadt hinunter.

In solchen Augenblicken hatte man immer das Bedürfnis, mehr darüber zu erfahren, was vorgefallen war, aber es war natürlich verboten, in einer Alarmsituation den Funkverkehr mit Fragen zu blockieren. Das war dann einer der seltenen Momente, in denen Snowe sich einen Partner gewünscht hätte. Andererseits: Angesichts seiner neuen Fähigkeit würde es ihn mit der Zeit total verrückt machen, mit jemand anderem im Auto zu sitzen und sich acht Stunden lang dessen banale Gedanken anhören zu müssen. Während er so durch die verlassenen Straßen von Kearns fegte, eben setzte ein sanfter Regen ein, wurde ihm klar, dass er von nun an wohl oder übel allein arbeiten musste.

Snowe bog in die *Wilderness* ein, eine endlose Siedlung geduckter Häuser aus roten Ziegeln, früher unter dem Namen *Wilding Estates* bekannt, den heute außer Chronikjournalisten kein Mensch mehr verwendete. In der *Wilderness* wohnten früher mal die Beschäftigten der in Kearns ansässigen Industrie, einer Zündkerzenfabrik, die Ende der achtziger Jahre pleitegegangen war. Die roten Ziegelhäuser mit ihren kleinen Vorgärtchen und den baumgesäumten Straßen waren zu einer Sozialwohnsiedlung mit geförderten Mieten erklärt worden und füllten sich rasch mit den hoffnungslos Armen, arbeitslosen Zuwanderern aus Detroit und Flint, die von der Wirtschaftskrise in ihrem Bundesstaat vertrieben wurden. Kearns war in Michigan für seine gut funktionierenden Sozialsysteme bekannt, und für sein riesiges neues Gefängnis, den einzigen Arbeitgeber in der Region, der noch gewerkschaftlich erkämpfte Arbeitnehmerrechte garantierte.

Snowe konnte schon beim Einfahren in die Siedlung die in den Ziegelbauten gespiegelten Blaulichter anderer Polizeifahrzeuge sehen. Als er ankam, stellte er fest, dass bereits vier andere Streifenwagen am Schauplatz erschienen waren. Trotz des Regens war eine kleine Menschenmenge, alles Schwarze, in der Straße versammelt. Da lag eine blaue Polizeiplane, und Snowe konnte einen Fuß mit einem sauberen, weißen Sneaker aus der Plane hervorlugen sehen. Immer wenn er eine Leiche sah, kam ihm derselbe Gedanke. Er stellte sich vor, wie sich die Person früher am Tag diesen Schuh angezogen hatte, nicht wissend, dass sie ein paar Stunden später unter einer Polizeiplane auf der Straße liegen würde, bis endlich die Polizei-Pathologen mit ihrem

Einsatzbus ankamen. Woran mochte diese Person hier gedacht haben, als sie zum letzten Mal ihren Schuh angezogen hatte?

Aguilar, der Neue, lehnte an seinem Streifenwagen. Die Kappe hatte er abgenommen, er war vom Regen durchnässt. Toomes und Kleider standen neben ihm. »Er hatte eine Pistole«, sagte Aguilar. »Ich weiß, dass ich eine Pistole gesehen habe.«

Aguilar war wirklich der Meinung, eine Pistole gesehen zu haben, das wusste Snowe. Das war ein Problem, das nicht einmal er lösen konnte. Er wusste, dass er jetzt was unternehmen musste, bevor die Kripoleute oder die Beamten von der Abteilung für Innere Angelegenheiten kamen. Er ging rüber zu der Menschenmenge, die ihn anschrie, als er sich ihr näherte.

»Willst du uns jetzt auch erschießen?«

»Wieso gibt's hier eigentlich keine schwarzen Cops?«

»Wird er jetzt befördert, weil er einen schwarzen Jungen erschossen hat? Wird er jetzt zum Sergeant ernannt?«

Snowe ging näher zu den Leuten hin, aber es waren zu viele, ihre Gedanken zu laut, zu schrill und durcheinander. »Hat irgendwer was gesehen?«, fragte er. Er wusste, dass keiner mit ihm reden würde, schon gar nicht vor allen anderen. Der Polizei zu helfen war in diesem Wohnviertel das einzige unverzeihliche Verbrechen. Also hoffte er auf heimliche Gedanken, die hilfreich sein könnten.

Schau in den Kanal da drüben rein.

Snowe wusste nicht, wer das dachte. Er versuchte, mit irgendjemandem Augenkontakt herzustellen, mit jemandem, der versuchte, ihm zu helfen, sich aber nicht hervortraute. Doch er sah nichts als Zorn.

Versuch's im Kanal. Sein Freund hat die Pistole in den Kanal geworfen. Snowe ging zurück zu seinem Auto und holte eine Taschenlampe. Es hatte noch stärker zu regnen begonnen, die Menschen begannen sich etwas zu zerstreuen. Es gab mehrere Kanalabflüsse auf beiden Straßenseiten. Er leuchtete in den Kanalschacht in der Nähe der Leiche, sah aber nichts. Wenn er die Pistole nicht vor den Augen der Zuschauer fand, würden sie ihn später beschuldigen, sie heimlich untergeschoben zu haben, so viel war ihm klar. Er prüfte alle anderen Kanalöffnungen, und just in dem Augenblick, als Chief Fremantle am Schauplatz erschien, warf er einen prüfenden Blick in den Kanal, der der Menschenmenge zunächst lag. Unter Beobachtung der gesamten Straße – wobei einige gefährlich aussehende Typen sich regelrecht über ihn beugten – zog er eine mit nassen Blättern bedeckte 22er-Pistole vom Boden des Kanalschachtes hoch.

»Sieht wie eine Pistole aus«, sagte er zu den Leuten und hielt das Ding in die Höhe. »Könnte das vielleicht die Waffe sein, von der er gesprochen hat?« Er hörte einige zufällig daherkommende Gedanken. Sie waren tatsächlich überrascht. Sie waren wirklich der Meinung gewesen, Aguilar habe einen schwarzen Jungen einfach nur so aus Lust und Laune abgeknallt, weil Cops so was nun mal gern machten.

»Mann, du hast die hier selbst platziert«, rief jemand aus, eher um die Zustimmung der Menge zu bekommen als aus echter Überzeugung. Snowe konnte die Gedanken des jungen Mannes hören. *Ich bring die alle so weit, dass sie sagen, er hat sie hier platziert.*

»O nein, er hat sie nicht selbst platziert«, sagte ein älterer Mann. »Ich hab gleich hier gestanden. Hab gesehen, wie er sie aus dem Kanal gezogen hat.« Snowe blickte zu dem alten Mann rüber und dankte ihm mit einem Nicken, doch der Mann verweigerte den Blickkontakt, drehte sich um und ging seiner Wege. Die Menge begann sich aufzulösen. Snowe brachte die Pistole rüber zu Aguilar, der ihn mit dem Ausdruck höchster Erleichterung und Dankbarkeit empfing.

»Du bist verdammt nochmal der Größte, Snowe«, sagte Kleider. »Das hätte sich hier zu einem Aufstand auswachsen können.«

Chief Fremantle klopfte ihm auf die Schulter. »Gute Arbeit, mein Sohn.« Er lächelte. »Happyends sind in dieser Gegend die absolute Ausnahme.« Und als er realisierte, dass ein paar Meter entfernt ein toter Junge unter einer Polizeiplane lag und dies wohl doch eher nicht als Happyends bezeichnet werden konnte, ausgenommen für Aguilar und das Kommissariat: »Du weißt schon, was ich meine.«

»Dieser Mann hier«, sagte Toomes, eine Hand auf Aguilars Schultern und mit der anderen fröhlich auf Snowe weisend, »schuldet dir ein Bier.«

Sergeant Coffey gefiel das nicht. Er sagte zwar nichts, weil er ein guter Soldat gewesen war und jetzt ein guter Justizwachmann war, und weil er sein Leben lang immer wieder Befehle empfangen musste, die ihm nicht gefielen. Er hatte drei Einsätze im Irak hinter sich und vier Jahre lang im U-Trakt gearbeitet, wo die geistig instabilen Insassen untergebracht waren, die zu Gewalttätigkeiten neigten. Sein Arbeitsleben bestand im Grunde aus einer Reihe von Scheißjobs, und er hatte gelernt, seine Meinung für sich zu behalten, doch Terry Dyer war das Missfallen nicht entgangen, das sich in seinem zerklüfteten Gesicht eingenistet hatte.

Sergeant Coffey hatte eine einfache Lebensphilosophie.

Es gab zwei Arten von Menschen, die Guten und die Bösen. Die meisten waren gut. Denny war böse. Aus irgendeinem Grund, den Coffey nicht verstand und den ihm offenbar niemand zu erklären geneigt war, hatten nun aber Mitarbeiter der US-Regierung entschieden, dass Denny aus seiner Zelle geholt und auf einen Trip nach New York City gesendet werden sollte. Es hatte den Anschein, dass Denny zu irgendwas imstande war, das nur er allein beherrschte, und aus diesem Grund wurde er wie ein menschliches Wesen behandelt, und nicht als der polizistenmordende, mit Drogen handelnde Drecksack, der er war. Coffey konnte kaum glauben, dass Denny über irgendwelche Sonderbegabungen verfügte, das Pokerspiel mal ausgenommen, das er überraschend gut zu beherrschen schien, und er fragte sich, ob hier eine ganz andere Geschichte ablief, irgendeine bizarre Spionagesache oder so. Wer weiß, vielleicht sprach er ja eine dieser afrikanischen Sprachen, oder möglicherweise brauchte die Regierung bloß einen exzellenten Pokerspieler. Doch solange Denny innerhalb von achtundvierzig Stunden in seine Zelle zurückkehrte, wie von den Regierungsleuten versprochen, konnte Sergeant Coffey das ziemlich egal sein. Alles zu hinterfragen war schließlich nicht das Verhalten, mit dem er es zum Sergeant gebracht hatte.

»Es wird Ihnen Spaß machen, Sergeant«, sagte Terry. »Sie bekommen eine Gratisfahrt nach New York City, und wir bringen Sie in einem feinen Hotel unter.«

»Jawohl, Ma'am«, sagte er mit versteinerter Miene.

Herrgott nochmal, dachte Terry. Mit dem ist's sicher superlustig auf Partys. Sie schenkte ihm ein süßes Lächeln. »Vielleicht springt ja ein kleiner Urlaub auf Firmenkosten für Sie raus.«

»Ich hab keine Ahnung«, sagte er, auf Denny zeigend, der gerade mit einer elektronischen Fußfessel ausgestattet wurde, »wie ich auf den aufpassen soll.« Terry sagte nichts, kramte bloß in ein paar Akten in ihrer Tasche.

Der Techniker, der die Fußfessel befestigt hatte, wandte sich an Terry. »Okay, sie ist dran. Versuchen Sie's.«

Terry rief Emmanuel an, der in seinem Büro in DC vor dem Laptop saß. »Aber ja doch, das Ding funktioniert«, sagte er. »Ihr befindet euch in der Dunlap-Haftanstalt in Dunlap, Oklahoma.«

»Genau da sind wir«, sagte sie fröhlich. Sie blickte auf Denny, der denselben Anzug trug, den er bei seiner Verhandlung vor sechs Jahren getragen hatte und der ihm noch einigermaßen zu passen schien. Ein guter Anzug war das, und er war ein gutaussehender Mann mit einer anständigen Frisur. Er würde im Gebäude der Vereinten Nationen nicht weiter auffallen, vor allem nicht mit einer UN-ID-Karte und einer Aktentasche. Beides hatte sie für ihn mitgebracht und ihm ausgehändigt. Selbstverständlich würden sie ihm im UN-Gebäude die Fesseln und Handschellen abnehmen, die Coffey unbedingt bis zum letzten möglichen Augenblick an ihm sehen wollte.

»Sie sehen großartig aus«, sagte Terry zu Denny und zog seinen Anzug an der Rückseite ein wenig nach unten, um die Passform zu verbessern. »Passt ausgezeichnet.« Sie bedankte sich beim Techniker und wandte sich an Sergeant Coffey.

»All right, auf geht's nach New York.«

Als Sergeant Coffey den Privatjet erblickte, der für sie auf einem Flugfeld wartete, von dem er nicht einmal gewusst hatte, dass es existierte, war er sichtlich beeindruckt. Wenn die Sache wichtig genug für einen Privatjet war, dann tat er hier ja möglicherweise wirklich was Gutes für sein Land. Er warf Denny einen Blick zu, den Terry als Mischung aus Bewunderung und Verwirrung interpretierte, als ob er dachte, was zum Teufel hat's mit dem Kerl bloß auf sich? Nicht zum ersten Mal wünschte sich Terry, sie wäre Gedankenleserin. Wie cool das wohl wäre, die privaten Selbstgespräche der anderen belauschen zu können? Sie unterdrückte den Gedanken. Sie wusste, wie die Geschichte ausging.

Im Flugzeug setzte sie sich zu Denny, der, mit Ketten angetan, aus dem Fenster hinaus auf Wolken und Sonnenlicht starrte. »Wie geht's, Brooks?«

»Gut.«

Schon wieder so ein Wortakrobat, dachte sie. Die Typen aus Oklahoma schienen nicht zu den Gesprächigsten zu gehören. »Sergeant«, sagte sie zu Coffey, der sich zu keinem Zeitpunkt mehr als zwei Meter von Denny entfernt hatte, seit sie das Gefängnis verlassen hatten, »ich muss einen Augenblick mit dem Insassen allein sein.«

Sie wusste, dass Coffey es bevorzugte, wenn sie von Denny als dem *Insassen* sprach und ihn damit seines Namens beraubte. Wortlos stand Coffey auf und ging in den vorderen Teil des Flugzeugs.

»Ich möchte Ihnen sagen, was wir vorhaben«, sagte sie – doch Dennys Augen hatten sich im selben Moment belebt, in dem Coffey sich entfernt hatte, als ob ein Schalter umgelegt worden wäre. Er unterbrach sie.

»Was ist mit Ihnen los?«, fragte er.

»Wie meinen Sie das?«

»Wie kommt es, dass ich nicht hören kann, was Sie denken?« Er lehnte sich vor und senkte die Stimme. »Von allen

Menschen, die ich im letzten Jahr getroffen habe, sind Sie die Einzige, deren Gedanken ich nicht lesen kann.« Er dachte eine Sekunde nach, dann zuckte er mit den Schultern. »Stimmt schon, allzu viele Leute hab ich nicht getroffen, aber Sie wissen bestimmt, was ich meine.«

»Ich hatte als Kind Epilepsie«, sagte Terry. »Ich wurde operiert, dabei haben sie mir einen Teil des Gehirns weggeschnitten, den sogenannten *Corpus callosom*. Deshalb bin ich nicht lesbar.« Sie lächelte ihn an. »Deshalb hab ich diesen Job hier.«

Denny sah sie an, als ob er noch mehr Fragen hätte – eine Situation, mit der sie gut umgehen konnte. Sie wollten immer mehr wissen. Sie würden sie den ganzen Tag lang mit Fragen löchern, wenn sie es zuließe. »In einem Monat werde ich die einzige interessante Person sein, die Sie kennen«, sagte sie.

»Wir werden uns in einem Monat noch kennen?« Er blickte sie skeptisch an.

»Das hoffe ich. Ich hoffe, wir können lange Zeit zusammenarbeiten.«

»Die könnten mir jederzeit die tödliche Spritze verpassen.«

»Darüber können wir uns mit dem Gouverneur unterhalten«, sagte Terry, öffnete eine Akte und zog die Tischplatte zwischen ihren Sitzen herab, womit sie Denny ihr Bedürfnis signalisierte, wieder einen geschäftlicheren Ton anzuschlagen. »Ein Anruf hat gereicht, um Sie in diese Maschine zu bringen. Ein zweiter wäre genauso einfach.«

Denny schüttelte beinahe unmerklich den Kopf. »Warten Sie mal – Sie könnten den Gouverneur anrufen und mein Todesurteil aufheben lassen?«

»Wir könnten. Wir könnten uns dazu gezwungen sehen.

In zehn Jahren oder so könnten wir sogar um Ihre Entlassung ansuchen, damit Sie für uns arbeiten können. Ein Mann mit Ihren Fähigkeiten ist ja offensichtlich äußerst wertvoll für uns«, sagte Terry.

Denny lehnte sich zurück und betrachtete sie längere Zeit. »Ich wüsste gern, was die Familie des Erschossenen dazu zu sagen hätte.«

»Damit können wir uns immer noch beschäftigen. Wenn heute alles gut läuft, können wir anfangen, gemeinsam die Zukunft zu planen«, sagte sie kokett lächelnd. Terry hatte den sicheren Eindruck, dass ihre Worte auf Skepsis trafen, obwohl sie alles sagte, was ein Mann in seiner Situation gerne hörte. Sie öffnete die Akte und zeigte Denny ein 8 × 10 großes Glanzpapierfoto, das einen engelhaft aussehenden schwarzen Mann Mitte fünfzig zeigte. »Über all das können wir später noch sprechen. Schauen Sie sich inzwischen dieses Foto hier an.«

»Wer ist das?«

»Sein Name ist Jean Paul ...« Sie sah sich die Buchstaben seines Nachnamens einzeln an, musste aber dann doch aufgeben und zeigte Denny den in der Akte stehenden Namen: Biakalabatuka. Beide versuchten eine Weile, den Namen auszusprechen, indem sie ihn in einzelne Silben zerlegten, und als sie lachen mussten, ernteten sie einen unmissverständlich missbilligenden Blick von Sergeant Coffey. Terry lehnte sich so nahe rüber zu Denny, dass sie sich hätten küssen können, und flüsterte neckisch: »Ich hab den Eindruck, der Sergeant mag es nicht, wenn wir lachen.«

»Sieht ganz danach aus«, sagte Denny, der jetzt ganz offensichtlich in guter Stimmung war. Er hielt das Hochglanzfoto in die Höhe. »Was hat's denn nun auf sich mit dem Typ da?«

»Er besitzt eine Ölraffinerie in irgend so ’nem elenden afrikanischen Loch. Wir wollen sie kaufen, er will aber nicht verkaufen. Sie werden uns sagen, warum nicht.«

»Das ist alles?«

»Das ist alles. Sie sitzen in einem Raum unmittelbar neben dem Sitzungszimmer. Es gibt ein Fenster zum Reingucken in Form eines einseitigen Spiegels. Sie sagen mir nur, was dieser Biaka-Dingsbums so denkt, und ich leite das dann weiter an unseren Mann in der Sitzung.«

»Klingt spannend«, sagte Denny.

Terry nickte. »Ich hoffte, dass Sie das sagen würden. Und danach«, sagte sie, jetzt im Flüsterton und die Hand leichthin auf Dennys Bein legend, »gönnen wir uns ein feines Dinner. Nur Sie, ich und die elektronische Fußfessel.«

»Ein Dinner?«

»Wenn Sie brav sind.«

Der Flughafen, auf dem sie landeten, bestand aus einer Landebahn und einem einzelnen, kleinen Terminal, vor dem ein Golfmobil parkte. Darin saß ein junger Bursche, der zusah, wie Coffey noch auf der Landebahn Dennys Ketten abnahm, vor lärmenden Düsentriebwerken, die jede Konversationsmöglichkeit unterdrückten. Dann ging Sergeant Coffey, die Ketten mit sich tragend und jeden Augenkontakt mit Terry oder Denny vermeidend, zu einer Lincoln-Town-Limousine, wo zwei Militärpolizisten warteten. Sie waren in Zivilkleidern, wie von Emmanuel angeordnet.

»Er sieht verärgert aus«, rief Terry Denny zu, nachdem die Triebwerke ausgeschaltet waren und sich der Lärm gelegt hatte. »Was denkt der bloß?«

Denny zuckte mit den Achseln. »Er mag mich nicht. Er

meint, ich krieg zu viele Privilegien. Er will seiner Freundin im Knast eine SMS schreiben und ihr das alles erzählen.«

»Er will seiner Freundin schreiben, und nicht seiner Frau?«

Denny lachte. »Seiner Frau hat er gesagt, er würde bis Donnerstag weg sein. So kann er nach seiner Rückkehr eine Nacht bei seiner Freundin verbringen.«

Terry lachte: »Schlimmer Junge.« Auf dem Weg zum Auto genoss Denny die neu gewonnene Freiheit seiner ungefesselten Glieder, und Terry staunte wieder mal über seine ungewöhnlichen Fähigkeiten. Sergeant Coffey, Autoritätsperson wie aus dem Bilderbuch, mit militärischem Auftreten, kurzgeschorenem Haar und den Gefängnisketten in Händen, war auch nur einer von den Allerweltskerlen, die ihren Frauen Lügen auftischten. Eigentlich sehr verständlich, dass Gedankenleser bald mal außer Kontrolle gerieten, dachte Terry. Schon nach wenigen Wochen im *Online*-Modus, das wusste Terry, neigten sie dazu, ihre Beziehungen zu beenden. Wenn Terry mit ihnen Kontakt aufnahm, waren sie fast immer von Ehefrauen oder Partnerinnen getrennt. Mehr von deiner Frau zu wissen heißt nicht automatisch, sie auch mehr zu lieben. Eigentlich eher das Gegenteil.

»Ich würde sehr gern wissen, was Sie denken«, sagte Denny mit einem Blick, den sie als warmherzig empfand.

Die zwei Militärpolizisten stellten sich Terry vor und wiesen Denny an, auf dem Rücksitz Platz zu nehmen, zwischen einem der beiden und Sergeant Coffey. Terry setzte sich auf den Beifahrersitz, der andere Militärcop fuhr sie in die Stadt hinein. Emmanuel hatte den Beamten aufgetragen, keine Fragen zu stellen, es war also eine recht ruhige Fahrt.

Nach Jahren in Einzelhaft war dies für Denny die erste Gelegenheit, wieder mal die Welt draußen zu sehen. Er staunte über die manische Betriebsamkeit in Downtown Manhattan. All das spielte sich Tag für Tag ab, während er auf einer Pritsche saß und die Wände anstarrte. Da war ein Fleischhauer zu sehen, der das Fleisch auf einem Lastwagen inspizierte, dort spazierten zwei Frauen, Kaffeebecher in Händen, angeregt plaudernd die Straße runter, da drüben verkaufte ein arabischer Typ Hotdogs. In achtundvierzig Stunden würde er wieder auf eintönig weiße Wände und Stahltüren reduziert sein, die orangen Overalls als einzige Farbtupfer. Nach seiner Exekution würde sich die Welt einfach weiterdrehen.

Sie würden ihn exekutieren, das wusste er. Diese Frau da mit ihrem Flirtgehabe und der ladygemäßen, ihrer Meinung nach nicht sichtbaren 25er-Pistole im Jackenhalfter hielt ihn doch nur zum Narren, so viel war ihm klar. Er hatte einen Bullen getötet. Dachte sie wirklich, er sei so blöd zu glauben, man würde ihn laufenlassen und ihm eine Stelle im Staatsdienst anbieten? Die Frage war bloß, warum sie ihn anlog. Er würde das alles ja auch bloß deshalb machen, um einen einzigen Tag aus seiner verdammten Kiste rauszukommen. Manche Leute lügen auch dann, wenn die Wahrheit dienlicher wäre, doch die meisten dieser Leute saßen neben ihm in engen Zellen. Das Einzige, was er über Terry mit Sicherheit sagen konnte, war, dass sie gut roch und eine ansprechende Figur hatte. Und wenn sie nur weiter so mit ihm flirtete, war ihm das schon ausreichend Motivation, um weiterzumachen, bis man ihn wieder in seine Kiste brachte und er sich dort den wildesten Vorstellungen hingeben konnte.

Er betrachtete ein gigantisches Plakat mit dem Gesicht eines bekannten Schauspielers, dessen Name ihm nicht einfiel und der über irgendwas herzlich lachen musste. Wieso war eigentlich dieser Schauspieler da drüben, und er selbst hier auf dem Rücksitz eines Autos, flankiert von Bewaffneten, deren Aufgabe es war, seine Rückkehr in die Metall-Betonkiste sicherzustellen, damit er dort abkratzt? Welche Entscheidungen hatte der Schauspieler getroffen, welche Chancen hatten ihm offengestanden? Die Gefangenen im Hof gefielen sich in der Rolle derer, die nie eine Wahl hatten, deren Leben von Geburt an beschissen war. Einige hatten ja recht. Einige hatten Mütter, die auf den Strich gingen oder drogenabhängig waren, und abwesende oder gewalttätige Väter, oder Väter, die bei einem Überfall auf einen Schnapsladen getötet wurden. Ihre persönlichen Tragödien waren sich bis zur Ununterscheidbarkeit ähnlich, aber sie taugten immerhin als Antwort auf die Frage, warum einer hier in Dunlap einsaß. Denny hatte immer Schwierigkeiten, diese Frage zu beantworten, er hatte das Gefühl, mit keiner Entschuldigung aufwarten zu können. Abgesehen von sporadischen Gewaltausbrüchen seines Vaters, der eine lebenslange Gefängnisstrafe ausfasste, als Denny zwölf war, unterschied sich sein Leben kaum von dem anderer Kids aus der unteren Mittelschicht. In den Zeitschriften, die man ihnen im Gefängnis gelegentlich zu lesen erlaubte, hatte Denny die Lebensgeschichten einiger berühmter Leute studiert. Einige davon kamen aus Verhältnissen, die um nichts besser als seine eigenen waren.

Es gab Augenblicke in seinem Leben, da dachte er, er könnte es schaffen. Er hatte die Highschool abgeschlossen. Er war bei der Army gewesen. Als er in Deutschland stationiert war, lernte er einen Typen kennen, mit dem er Pläne für ein Unternehmen schmiedete, das sie nach ihrer Soldatenzeit in Oregon gründen wollten. Sie wollten was mit Booten machen, der andere sollte die Boote bauen, und Denny würde sie verkaufen. Er konnte alles verkaufen, und in Oregon lebten jede Menge reiche Leute, die Boote brauchten, und die beiden gönnten sich einen fünften Jack Daniels und redeten darüber, wie toll das alles werden würde. Der Partner schwärmte von seiner eigenen Werkstatt und hob sein handwerkliches Geschick hervor, Denny schwärmte davon, wie er die Dinger an irgendwelche reiche Säcke verkaufen und dann deren Frauen bumsen würde.

Eines Nachts gingen sie im Streit mit den Fäusten aufeinander los, und ihre Freundschaft war zu Ende. Vielleicht war das der Moment, in dem alles zu zerbrechen begann, der Anfang des Weges, der ihn hierher in diese Lincoln-Town-Limousine führte. Er war ein unbeherrschter Typ, und oft machten seine Zornesausbrüche alle seine Bemühungen zunichte. Diesem Charakterzug verdankte er auch die unehrenhafte Entlassung aus dem Militärdienst wegen eines tätlichen Übergriffs gegen einen Sergeanten. Auf dem Papier, das wusste er, kam er jedenfalls als einer von den ganz Bösen rüber, vor allem angesichts des toten Polizisten auf seinem Konto. Freilich hatte er nicht das Gefühl, so dermaßen böse zu sein, wie er von den anderen eingeschätzt wurde. Wenn es nach ihm ging, dann sollte *er* auf diesem Plakat sein, und die im hektischen Stadtbetrieb vorbeiziehenden Menschenmassen sollten *sein* Gesicht da herunterlächeln sehen.

»So, da wären wir«, sagte Terry, als sie vor dem UN-Gebäude vorfuhren. Drei Uniformierte kamen raus, um sie zu empfangen, einer von ihnen ging mit einem alles beschnüffelnden Schäferhund ums Auto rum. Denny dachte an seine Karriere, bevor er den Bullen erschossen hatte, als er mit etlichen Kilo Koks im Kofferraum durch die Gegend fuhr und seine Hände das Lenkrad immer ein wenig fester umklammerten, wenn er einen Bullen mit einem Hund sah, wie sie irgendeine mexikanische Familie am Straßenrand durchsuchten, während er vorbeizog, dankbar für sein angelsächsisches Aussehen, das ihm einen weiteren Tag in Freiheit bescherte. Eine Sekunde lang fühlte er sich in diese Zeit zurückversetzt, den Stress damals, und wie alles gelaufen war. Er hatte einen Mann bezahlt, damit der hinter ihnen herfuhr – ohne irgendjemandem Bescheid zu geben. Es war nicht schwer, eins und eins zusammenzuzählen. Und der arme Jimmy Blake erhielt achtunddreißig Jahre dafür, dass er auf dem Rücksitz gesessen und Witze über geile Kellnerinnen erzählt hatte.

Ein anderer Wachmann kam jetzt mit einem Spiegel, der an einem langen Stab montiert war, um die Wagenunterseite zu prüfen. Dann wurden sie durchgewunken. Denny hörte, wie der Militärpolizist neben ihm an sein Mittagessen dachte. Sergeant Coffey überlegte, ob das ein Job für ihn wäre, hier die Fahrzeuge zu checken. Sieht nach einer ruhigen Kugel aus, dachte er. Er bezweifelte, dass hier je was wirklich Gefährliches passierte, und er war sich sicher, dass die Leute das Gleiche verdienten wie die Wärter in Staatsgefängnissen. Vielleicht sollte er sich bewerben. Der Fahrer überlegte, wo er parken sollte. Denny wusste natürlich nicht, woran Terry gerade dachte, und das beunruhigte ihn. Sie war schon ein schrulliges Wesen. Gut möglich, dass sie erst durch ihren Top-Secret-Job ein wenig komisch geworden war, als Spezialistin für Menschen, die Gedanken lesen konnten. Er sah ein paar Strähnen ihres Haars über die Kopfstütze hängen, und er stellte sie sich nackt vor, ihr Haar weit ausgebreitet über dem Kissen in seiner Zelle. Vielleicht konnte sie bei ihrem nächsten Besuch im Gefängnis um einen Intimbesuch ansuchen. Der Gedanke brachte ihn zum Lächeln.

Der Fahrer fuhr in eine unterirdische Garage, parkte und stellte den Motor ab. Plötzlich kein Motorlärm mehr, und keine Bewegung – es entstand kurzzeitig ein Gefühl der kokonartigen Abgeschlossenheit. Denny hörte die anderen atmen.

»Nun denn«, sagte Terry mit einem Blick auf den Rücksitz, wo Denny saß, die Hände auf den Oberschenkeln. »Tun wir was für unser Geld.«

Die MPs waren an seiner Seite, doch sie hatten Anweisung, es nicht so aussehen zu lassen, als sei er ein Gefangener. Die Leute, die im UN-Gebäude die Korridore entlangspazierten und ihren Geschäften nachgingen, legten wohl keinen Wert auf den Anblick bewaffneter Wachleute und Gefängnisinsassen, dachte Denny. Sie fuhren mit dem Aufzug in den achtzehnten Stock und gingen den Flur entlang zu einem dunklen Raum. Durch ein großes Fenster öffnete sich der Blick in ein gut beleuchtetes Konferenzzimmer. »Nicht das Licht einschalten«, mahnte Terry, »das ist ein Einwegspiegel.« Sie ging in einen kleinen Pausenraum nebenan und legte ihre Aktentasche ab. Dann kam sie zurück und gab Denny ein Zeichen, sich zu setzen. »Sie setzen sich hierhin«, sagte sie. Und zu Sergeant Coffey und den Polizisten: »Ihr müsst draußen warten. Bleibt vor der Tür stehen.«

»Jawoll, Ma'am«, sagten die MPs. Sergeant Coffey folgte mit finsterer Miene. Terry öffnete einen Laptop und stellte ihn auf den Tisch, während Denny – Hände auf den Knien – in das leere Konferenzzimmer blickte. »Okay, das Ganze wird sich so abspielen«, sagte sie, jetzt ganz businessmäßig, jeder

Anflug von Flirt war verflogen. »Sie sagen mir, was unser afrikanischer Freund denkt, und ich tippe es hier rein. Einer unserer Leute sitzt da drinnen mit geöffnetem Laptop, sodass wir ihm Nachrichten senden können. Verstanden?«

»Ja, klar«, sagte Denny.

»Sprechen Sie leise, die Wände sind dünn.«

»Kein Problem.«

Die Tür zum Konferenzzimmer öffnete sich, einige Männer traten ein, Hände schüttelnd und freundlich plaudernd. Die meisten waren Schwarze. Denny erkannte den Mann, dessen Foto Terry ihm im Flugzeug gezeigt hatte. Ein mächtiger Kerl, mindestens zwei Meter groß, mit einem enormen Bauch und einem jovialen Gesichtsausdruck, doch auch ohne Gedankenlesen hätte Denny erkannt, dass dieser Typ zu Grausamkeit und Gewalt fähig war. Es war offensichtlich, dass sein Lächeln dazu diente, irgendetwas zu verschleiern. Der Mann nahm am Kopf des Konferenztisches Platz, Denny am nächsten, mit seinem Rücken zum Fenster, und forderte die anderen Männer seiner Gruppe auf, sich ebenfalls zu setzen, was sie auch ganz rasch taten. Keine Zeit mehr für Begrüßungen.

Denny rückte seinen Stuhl näher an die Wand, sodass er nur etwa einen Meter von dem Mann entfernt war. »So ist's besser«, flüsterte er Terry zu. »So kann ich ihn besser lesen.« Sie nickte.

Am anderen Tischende saßen zwei Amerikaner, beide Weiße. Der Jüngere öffnete einen Laptop und begann zu tippen, und Denny bemerkte, wie Terry ebenfalls in ihren Laptop tippte, um ihm zu antworten. Der ältere Mann war ein vornehmer Gentleman, allerdings mit demselben trügerischen Lächeln wie der Afrikaner, wenn auch ohne den Anstrich vermuteter Grausamkeit. Denny hatte ihn vor seiner Knastzeit schon mal wo gesehen, vielleicht in den TV-Nachrichten. Sie nahmen alle Platz und verharrten einige Sekunden in Ruhe. Keiner wollte als Erster zum Geschäftlichen kommen.

»Er ist schwul«, sagte Denny.

»Wer?«

»Der Afrikaner.«

»Schwul? Echt?« Terry fing zu schreiben an. »Woher wissen Sie das?«

»Der junge Weiße gefällt ihm.«

Terry tippte auch diese Nachricht in ihren Computer. Beide kicherten, als der junge Mann überrascht den Kopf hob und Biakalabatuka anstarrte. Er tippte eine Antwort, und Terry las sie vor: »Er hat in seinem Land erst kürzlich die Todesstrafe auf Homosexualität eingeführt.«

Denny wollte was erwidern, als er plötzlich einen Gedankenstrom von Biakalabatuka wahrnahm. Sie hatten über die Raffinerie zu sprechen begonnen, die er jetzt zu verkaufen bereit war.

»Er will das Geld dazu verwenden, das Land zu verlassen«, sagte Denny. »In den nächsten Wochen wird es zu einem Aufstand kommen. Er wird aus dem Amt gejagt, und er weiß es. Die Raffinerie wird er dann nicht mehr verkaufen können. Die Aufständischen werden sie übernehmen und nicht an die Amerikaner weitergeben.« Die *Amerikaner*. Er hätte an *uns* sagen sollen, dachte Denny. Schließlich gehörte er hier zu einem Team. »Er will das Geld so rasch wie möglich einsacken.«

Terry haute wild in die Tasten, ihr Gesicht strahlte vor Energie. Der junge Mann im anderen Zimmer, der ihre Nachrichten las, bewahrte eine neutrale Haltung, lehnte sich zum älteren Kollegen rüber und wechselte leise ein paar Worte mit ihm.

»Von unserem Geheimdienst hören wir, dass Sie möglicherweise Probleme haben werden, an der Macht zu bleiben«, sagte der Ältere.

Biakalabatuka stritt diese Möglichkeit leidenschaftlich ab, während der ältere Amerikaner ihn freundlich anlächelte.

»Vielleicht können wir Ihnen da helfen«, sagte er. »Vielleicht können wir Ihnen unter die Arme greifen, damit Sie am Ruder bleiben.«

Biakalabatuka hörte zu reden auf. *Höchste Zeit, dass sie mir Unterstützung anbieten.*

Der ältere Amerikaner wusste, dass er die Situation kontrollierte. Er lehnte sich lächelnd in seinem Stuhl zurück. »Aber ohne Gegenleistung wird's nicht gehen.«

Draußen war Sergeant Coffey ziemlich aufgeregt. Er hatte mitbekommen, dass Terry Denny zum Abendessen eingeladen hatte, und er überlegte, wen er anrufen könnte, um das zu verhindern. Es war eine Sache, ihn hierher ins UN-Gebäude zu bringen, um zu tun, was immer die da drin gerade taten, aber es war etwas ganz anderes, den Insassen einer Todeszelle zu einer vergnügten Nacht in die Stadt auszuführen. Und für den Fall, dass er und der Militärpolizist nicht mitkommen sollten – hatte sie sich überlegt, wie verdammt gefährlich das war? Denny war ein überführter Polizistenmörder, und sie war eine zart gebaute Frau. Ein Boxhieb von Denny, und Coffeys Karriere als Gefängniswärter wäre zu Ende. Und was versprach sie sich überhaupt von der verdammten elektronischen Fußfessel? Bestenfalls konnten sie die blinkenden Lichtlein auf der Straßenkarte im Computer verfolgen, während er in ein Werkzeuggeschäft rannte, um sich einen Bolzenschneider zu besorgen und als freier Mann das Weite zu suchen. Wenn er was zu sagen hätte, würde Denny überhaupt nirgends hingehen.

»Wie wär's mit einer Tasse Kaffee?«, fragte er die beiden MPs, die das Herumstehen am Gang allmählich zu langweilen begann. Sie nickten, und Coffey ging in den Pausenraum, wo Terry zuvor ihre Aktentasche abgelegt hatte. Er erinnerte sich, dort einen Kaffeeautomaten gesehen zu haben. Auf der Suche nach Styroporbechern sah er die Aktentasche. Für was für eine gottverdammte Agentur die wohl arbeiten mochte? War sie eine vom CIA, oder FBI? Jedenfalls war sie topsecret klassifiziert, und beim Gouverneur hatte sie genug Einfluss, um einen Todeskandidaten aus der Zelle zu bekommen. Sie bekam Militärpolizisten abkommandiert und bekam ein Flugzeug zur Verfügung gestellt, das sie zu Privatflughäfen brachte, aber sie hatte sich nie klar darüber geäußert, zu welcher Organisation sie nun wirklich gehörte.

Er blickte zur Tür, dann probierte er den Verschluss der Tasche. Der Riegel sprang auf. Er lauschte nach Geräuschen im Flur und öffnete vorsichtig die Tasche.

Ganz oben lag eine ausgedruckte Landkarte von einem Marschland in New Jersey, die er eine Sekunde lang skeptisch betrachtete. Darunter ein Ausdruck des Reisebüros mit ihren Hotelreservierungen. James Coffey, eine Suite. Nach kurzer Betrachtung stutzte er. Was sollte das? Hatte er etwa eine Suite mit Denny gemeinsam? Er sollte ganz allein auf Denny aufpassen? Sie beide würden sich ein Zimmer teilen? Wo waren die Militärs? Sollten die nicht helfen? Daneben lag sein Flugticket. Er sollte morgen Nachmittag zurückfliegen, vom Flughafen La Guardia. Es war ein Ticket erster Klasse. Das war zwar nett, dachte er, doch gleichzeitig fragte er sich, warum er in einem Linienflugzeug zurückflog und warum er kein Ticket für Denny finden konnte.

In einer Reisemappe fand er ihren Reiseplan. 12:30 Uhr Treffen mit MPs auf der Flugpiste. 14:15 Uhr Meeting UN. 17:30 Uhr Denny Dinner – New Jersey. 19:00 Uhr Rückfahrt Auto MPs. 20:00 Uhr Treffen Coffey.

21:35 Uhr Zug Washington. Sie kehrte also heute Nacht nach Washington zurück.

Treffen mit mir? Wieso das denn?

Coffey warf einen Blick auf die Karte von New Jersey, auf die Straßen, die von Manhattan hinaus ins Marschland führen. Da draußen gab es keine Restaurants. Ein Football-Stadion gab es da, Autobahnen und brachliegendes Land mit nichts drauf. Für Denny waren nach 17:30 Uhr keine Tickets vorhanden und auch keine anderen Vorkehrungen getroffen. Was zum Teufel ging da vor sich? Was passierte mit Denny? Und warum musste sie sich mit ihm treffen, nachdem sie mit Denny zu Abend gegessen hatte?

Marschland. Wozu brauchte sie eine Karte vom Marschland? Da draußen gab es überhaupt nichts. Aus unzähligen Filmen wusste er, dass die Mafia im Marschland ihre Leichen entsorgte.

Okay, mal nachdenken. Die Dinge sind meistens einfacher, als sie auf den ersten Blick erscheinen. Wer braucht kein Rückflugticket? Jemand, der nicht zurückkehrt. Denny würde nicht nach Oklahoma zurückkehren.

Wer trägt eine Karte von einer notorischen Leichenentsorgungsgegend bei sich? Jemand, der dort hinfahren will. Mit einer Person, die nicht nach Oklahoma zurückkehrt.

Plötzlich wurde ihm alles klar. Er legte die Papiere zurück und schloss behutsam die Aktentasche. Dann drückte er drei Tassen Kaffee aus dem Automaten, eine für ihn, die anderen für die MPs. Er war jetzt nicht mehr verärgert.

Diese Frau war eine Spionin. Deshalb erwähnte sie nie, für welche Organisation sie tätig war. Sie würde Denny ins Marschland bringen und dort an ihm vollziehen, was das Rechtssystem für ihn vorgesehen hatte.

Ich wünsch dir ein schönes Dinner, dachte er. Coffey hatte jetzt wieder großen Respekt vor Terry Dyer.

»Wir sind hier fertig«, sagte Terry, während sie die Tür öffnete. »Kommt rein, Männer.«

Mit einem breiten Lächeln im Gesicht hielt sie ihnen die Tür auf. Coffey kam rein und sah Denny auf seinem Stuhl sitzen. Er sah aus, als hätte er gerade sämtliche Probleme der Welt gelöst. Was immer da drin passiert war, es musste gut gelaufen sein, dachte er.

Durch das Fenster sah er, wie die Männer im Konferenzzimmer einander lächelnd die Hände schüttelten. Alle waren zufrieden. Er bedeutete Denny, sich zu erheben, und zum ersten Mal, seit sie Oklahoma verlassen hatten, schenkte Coffey ihm ein Lächeln. Steh auf, du polizistenmordender Scheißkerl, dachte er. Deine Freundin hier hat eine nette Überraschung für dich.

Denny stand auf und warf Coffey einen seltsamen Blick zu. Er schaute zu Terry rüber, die dabei war, ihren Laptop zu schließen und ein paar Sachen vom Tisch einzusammeln, wo sie gearbeitet hatten. »Ich muss mich kurz mit diesen Leuten unterhalten«, sagte Terry zu Coffey und den MPs. »Wir treffen uns in zehn Minuten unten in der Parkgarage.«

»Jawoll, Ma'am«, sagte Sergeant Coffey freundlich, als sie sich an ihm vorbeidrängte und über den Flur nach draußen ging. Terry lächelte Coffey an, als würde sie sich über sein gewandeltes Betragen freuen. Coffey blickte zurück zu Denny, der ihn unentwegt anstarrte, als würde er ihn zum ersten Mal sehen. Bei seinem zweiten Irak-Einsatz war Coffey als Wachmann mit einer Gruppe von CIA-Vernehmungsexperten eingeteilt gewesen. Wenn die einen Gefangenen dem Waterboarding unterzogen, nannten sie das »dem Mann ein Bad gönnen«. Gruselige Typen waren das, dachte er, mit all ihren diversen Codewörtern für die verschiedenen Folterarten. Er fragte sich, ob »jemanden zum Abendessen einladen« ein unter Spionen gebräuchliches Codewort war, oder ob nur Terry und ihre Abteilung es benutzten.

»Sie gehen Abendessen mit der Lady«, sagte Coffey gut gelaunt, während er Denny ein Zeichen gab, in den Flur hinauszugehen. Die beiden MPs gingen voran in Richtung Fahrstuhl und tranken den Kaffee, den er für sie geholt hatte. Denny, der noch vor ein paar Augenblicken gelächelt hatte, machte jetzt ein ernstes Gesicht. Er sah ungesund und verschwitzt aus. Coffey verstand nicht, wie der so blöd sein und sich einbilden konnte, dass eine Regierungsbeamtin tatsächlich einen Insassen des Todestrakts zum Dinner ausführen würde. Aber was soll's, es kam ja nur darauf an, dass eine Dumpfbacke wie Denny daran glaubte.

Denny schien zu schwitzen. »Alles okay, Mann?«, fragte Sergeant Coffey, bemüht, sich den Anschein echter Besorgtheit zu geben. Denny wandte sich ihm zu und starrte ihn lange und abwesend an. Irgendwas stimmt nicht mit dem Typ, dachte Coffey. »Nach dem Abendessen wird es Ihnen besser gehen«, sagte er, wobei er so was wie ein freundliches Schulterklopfen versuchte. Denny starrte auf die Hand, die auf seiner Schulter lag, und schüttelte sie mit einer Bewegung ab.

»Na gut, ist mir auch recht«, sagte Coffey lachend.

Sie waren an den Fahrstühlen angelangt, die zwei MPs starrten die Leuchtziffern an, die den sich nähernden Lift anzeigten. 28 27 26. Sie waren auf der achtzehnten Etage, doch der Lift war schnell. 25 24 23. Eine Frau in den Fünfzigern gesellte sich zu ihnen, die in einer Sprache in ein Freisprechtelefon hineinredete, die Coffey als Russisch zu erkennen glaubte. Die Frau schrieb etwas auf ein Clipboard. Denny starrte auf ihren Schreibstift. Kurzfristig beunruhigt, Denny könne die Frau anreden, stellte Coffey sich zwischen die beiden. Interaktionen mit Fremden am besten gar nicht zulassen. Sagt schon der Hausverstand.

Denny starrte noch immer den Stift an. Dann blickte er zu den beiden MPs hoch, die ihre Kaffeebecher in den Händen hielten und sich leise unterhielten, wahrscheinlich darüber, wie sie ihren Abend in der City verbringen würden, bevor sie auf ihre Posten zurückkehrten.

22 21 20.

Geistesabwesend schaute Coffey auf die Etagenzahlen. Morgen um diese Uhrzeit, dachte er, würde Denny bereits tot sein. Coffey stand dem Tod illusionslos gegenüber. Einige Menschen verdienten ihn, andere nicht. Die Kerle, mit denen er im Irak im Einsatz war, hatten ihn nicht verdient. Denny dagegen – der würde den Tod verdienen.

19 18 Bling!

Zwei Wochen später, als Sergeant Coffey vor dem Personalsenat der Strafanstalt Dunlap saß, der entscheiden würde, ob er wegen grober Fahrlässigkeit entlassen werden sollte, würde er auf die Geschwindigkeit verweisen, mit der das alles passiert sei. Mehr fiel ihm zu seiner Verteidigung nicht ein. Das ging einfach alles unglaublich schnell. Nicht zu glauben, wenn man nicht selbst dabei war. Sergeant Coffey hatte versucht, sich zwischen Denny und die russische Frau zu stellen, um ein Gespräch zwischen den beiden zu verhindern, und dabei hatte er seine Beine weit gespreizt, als würde er ganz entspannt dastehen. Er hatte nicht bemerkt, dass Denny sich ein wenig gedreht und ein paar Zentimeter näher an Coffey herangerückt war, wodurch er in die Position kam, sein Knie mit einer solchen Schnelligkeit und Gewalt in Coffeys Leistengegend hochzureißen, dass Coffey noch heute am liebsten winseln würde, wenn er nur daran dachte. Und in der Tat deckte er auch jetzt seinen Unterleib mit den Händen ab, während er dem Personalsenat die Geschichte mit dem schmerzhaften Schlag schilderte.

Coffey war vor Schmerz sofort wie gelähmt gewesen, und schneller, als er denken konnte, spürte er Dennys Hände um seinen Hals. Im Hinfallen knallte sein Kopf gegen die Liftknöpfe. Einer der Militärpolizisten machte einen Schritt vorwärts, hatte jedoch nicht die Geistesgegenwart, seinen Kaffeebecher fallen zu lassen, sodass Denny ihm den Becher mit dem heißen Kaffee ins Gesicht schlagen konnte. Er stürzte rückwärts, schreiend vor Schmerzen, und stolperte über den jetzt am Boden liegenden Coffey. Der zweite MP warf seinen Kaffee zwar von sich, bekam Denny zu fassen und drängte ihn in den Fahrstuhl hinein. Doch obwohl der MP sich an seiner Hüfte festklammerte, brachte Denny es zuwege, ihn in die Aufzugskabine hineinzuziehen, darauf achtend, dass dessen Füße nicht gegen die Lifttür schlugen, was diese automatisch wieder geöffnet hätte. Die Tür schloss sich, und mit einer Hand um den Hals des um sich schlagenden MPs drückte Denny den Knopf für das Erdgeschoss, erwischte jedoch in der Eile mit der Handfläche gleichzeitig auch den Knopf für den ersten Stock.

Der zweite MP versuchte sich zu wehren, doch Denny hatte den Schreibstift der russischen Frau in der Hand. Mit dem stach er jetzt nach unten zu; er versuchte ihm in die Augen zu stechen, doch der MP klammerte sich weiter an Dennys Hüfte fest und drehte den Kopf weg. Denny stach ihm ins Ohr und staunte nicht schlecht, als der Stift in der Ohrmuschel regelrecht stecken blieb. Keine Chance, ihn wieder rauszuziehen. Der MP fasste nach ihm und warf sich wild herum, doch Denny spürte, dass dessen Versuche, ihn auszuhebeln, schwach und ungeschickt ausfielen. Er ruderte hilflos mit den Armen. Denny bemerkte, dass der Schreibstift in seinem Ohr ihm arg zu schaffen machte. Denny fasste ihn an der Gurgel, drehte ihn herum und schmetterte den Kopf des MPs wieder und wieder gegen die Aufzugswand.

Die Aufzugstür öffnete sich. Einige Personen wollten eben einsteigen, als sie Denny bemerkten, der gerade die Hand um den Hals des Polizisten klammerte und dessen Kopf gegen die Edelstahlwand des Aufzugs schleuderte, die bereits mit feinen Blutspritzern übersät war. Eine Frau, die gerade im Begriff war, auf die Aufzugskabine zuzugehen, hielt abrupt an, als hätte sie die Kante einer Felsklippe erreicht. Denny schlug den Kopf des MPs noch ein paar Mal gegen die Wand, die Tür ging wieder zu, der Aufzug fuhr weiter abwärts.

Der Polizist kämpfte zwar noch, allerdings mit nachlassenden Kräften. Er versuchte nach der Pistole in seinem Waffengurt zu greifen. Denny gab ihm einen ordentlichen Tritt gegen den Kopf, dann hielt er still. Blut rann aus seinem

Ohr und sammelte sich auf dem Kachelboden. Denny griff dem Mann in die Jacke und versuchte die Pistole herauszunehmen, doch die steckte in einem Sicherheitshalfter. Wieder öffnete sich die Aufzugstür, diesmal warteten noch mehr Leute draußen. Ein kleiner Asiate, der zu sehr abgelenkt war von seiner Handytelefoniererei, um zu bemerken, dass da ein Mann in seinem Blut lag und ein anderer über ihm stand, stieg tatsächlich ein. Erst als sich die Tür bereits zu schließen begann, blickte er sich um und realisierte, was da vor sich ging.

Er blickte Denny geradewegs in die Augen, die eigenen Augen schreckgeweitet. Denny musste erst gar nicht die Gedanken des Mannes lesen, um zu wissen, dass er die Lage voll im Griff hatte. Er drehte sich weg von dem Fahrgast, der wie angefroren dastand, und fing an, die Schnallen am Pistolenhalfter des Polizisten zu öffnen. Der MP war so gut wie bewusstlos; seine schwächlichen Versuche, dagegenzuhalten, konnten nicht verhindern, dass der Gurt und das Halfter sich schließlich lösten. Denny schlug ihm die Hände weg und nahm ihm die MP-Dienstmarke ab, die er sich gleich an die eigene Jacke steckte. Er schnallte den Gurt und das Halfter an der eigenen Hüfte fest, drehte sich um und blickte dem völlig verängstigten Asiaten ins Gesicht.

»Na du«, sagte er. Denny atmete schwer, aus seiner Nase troff Rotz, sein Gesicht war mit Blut bespritzt. »Her mit deiner Aktentasche.«

Der Mann machte keine Bewegung. Bling. Erster Stock. Die Tür ging auf. Keiner draußen. Sie waren auf der Etage, die Denny versehentlich gewählt hatte. Denny fasste nach der Aktentasche des Mannes und riss sie an sich. Dann schubste er ihn aus der Liftkabine. Er schnappte sich den bewusstlosen MP und schleifte ihn in den Flur des ersten Stocks raus. Der geschockte Asiate, der das alles mit ansehen musste, hatte keine Ahnung, was er tun sollte. Die sich schließenden Aufzugstüren schlugen unbarmherzig am Kopf des MPs an und öffneten sich wieder. Denny warf ihn vor die Aufzugstür und sprang zurück in die Kabine, deren Türen sich erneut schlossen. Am Boden sah er das Mobiltelefon des Asiaten liegen, mit dem dieser noch vor wenigen Sekunden telefoniert hatte. Er hob es auf, und als sich die Türen im Erdgeschoss geöffnet hatten, marschierte er sehr schnell in Richtung Ausgang. Dabei redete er sinnloses Zeug in das Telefon, als ob er verspätet zu einem Termin unterwegs sei. Die Wärter beachteten ihn nicht, als er an ihnen vorbeieilte. Erst als er draußen im Tageslicht war, hörte er ein Alarmsignal. Zügigen Schrittes lief er weiter.

Kapitel fünf

Denny merkte sofort, dass er nicht auf die Straße rausgelaufen war, sondern in einen abgeschlossenen Hof. Die Straße befand sich auf der anderen Seite eines langen Zauns, außerdem stand überall Wachpersonal herum. Er rechnete damit, dass ihm etwa eine Minute Zeit blieb. Sah nicht so aus, als wären die Männer hier draußen schon alarmiert worden. Direkt vor sich sah er den Eingang, durch den sie reingekommen waren. Links ein Häuschen, das wie eine Wahlzelle aussah, daneben weitere Wärter und Autos, die kontrolliert wurden. Unmittelbar vor ihm war ein Schild mit der Aufschrift »Besucherzentrum. Bitte um Nachsicht während der Umbauarbeiten«. Er hörte Presslufthämmer lärmen. Er ging auf den Lärm zu.

»Sie können hier nicht durch«, sagte einer der Bauarbeiter und gab ein Handzeichen. »Sie müssen außen rumgehen.« Denny ging weiter direkt auf ihn zu. »Hey«, rief der Mann aus.

»Ich bin Polizist«, sagte Denny. Er versuchte die Pistole aus dem Halfter zu ziehen, doch der Sicherheitsverschluss ließ das nicht zu. Verdammt. Er zog seine Jacke hoch, um dem Arbeiter die Waffe im Gurt zu zeigen. Der machte einen Schritt zurück und schaute verwirrt. Denny machte sich bewusst, dass er eine ID-Karte eines Militärpolizisten, eine Pistole und eine Aktentasche hatte. Seit wann trugen Bullen eine Aktentasche mit sich rum? Er hatte zu viele Dinge bei sich. Er musste sich für eine Identität entscheiden. Der Bauarbeiter hatte sich wieder gefangen und wandte sich erneut an Denny.

»Polizist oder nicht, da darf keiner durch.« Er ging auf Denny zu, und Denny konnte seine Gedanken hören, als der Arbeiter merkte, dass er Blut im Gesicht hatte und wahrscheinlich einen wilden Ausdruck in den Augen. *Was zum Teufel ist mit dem Typen los? Mein Gott, sieht der unheimlich aus.*

»Bist du bereit, dafür zu sterben?«, fragte Denny. »Noch einen Schritt, und ich hol die Pistole raus.« Er bekam die verdammte Waffe nicht aus dem Halfter, aber der Mann wusste das nicht, machte einen Schritt zurück und zeigte Denny seine Handflächen. »Gehen Sie nur weiter«, sagte er, und Denny sah, wie er mit der anderen Hand nach seinem Handy griff.

Denny rannte über schlammigen Boden und öffnete ein Stahltor, das ins Besucherzentrum führte. Auf einem Schild stand »Pavillon der Menschenrechte«, darunter ein Pfeil, der einen breiten Gang hinunter zeigte. Ein paar Bodenleger blickten auf. »Falsche Richtung«, rief ihm einer zu und deutete auf ein Schild mit der Aufschrift »Pavillon dcr Menschenrechte – geschlossen«.

Denny ging weiter und verschmutze den frisch verlegten Teppich mit Baustellenschlamm. »Verdammte Scheiße, Mann«, rief einer der Bodenleger und erhob sich aus seiner knienden Stellung. Verflucht nochmal, wie gern hätte Denny die Pistole aus dem Halfter geholt. Stattdessen fing er plötzlich zu rennen an, während der Mann ihm »Hey du!« nachschrie und versuchte, sich in Dennys Laufbahn zu werfen und ihn daran zu hindern, noch mehr von dem neuen Teppich zu verschmutzen. Er verfehlte ihn um Zentimeter.

Am Ende des Ganges wartete eine hüfthohe Betonabsperrung, die Denny übersprang. Als er sich auf der anderen Seite umblickte, sah er eine junge Frau in einem blauen Hosenanzug mit einem Namensschild. Eine Fremdenführerin mit einer Gruppe im Schlepptau. Fünfzehn oder zwanzig Japanern starrten ihn geschlossen an.

»Sorry, Sir, haben Sie sich verirrt?«, fragte die Führerin. Er flitzte an ihr vorbei. Bevor er außer Hörweite war, konnte er noch hören, wie sie ihre Führung fortsetzte. Er rannte einen anderen Korridor hinunter, diesmal mit riesigen Fotos afrikanischer Kinder an den Wänden – und dann sah er die Glastür, die zur Straße hinausführte. In der Wachkabine saß ein Security-Mann. Er rannte weiter. Der Wachmann redete mit jemandem. Aus der Wachkabine war das Läuten eines Telefons zu hören. Denny rannte vorbei, die Schiebetüren öffneten sich automatisch. »Hey!«, hörte er den Security-Mann noch rufen. Dann war er draußen auf der Straße.

Immer weiter. Schneller. Er spürte ein Brennen in seinen Lungen, und er fühlte, dass seine Kräfte nachließen. Weiterrennen!, rief er sich zu. Die Jahre in einem Betonkasten hatten ihn ruiniert. Er hätte versuchen sollen, im Gefängnishof ein wenig auf Kondition zu trainieren. Doch Kondition wozu? Für eine Reise auf den elektrischen Stuhl? Als Insasse im Todestrakt hattest du wenig Anlass, dich um deine Fitness zu kümmern. Er lief über einen Parkplatz, aus dem gerade ein Reisebus in eine breite Straße hinausfuhr. Geduckt und im Schutz des Busses hetze er über die Straße, an einer Statue vorbei, die einen Mann auf einem Pferd darstellte, der irgendwas in einen hingestreckten Drachen reinsteckte, dann die 46. Straße rauf. Es ging bergauf, Denny ging langsam vollends die Puste aus. Seine Beine fühlten sich zunehmend wie Pudding an. Als er ein Taxi um die Ecke biegen sah, winkte er es heran.

Das Taxi hielt an.

Denny überquerte betont gelassen die Straße, nickte dem Fahrer zu, stieg ein und knallte die Tür zu. »Fahr los«, sagte er.

»Und wohin, bitte?«

Denny saß unmittelbar hinter dem Mann, sodass dieser sein blutbespritztes Gesicht, seine versaute Frisur und den wild starrenden Blick nicht mitbekam. Gut so.

Wohin? Was sollte die Frage! Einfach nur weg von hier! Er wollte schreien. Zwischen sich und dem Fahrer war eine kugelsichere Plexiglasscheibe eingezogen. Selbst wenn er die verdammte Pistole aus der Halterung bekam, konnte er dem Kerl da vorne nicht damit drohen. Wohin also? Er befand sich in New York City. Was gab's in New York City alles?

»Grand Central Station«, sagte er. Er wollte im Grunde nur eines: dass sein Fahrziel möglichst weit weg von hier war.

Wortlos setzte der Fahrer den Wagen in Bewegung. Okay, schon mal ein Anfang. Langsam glitten sie dahin. Denny sah, wie die Ampel am Ende der Straße auf Gelb schaltete. So fahr doch, fahr doch, fahr doch!, wollte er ausrufen, die Faust geballt. Gib dem verfluchten Karren Gas. Hieß es nicht immer, die New Yorker Taxifahrer seien rücksichtslose Raser? Der Typ hier fuhr wie eine blöde Sau von einer Großmutter. Die Ampel schaltete auf Rot. Verdammt nochmal. Denny drehte sich um und spähte zum Rückfenster raus. Nichts. Okay, das war gut. Er hörte sich schwer atmen und fragte sich, ob der Fahrer das hören konnte. Seine Lungen brannten. Mein Gott, er war aber auch wirklich nicht in Form.

Er warf einen Blick auf die Taxilizenz des Fahrers. Irgendein langer afrikanischer Name. Ob der Mann wohl schon mal von Biaka-Dingsbums gehört hatte, dem Typen aus dem UN-Gebäude? Wohl nicht. Afrika war groß. Würde die verfluchte Ampel je wieder umschalten? Wie lange warteten sie schon? Denny wischte sich übers Gesicht und war überrascht, wie nass es war von Blut und Schweiß. Er faltete sich ein Stück seiner Jacke zurecht und benutzte es als Taschentuch, um sich ein normaleres Aussehen zu geben.

Er schaute noch einmal zurück. O nein! Zwei Security-Männer aus dem UN-Gebäude waren um die Ecke gebogen und rannten jetzt die Straße runter. Einer war fett, aber der andere war ein guter Läufer. Denny checkte wieder das Ampellicht. Noch immer rot. Der Wachmann musste so was wie eine Leichtathletikkanone sein. Er rannte direkt auf den Wagen zu, hatte ihn wahrscheinlich einsteigen gesehen. Hundert Meter, schätzungsweise. Neunzig Meter. Ampel noch immer auf Rot. Scheiße. Denny fingerte am Halfter rum, versuchte nochmal rauszubekommen, wie es funktionierte. Da war eine kleine Schnalle an der Innenseite, gleich beim Gurt. Er drückte drauf. Etwas klickte, aber die Waffe löste sich nicht. Er versuchte es noch einmal. Klick ja, Pistole nein. Fuck!

Fünfzig Meter. Der Mann gehörte ins olympische Team. Ob diese Ampel verdammt nochmal je die Farbe wechselte? Vierzig Meter. Denny schaute auf die Pistole runter und ruckelte ganz sanft an der Schnalle am Halfter rum. Nichts bewegte sich. Der Wachmann kam jetzt so nahe ran, dass er Denny auf dem Rücksitz des Wagens sehen konnte. Er hob seine Arme, um den Fahrer auf sich aufmerksam zu machen.

Plötzlich gab's im Taxi eine regelrechte Musikexplosion – der Fahrer hatte das Radio eingeschaltet. Irgendeine Art brasilianischer Tanzmusik. Der Security-Mann schrie genau in dem Augenblick los, als die Ampel umschaltete und sich das Taxi über die Second Avenue in Bewegung setzte. Denny sah, wie er wild mit den Armen fuchtelte und brüllte, dann bog das Taxi links ab, und der Verfolger verschwand aus dem Blickfeld.

Noch immer heftig atmend, legte Denny den Kopf auf die Sitzlehne. Er schaute an sich hinunter zur Pistole im Halfter, während sie die Second Avenue runterfuhren. Und dann wurde ihm bewusst, dass er auf dem Rücksitz eines Taxis saß und kein Geld in der Tasche hatte, um die Fahrt zu bezahlen. Die kugelsichere Scheibe zwischen ihm und dem Fahrer würde ohnehin verhindern, dass er sich den Weg freischießen könnte, selbst wenn er die Pistole aus dem Halfter bekäme. Außerdem waren die Türen verriegelt, und nur der Fahrer konnte sie öffnen.

Er öffnete die Aktentasche, in der Hoffnung, Bargeld vorzufinden, aber da waren nur Dokumente und Akten. Und zwei teuer aussehende Schreibstifte, einer aus Gold, der andere aus Silber. »Entschuldigen Sie«, sagte er zum Fahrer. »Ich hab gerade bemerkt, dass ich kein Bargeld dabeihabe. Können Sie mal ranfahren, damit ich mir bei einem Geldautomaten was besorgen kann?«

Du wirst abhauen, dachte der Fahrer. *Egal, ob du einen schicken Anzug anhast. Keiner will den Fuhrlohn zahlen.*

»Ich lass meine Aktentasche hier«, sagte Denny. »Bin gleich zurück. Da vorne, bitte, bei dem Automaten da.« Der Fahrer fuhr ran; Denny hörte, wie sich die Türsperre mit einem Klick löste. Er stieg aus, schloss die Tür und rannte am Geldautomaten vorbei in eine Seitenstraße hinein. Er sah noch, wie ihm der Fahrer verwirrt nachschaute, doch er befand sich in einer Einbahnstraße, und der Mann musste zur Einsicht gekommen sein, dass es sich nicht lohnte, ihn zu verfolgen. Außerdem hatte er ja noch die schöne Tasche.

Denny rannte bis zur nächsten Querstraße, bog ab und mischte sich im normalen Schritttempo unter die anderen Passanten. Junge Mütter, Geschäftsleute, ein junger Bursche mit Jeans und Wollmütze, einen Rucksack am Rücken. Leute. Er war einer von ihnen. Er war nichts weiter als eine Person auf der Straße, die sich um ihre eigenen Angelegenheiten kümmerte. Er blieb stehen, lehnte sich an ein Baugerüst und beobachtete die Passanten, die hier ihren alltäglichen Beschäftigungen nachgingen. Was für ein herrlicher Anblick.

Er konnte es nicht glauben. War er tatsächlich gerade aus der Todeszelle entkommen? So einfach war das? Er wischte sich den Schweiß von der Stirn und betrachtete seine Schuhe. Ein Schnürsenkel hatte sich gelöst. Als er sich bückte, um ihn zu schnüren, stellte er die Ausbuchtung um seinen Knöchel fest. Mein Gott, die Fußfessel! O nein, es war doch nicht so einfach. Panisch band er sich den Schuh und fing wieder zu rennen an.

»Er ist auf der 42. Straße, zwischen Dritter und Lexington, in westlicher Richtung unterwegs«, sagte Emmanuel. »Ich glaube, er ist zu Fuß.«

Als Terry ihn informiert hatte, war Emmanuel ganz sachlich geblieben. Seine einzige Reaktion: »Wir müssen die Fußfessel checken.« Es war fast so, als hätte er das erwartet. In seinem früheren Job war er Krisenmanager im Bundesamt für Katastrophenschutz, wo er nach Einschätzung Terrys gelernt hatte, sehr schlechte Nachrichten ohne zu fluchen und zu brüllen zu akzeptieren. Terry selbst war nicht so gelassen geblieben. Am liebsten hätte sie Sergeant Coffey in die Eier getreten, obwohl man von seinem Gang her schließen konnte, dass Denny das schon für sie erledigt hatte.

Sie und Coffey saßen in der Lincoln-Limousine, die vor der Ausfahrt in einer Warteschlange stand. Die Sicherheitsleute prüften die Rücksitze und Kofferräume sämtlicher Fahrzeuge, die rausfahren wollten. Im Gebäude galt höchste Alarmstufe, ausgelöst durch Dennys Attacke auf den MP im Aufzug. Wie es schien, gab es nur eine einzige Alarmstufe, und das war die höchste – ein ausgewachsener Terroralarm. Terry konnte sich nicht vorstellen, was zum Teufel die da suchten, oder wozu der Alarmstatus überhaupt gut sein sollte. Sie wusste genau, wo sich Denny befand, und dieses unnötige Sicherheitsbrimborium hielt sie nur davon ab, ihn zu schnappen. Sie wusste aber auch, dass man ihr Auto, sollte sie sich beschweren, einer besonders genauen Untersuchung unterziehen würde, um ihr eine Lektion zu erteilen, und dann würde sie nur noch mehr Zeit verlieren.

»Verdammt nochmal«, fluchte Sergeant Coffey, nervös im Sitz hin und her rutschend, als er die vor ihnen wartenden Autos sah. »Können wir ihnen nicht einfach unsere IDs zeigen und ihnen sagen, wer wir sind?« Terry schüttelte den Kopf. Sie hatte die UN-Sicherheitsabteilung nicht um Erlaubnis gebeten, Denny ins Gebäude mitzubringen, teilweise aus Geheimhaltungsgründen und teilweise deshalb, weil sie sich sicher war, dass ein Insasse des Todestrakts wohl kaum die Bewilligung bekommen hätte, in den Gängen des UN-Gebäudes herumzuspazieren. Jetzt würden natürlich ein Shitstorm an Erklärungsbedarf und der entsprechende Papierkram über sie hereinbrechen, den ihr Emmanuel hoffentlich vom Leib halten konnte. Wenigstens hatte Denny keinen Ausländer umgebracht oder Wachmann erschossen. Bislang war der Schaden noch aufs Haus begrenzt.

Terry hoffte, dass die UNO den Medien kein Video von Denny zukommen ließ. Es fehlte ihr gerade noch, dass da jemand von Oklahoma auf Besuch nach New York kam und Dennys Bild in den Medien sah – der nächste Shitstorm wäre unvermeidbar. Die würden ihren Augen nicht trauen – der Typ, von dem sie doch wussten, dass er vor Jahren eingesperrt und immerhin zum Tod verurteilt worden war, wie konnte der in einem UN-Gebäude herumlaufen und zwei Militärpolizisten zusammenschlagen?

Ja, das war in der Tat die Frage.

»Er überquert die Lexington, bewegt sich Richtung Park Avenue«, sagte Emmanuel. »Wo seid ihr?«

»Wir sind noch immer im UN-Gelände, in der Warteschlange vor der Sicherheitsprüfung«, gab Terry via Mikrofon Bescheid.

Emmanuel räusperte sich. »Sag mal, Terry«, setzte er an, und Terry wusste schon, was er fragen würde. »Wissen die im Außenministerium eigentlich Bescheid?«

»Nein«, sagte Terry, und um ihn davon abzuhalten, weitere Detailfragen zu stellen, fügte sie hinzu: »Ich hab noch jemand hier im Wagen.«

»Wen?«

»Den Wärter vom Gefängnis in Oklahoma.«

»Oh, okay.« Er schwieg eine Sekunde lang, dann sagte er: »Wie heißen Sie?«

»Ich?«, fragte Coffey in den Lautsprecher hinein.

»Ja, Sie! Meinen gottverdammten Namen kennt er schon«, sagte Terry.

Sergeant Coffey blickte sie überrascht an, ohne dass Terry sich das erklären konnte. Kaum eine Viertelstunde war vergangen seit Dennys Flucht, doch in der kurzen Zeit hatte er jede Menge Schimpfwörter und Flüche aus ihrem Mund gehört. Inzwischen war ihm klar geworden, dass sie nicht zu den Mädchen gehörte, die man mit nach Hause nahm, um sie seiner Mutter vorzustellen. »Sergeant James Coffey, Sir«, sagte er.

»Wurden Sie bei dem Angriff verletzt, Sergeant?«

»Nur leicht, Sir«, sagte er lauter als nötig.

»Er hat ihm in die Eier getreten«, ergänzte Terry, die vergeblich versuchte, dabei nicht amüsiert zu wirken.

»Autsch«, sagte Emmanuel. »Er ist jetzt in der Lexington, zwischen 41. und 40. Straße. Offenbar ist er links abgebogen. Auf halbem Weg zur nächsten Kreuzung ist er stehen geblieben.«

»Stehen geblieben? Bist du dir sicher?«

»Ich hoffe bloß, dort ist kein Werkzeugladen. Wartet mal einen Moment.« Im Hintergrund war das Geräusch einer wild bearbeiteten Tastatur zu hören, dann wieder Emmanuel: »Keine Werkzeugläden in der Gegend. Keine Ahnung, was er da macht.«

»Na gut. Wir finden's raus und geben euch Bescheid. Ein oder zwei Minuten.«

»Er ist nicht mal eine halbe Meile entfernt«, sagte Emmanuel.

Der Wachmann winkte sie zum Checkpoint ran.

Denny trabte dahin, sah sich um und geriet langsam in Panik. Es wurde ihm klar, dass er in dieser Gegend keine Werkzeuggeschäfte finden würde. Während er die Lexington runterlief, betrachtete er prüfend alle Läden am Straßenrand, sah aber weit und breit keinen Laden, der möglicherweise Werkzeug im Angebot hatte. Kleiderladen, Mobiltelefongeschäft, Vitaminshop, Fastfood. Er stürmte über die Straße, bevor die Ampel umschaltete. Nächster Häuserblock: Coffeeshop, Delikatessen, Donuts, Apotheke, Partyservice, Flugtickets, Nagelsalon, noch ein Coffeeshop, eine Bank – fuck!

Er blieb stehen. Auf Eisenwaren- oder Werkzeugläden war hier nicht zu hoffen. Er konnte in beide Richtungen meilenweit rennen und würde nur auf weitere Nagel- und Haarbuden, Geschäfte für elegante Damenschuhe und Kaffeehäuser treffen. Ganz schön beschissen, so zu scheitern, nach allem, was er schon durchgemacht hatte. Nur weil er kein Geschäft fand, in dem man Dinge verkaufte, die verdammt nochmal zu irgendwas zu GEBRAUCHEN waren!

Moment mal, dachte er. Er blickte hoch. Es musste eigentlich gar kein Laden sein. Er musste nicht unbedingt etwas kaufen. Er hatte eine Waffe. Jetzt alles schön der Reihe nach. Ganz ruhig bleiben. Tief atmen. Er stellte sich an eine Wand, hob seine Jacke leicht hoch und versuchte sich noch einmal am Halfter. Er drückte die Klammer abwärts, und dieses Mal ertastete er einen kleinen Knopf gleich neben dem Lederriemen. Er drückte den Knopf, und die Pistole glitt ihm in die Hand. Rasch steckte er sie zurück in das Halfter, ehe ihn irgendwer dabei erwischte, wie er da mitten auf der Straße mit einer Pistole hantierte.

Jetzt nur kein Übermut. Nächster Schritt: Bolzenschneider besorgen!

Auf der anderen Straßenseite, zwischen dem Partyservice und der Bank, sah er einen Lieferwagen stehen, mit einer Aufschrift, die was mit Fenstern zu tun hatte. Die mussten

Werkzeug dabeihaben. Auf dem Fahrersitz saß Zeitung lesend ein Mann mittleren Alters. Denny griff in seine Jacke und berührte die Pistole, dann atmete er tief durch. Er querte die Straße und war dabei so stark auf den Mann im Lieferwagen konzentriert, dass er beinahe von einem Taxi überfahren wurde.

Denny ging zur Fahrerseite und klopfte ans Fenster. Der Mann ließ die Scheibe herab.

»Hey, Mann. Haste mal einen Bolzenschneider da hinten drin?«

»Sorry, ich verleihe mein Werkzeug nicht.« Das Fenster begann hochzufahren, aber jetzt öffnete Denny die Tür, mit der er gleichzeitig seine gezogene Waffe abdeckte.

»Hey, was soll denn das?«

»Das war nicht die Frage«, sagte Denny ruhig, während er dem Mann die Pistole in den Bauch drückte. »Die Frage war: Hast du einen Bolzenschneider?«

Der Mann schaute auf die Waffe hinunter, dann in Dennys Augen. *Ist das ein Witz? Hat Davis sich da einen Spaß erlaubt?* Denny konnte lesen, dass der Mann einen Zwillingsbruder hatte und die beiden sich immer wieder Streiche spielten. Das wäre dann aber ein ziemlich beschissener Streich, dachte er.

»Siehst du die Frau da drüben?«, fragte Denny. Er deutete mit dem Kinn auf eine junge Frau, die vor dem Partyservice stand und telefonierte. »Wenn ich nicht innerhalb von dreißig Sekunden einen Bolzenschneider in Händen halte, verpass ich der eine Kugel ins Köpfchen. Dann hast du nochmal dreißig Sekunden Zeit, bevor ich dich erschieße. Hast du das verstanden? Verstehst du das? Kriegst du mit, was ich dir sagen will?« Seine Stimme war leise und ausgeglichen. Die

Gedanken des Mannes waren ein Durcheinander aus Verstörung und Angst. Vor Unentschlossenheit war er wie gelähmt.

»Okay«, sagte Denny, versteckte die Waffe und machte einen Schritt rückwärts. Er redete noch immer ganz leise: »Ich werde sie jetzt umlegen, und du bist daran schuld.«

»Warte. Warte. Warte!« Der Mann legte die Zeitung auf den Beifahrersitz und nickte. Er stieg aus und ging zum Fahrzeugheck. Mit seiner Jacke deckte Denny die Pistole ab, die er dem Arbeiter in den Rücken drückte.

Der Mann öffnete den Wagen und kletterte hinein. Er griff sich ein paar Bolzenschneider aus einem Werkzeughaufen. »Da, nimm«, reichte er Denny die Werkzeuge. Sein Gesicht war verzerrt vor Furcht.

Denny zwängte sich in den Wagen und schloss die Tür. Er zog sein Hosenbein hoch, um die elektronische Fußfessel freizulegen. »Abschneiden!«

Der Mann zögerte erneut, unsicher, ob das wirklich geschah, hier in dieser Straße. *Das muss ein Streich sein.*

Denny entsicherte die Waffe und hielt sie dem Mann gegen den Schädel: »JETZT!« Der Mann schob die Schneide in das Fußband und versetzte Denny dabei einen Schnitt ins Bein, sodass dieser vor Schmerz zusammenzuckte. Schnipp – das Scheißding sprang regelrecht weg.

»Herrgott nochmal«, seufzte Denny erleichtert. Er hob die Fußfessel vom Fahrzeugboden auf, steckte die Pistole in das Halfter und klopfte dem Mann freundlich auf die Schulter. »Davis lässt grüßen«, sagte er lachend. Er öffnete die Tür und hüpfte raus auf die Straße. Ein letztes Mal blickte er sich nach dem Mann um, der noch immer unter Schock stand und Denny reglos nachstarrte, als dieser die Straße hinunterrannte.

Vor dem Coffeeshop, am Ende des Häuserblocks, waren eine Frau und ein kleiner Junge eben dabei, in ein Taxi zu steigen. Perfekt! Denny rannte rüber und öffnete die Wagentür auf der Fahrerseite.

»Er ist an der Ecke 40. Straße und Lexington. Sieht aus, als würde er sich wieder bewegen«, sagte Emmanuel.

»Nur zwei Straßen entfernt«, sagte Terry. Die Ampel schaltete vor ihrem Auto auf Rot. Sie schaute prüfend links und rechts, dann bolzte sie einfach drüber. Dabei hätte sie beinahe ein paar Leute überfahren, die gerade die Straße überquerten und sich jetzt lautstark aufregten.

»Gut gemacht«, sagte Coffey, der ihren Fahrstil mit einem zustimmenden Nicken quittierte.

»Haben Sie eine Waffe, Sergeant?«

»Nicht bei mir.«

»Okay, auf dem Rücksitz liegt eine schwarze Tasche. Holen Sie die mal vor.« Coffey griff nach hinten und holte vom Rücksitz eine sehr schwere Leinentasche vor, die er sich auf den Schoß legte.

»Da drin ist eine Waffe«, sagte Terry.

»Er bewegt sich die Lexington hinunter«, ließ Emanuel über den Lautsprecher vernehmen. »Schneller jetzt. Sieht aus, als wäre er in einem Fahrzeug.«

Das einzige Fahrzeug vor ihnen war ein Taxi, das vor der Ampel einen Häuserblock weiter vorne wartete. Beide Ampeln schalteten gleichzeitig um, und Terry stieg kräftig aufs Gaspedal, bis sie sich unmittelbar hinter dem Taxi befanden. Das Taxi bog rechts in die 37. Straße ab.

»Er ist gerade rechts in die 37. Straße eingebogen«, sagte Emmanuel.

»Wir haben ihn«, sagte Terry. »Er ist in einem Taxi.« Coffey heulte vor Begeisterung kurz auf und zog die Waffe aus der Tasche, an deren Ende ein Schalldämpfer montiert war.

»Was zum Teufel soll denn das?«, sagte Coffey mit entgeistertem Blick auf den Schalldämpfer.

»Mach das ab«, sagte Terry. »Einfach abschrauben, Sie wissen doch, wie man eine Waffe benutzt?«

Er schraubte den Schalldämpfer ab. »Na klar weiß ich, wie man eine Waffe benutzt. Ich habe drei Einsätze in …«

»Schon gut. Ich muss jetzt nicht Ihren gesamten Lebenslauf wissen. Sieht aus, als wäre eine Frau in dem Auto. Denny muss wohl auf dem Boden liegen. Er richtet wahrscheinlich eine Waffe auf sie.«

»Ein Kind ist auch drinnen«, sagte Coffey. Als sie an der nächsten Ampel neben dem Taxiwagen zu stehen kamen, konnten sie den Scheitel eines Kinderkopfes ausmachen.

»Scheiße«, sagte Terry, und dann zu Emmanuel, der über den Lautsprecher noch immer zuhörte: »Er hat Geiseln.« Coffey forderte sie auf, er solle versuchen, Kontakt mit der Frau aufzunehmen.

Coffey ließ sein Fenster runter und schlug mit der Hand gegen die Seite des Autos, während die beiden Fahrzeuge nebeneinander die 37. Straße hinunterfuhren. Die Frau blickte herüber, und Coffey gab ihr Zeichen. Er zeigte auf den Boden. Die Frau machte einen verwirrten Eindruck. Coffey hob die Waffe hoch und zeigte sie ihr. Jetzt nahmen ihre Gesichtszüge den Ausdruck reinen Schreckens an. Erneut zeigte Coffey in Richtung Boden. »Alles okay«, sagte Coffey leise mit expressiver Mimik. Die Frau zog ihr Kind näher an sich heran.

Rote Ampel. Terry stellte den Wagen so hin, dass er das

Taxi am Weiterfahren hinderte. »Los!«, brüllte sie Coffey an. Als Coffey aus dem Wagen sprang, gab Emmanuel noch einmal eine Warnung über den Lautsprecher ab: »Seid vorsichtig.«

Coffey hockte sich neben den Taxiwagen und zog an der Seitentür. Sie war verriegelt. Er erhob sich über das Fenster, die Waffe auf den Boden des Fahrzeugs gerichtet, bereit, jederzeit durch das Fenster auf Denny zu schießen.

Niemand da.

Terry war, mit ihrer ID-Karte fuchtelnd, vor dem Wagen herumgelaufen. Der Taxifahrer blickte sie verwirrt an.

»Keine Gefahr«, sagte Coffey.

»Schau in den Kofferraum.« Terry lehnte sich ins Fahrzeug hinein und schnauzte den Fahrer an, er solle den Kofferraum öffnen. Der Kofferraumdeckel sprang auf. Coffey näherte sich von der Seite, langte mit den Fingern unter die Deckelkante, hob diese mit einer gleichmäßigen Bewegung an und zielte mit der Pistole in den Kofferraum hinein.

Leer!

»Nichts da«, sagte Coffey.

Terry schaute sich den Fond, die Frau, den Jungen, dann den Fahrer auf dem Vordersitz an. Sie öffnete alle vier Türen. Sie durchwühlte die Sitzpolster, dann fuhr sie mit der Hand unter den Beifahrersitz. Sie ging rund um das Auto herum auf die Fahrerseite und tat hier das Gleiche. Unter dem Fahrersitz zog sie die Fußfessel hervor, vom Bolzenschneider in zwei Teile geschnitten, ganz wie sie vermutet hatte.

»Dieser Mann hat das hier reingeworfen«, sagte der Junge.

»Was für ein Mann, mein Kleiner?«, fragte Terry.

»Der Mann, der versuchte, ins Taxi einzusteigen, als wir uns gerade reinsetzten«, sagte die Frau. »Ein gutaussehender

Typ in einem Anzug.« Und zu ihrem Sohn gewandt: »Hast du gesehen, wie er das Ding da ins Taxi geworfen hat?«

Der Junge nickte. »Ich wusste nicht, was es war. Ich dachte, es ist Müll. Ich dachte, der schmeißt nur irgendeinen Abfall ins Auto.«

»Ich hab's nicht gesehen«, sagte die Frau. »Was ist das überhaupt? Haben Sie uns deswegen angehalten?«

Terry seufzte. »Ganz genau. Deswegen haben wir Sie angehalten.« Ihr Blick wanderte die Straße auf und ab – kein Denny weit und breit. Warum auch.

»Er behauptete, das Taxi habe für ihn angehalten. Ich sagte, das sei unser Taxi, dann hat er sich entschuldigt und ist einfach weggegangen«, sagte die Frau. »Ich hab mir nichts dabei gedacht.«

»Klar, ist ja nicht Ihre Schuld«, sagte Terry. »Tut uns leid wegen der Aufregung. Ich wünsch Ihnen noch einen schönen Tag.« Sie machte die Türen zu und gab dem Fahrer ein Zeichen, er könne weitermachen. Coffey stieg ebenfalls ins Auto ein.

»Vom Winde verweht«, sagte Terry zu Emmanuel.

»Okay«, erwiderte Emmanuel. »Kommt zurück. Wir sehen uns morgen.«

»Warten Sie mal, wir suchen jetzt gar nicht mehr weiter?« Terry lenkte den Wagen in Richtung Hotel zurück. Coffey war erzürnt. Er wollte Dennys Blut sehen.

»Er hat eine Waffe. Überall hier sind jede Menge Menschen. Selbst wenn wir ihn finden würden – was nicht sehr wahrscheinlich ist –, käme es zu einem Blutbad. Wir schnappen ihn uns besser in drei Wochen, wenn er irgendwo auf einen Bus wartet oder so«, sagte Terry. »Auf der Flucht zu seln ist härter, als Sie denken. Nach einer Weile drehen die Leute durch. Sie werden nachlässig.«

»Aber Sie werden doch wenigstens das New Yorker Polizeipräsidium informieren, oder? Ich meine, immerhin sollte doch jeder Cop in der Stadt nach ihm Ausschau halten.«

Eine Weile fuhren sie schweigend dahin.

»Sie schlagen also nicht Alarm, richtig?«

»Wir finden ihn. Keine Sorge.«

»Verdammt nochmal, was hat's mit diesem Kerl bloß auf sich? Ich meine, jemand aus der Todeszelle rauszuholen ist schon ziemlich ungewöhnlich, nicht wahr? Und jetzt rennt der bewaffnet in New York herum, und Sie finden das offenbar ganz in Ordnung?«

»O nein, wir finden das überhaupt nicht in Ordnung«, sagte Terry. »Wir werden ihn finden. Aber darüber brauchen Sie sich keine Gedanken mehr zu machen.«

Coffey legte die Waffe zurück in die Tasche, wo er den Schalldämpfer liegen sah. »Sie wollten ihn umbringen, stimmt's?«

Terry warf ihm einen fragenden Blick zu. »Warum sagen Sie das?«

»Und was ist mit dem da?« Er hielt den Schalldämpfer in die Höhe. »Offiziell besitzen Sie das wohl nicht.«

Terry lachte. »Das habe ich sogar hochoffiziell. Das Antragsformular dafür ist in meiner Aktentasche. Nein, Sergeant, mit Ihnen geht die Phantasie durch. Ich wollte den nur am Schießplatz verwenden. Ausprobieren, ob es die Präzision beim Schießen beeinflusst. Meine Behörde lässt mich an vielen unterschiedlichen Waffen trainieren.«

»Für was für eine Behörde arbeiten Sie eigentlich genau?«

»Ach, wir machen viel internationales Zeug. Sergeant, es

handelt sich um eine Geheimoperation, und Sie haben nicht die nötige Sicherheitsstufe, um mehr zu erfahren.«

»Ich hab in Ihrer Aktentasche gestöbert«, sagte Coffey. »Sorry, aber ich hab gesehen, dass Denny kein Retourticket hatte.«

»Oh, mein Gott«, stöhnte Terry auf. Ihre Augen weiteten sich, als ihr ganz plötzlich was in den Sinn kam. »Sagen Sie mal, Sergeant, als Sie dachten, ich würde Denny töten, haben Sie da vielleicht zufällig ...«

»Was? Hab ich was?«

»Waren Sie in einem Raum mit ihm, als Sie dachten, ich würde ihn töten?«

»Klar. Das war unmittelbar, bevor er mich in die Eier trat.«

Terry schüttelte den Kopf, die Augen vor Grauen halb geschlossen. Sie parkte vor dem Hotel, holte sich ihre Tasche vom Rücksitz und übergab Denny sein Flugticket für den nächsten Tag. »Machen Sie's gut.«

Coffey betrachtete, jetzt in nachdenklicherer Stimmung, sein Flugticket. Er blickte auf die Straße hinaus, wo es zu dämmern begann und überall Menschen auf dem Heimweg von der Arbeit zu sehen waren. »Ich werde wegen dieser Sache wahrscheinlich gefeuert«, sagte er.

»Wahrscheinlich«, sagte Terry.

»Werden Sie auch gefeuert?«

»Nein.«

»Irgend so eine schräge Scheiße ist da am Dampfen, nicht wahr?«

»Ja.«

Sergeant Coffey öffnete die Wagentür und stieg aus. »Okay, dann noch viel Glück bei der Suche nach dem Arsch.«

»Sergeant«, sagte Terry, bevor er die Tür schloss. »Machen Sie sich keine Sorgen über Ihren Job. Wir rufen jemand an.«

»Das ist alles? Ein Anruf genügt?«

»Ja, das sollte reichen.«

»Alles klar.« Er schlug die Tür zu. Terry fuhr los. Ein Militärpolizist war im Krankenhaus, das wusste sie, und der andere war wahrscheinlich bei ihm. Die beiden würden den Lincoln also nicht benötigen. Sie fuhr raus auf die Seventh Avenue. Ich könnte genauso gut nach DC zurückfahren, dachte sie, und schaltete das Radio ein, von dessen Musikprogramm sie sich bei der Fahrt im abendlichen Stoßverkehr einlullen ließ.

Achthundert Meter entfernt hatte Denny eben eine Bar betreten. Er hatte keine Lust, sich zu betrinken, und er hatte vor allem kein Geld dabei, aber eines war sicher – er musste weg von der Straße. Die Bar war ein exklusiver Schuppen, mit einem großen Flachbildschirm an der Wand und überall Messing und Mahagoni. Denny hatte sich für dieses Lokal entschieden, weil es fast leer wirkte und das Fenster zur Straße getönt war. Wär ja zu blöd gewesen, wenn das Ganze damit geendet hätte, dass ihn ein zufällig vorbeispazierender Cop oder irgendein Passant erkannt hätte.

Barmann war keiner zu sehen, nur ein Koch im hinteren Bereich, den er durch das kleine Durchreichefenster sehen konnte. Denny nahm auf einem Barhocker Platz und schaute sich in irgendeinem internationalen Sender ein Fußballspiel an. Seine Atmung verlangsamte sich, er wurde ruhiger. Und erneut wurde er sich mit großer Verblüffung bewusst, dass er aus dem Gefängnis draußen war. In keinem Tagtraum hätte er sich das schöner vorstellen können. Er lächelte und musterte die Stoffserviette, den Salzstreuer mit Silberkopf, die Reihe der Zapfhähne für ausländische Biere – alles Dinge, die für Gefängnisinsassen nicht erreichbar waren.

Und Frauen. Eine junge, üppige Blondine mit einem engelhaft-fröhlichen Gesicht kam vom hinteren Teil des Lokals nach vorn. Sie trug ein blaues T-Shirt mit dem Logo der Bar und einem Namensschild »Angela«. Sie dachte daran, dass sie Limetten schneiden musste, und ärgerte sich darüber, dass bereits ein Kunde erschienen war. Normalerweise kamen die ersten Gäste nicht vor halb sieben. »Was kann ich für Sie tun?«, fragte sie und versuchte so zu klingen, als sei sie froh, ihren Gast zu sehen.

»Ich hab ein Problem«, sagte Denny. »Ich hab meine Brieftasche verloren, aber ich hab ein paar von diesen Schreibstiften hier.« Er zog den goldenen und den silbernen Kugelschreiber aus der Jackentasche. »Die gebe ich Ihnen für ein paar Bier.«

Angela nahm die Stifte, drehte sie ein paar Mal herum und betrachtete sie sorgfältig. Denny bekam mit, dass sie in einer Pfandleihanstalt gearbeitet hatte und den Wert solcher Dinge gut zu schätzen wusste. »Das sind schöne Stücke«, sagte sie. »Wo haben Sie die her?«

»Ein Asiate hat sie mir gegeben«, sagte er, und eigentlich war das ja auch nicht ganz falsch. Regel eins für gute Lügen: Bleib so nahe wie möglich an der Wahrheit dran. »Ein Geschenk.« Nicht wirklich die Wahrheit, aber was soll's. Angela war beeindruckt von den Schreibwerkzeugen.

»Ich schätze, die sind je an die fünfhundert Dollar wert«, sagte sie, öffnete die Kassenlade und legte sie hinein. »Ich sag Ihnen, was wir tun. Ich will Ihnen die Stifte nicht abnehmen, nur weil Sie heute Pech gehabt haben. Ich serviere Ihnen jetzt mal Ihre Drinks, und wenn Sie Ihre Brieftasche wiederhaben, kommen Sie zurück und bezahlen die Rechnung, Ich geb Ihnen dann die Stifte zurück.«

»Danke«, sagte Denny, erleichtert und aufrichtig dankbar. Als er seine Hände auf den Tresen legte, bemerkte Angela seine Schnittwunden und die blauen Flecken auf den Knöcheln. Sie schaute ihn an, den Kopf leicht schief gelegt.

»Waren Sie in eine Schlägerei verwickelt?«

Er nickte.

»So haben Sie wohl auch Ihre Brieftasche verloren?«

Er nickte erneut. Er konnte jetzt Ihre Gedanken hören, und dabei stellte er fest, dass sie auf schlimme Jungs stand. Für ihn war das jetzt wider Erwarten günstig. »Sie waren zu dritt«, sagte Denny (was stimmte). »Ich hab ein paar ordentliche Hiebe eingesteckt ...« (auch richtig), »bevor sie mit meinem Geld abgehauen sind.« Nicht richtig. Immerhin zwei von drei Aussagen der Wahrheit entsprechend, das war kein schlechtes Ergebnis, wahrscheinlich im Durchschnitt der Bevölkerung.

Angela machte ein besorgtes Gesicht, doch Denny wusste, dass die kleine Gewaltanspielung sie anmachte. »Haben Sie die Polizei gerufen?«

»Nein.«

»Haben die Ihr Telefon auch genommen? Möchten Sie meines benutzen?«

»Nein.« Betroffen, aber interessiert musterte Angela ihn, während sie ihm ein Bier einschenkte. »Ist 'ne längere Geschichte«, sagte Denny. Er wusste, dass seine Zweidrittel-Wahrheitsquote in Gefahr war. Er musste sich was einfallen lassen, das ihn zwar wie einen schlimmen Jungen erscheinen ließ, aber mehr so vom Rebellentyp, der gegen ein ungerechtes System ankämpft, irgendwas in der Richtung. Polizistenmörder auf der Flucht war nicht so günstig.

Mit einem komplizenhaften Lächeln stellte Angela das Bier vor ihn hin. Sie strich sich übers Haar und lehnte sich mit den Ellbogen auf die Bar. »Erzählen Sie mir die Geschichte«, sagte sie mit einem schelmischen Lächeln. »Ich hab jede Menge Zeit.«

Kapitel sechs

Emmanuel hatte die Beine auf den Schreibtisch gelegt, als Terry sein Büro betrat. »Na, wie ist's denn so gelaufen in New York?«, fragte er grinsend, während sie Platz nahm. Emmanuel begegnete Problemen aller Art bekanntermaßen mit allergrößter Gelassenheit, aber im Lichte der aktuellen Neuigkeiten haftete seiner guten Laune doch etwas Verdächtiges an.

»Ach, leck mich doch«, sagte sie und warf ihre Tasche auf einen Stuhl.

»Ich hab den ganzen Vormittag mit der Strafanstalt in Oklahoma telefoniert. Wir haben uns einen ihrer Übeltäter geschnappt und zurück in die freie Wildbahn entlassen. Die sind nicht gerade erfreut darüber.«

»Yeah. Wir kriegen ihn«, sagte Terry.

»Irgendwann werden wir ihn sicher erwischen«, stimmte Emmanuel zu. »Uns bleiben aber nur drei Wochen. Dann ist sein Exekutionstermin fällig. Und wenn die Familie des Opfers im Gefängnis auftaucht und keinen Täter auf der Pritsche vorfindet, haben wir echt ein Problem.«

»Wie wollen wir also vorgehen?«

Emmanuel kratzte sich das blanke Kinn.

»Er ist irgendwo in New York«, sagte Terry. »Er hat keinen Job und kein Geld und keine Bleibe. Vielleicht ...«, sagte sie zögernd, als müsse sie die Wirkung ihrer Worte erst testen, »vielleicht sollten wir am besten die dortige Polizei informieren und es ihnen überlassen, ihn zu schnappen.«

»Geht gar nicht. Keine Cops, keine Medien. Zu viele Fragen. Denny wird sich in einem Loch verkriechen, und schließlich wird er seinen Kopf rausstrecken und sich umsehen, und wenn das passiert, dann …«

»Wenn das passiert, dann was?«

Emmanuel nickte. Er machte einen glücklichen Eindruck. »Ich hab gute Nachrichten«, sagte er.

»Gute Nachrichten? Im Ernst?« Terry richtete sich auf. »Willst du mich verarschen? Hat jemand Denny gefunden?«

»Nein, so gut auch wieder nicht.« Emmanuel atmete tief ein und rief in den Flur raus: »Jerry, rein mit Ihnen.«

Jerrys Kopf erschien im Türrahmen. »Hi Terry.«

»Hi.«

»Sagen Sie ihr, was Sie gerade mir erzählt haben.«

»Jemand anders ist gerade *online* gekommen.«

»Das bedeutet bloß mehr Arbeit für mich«, seufzte Terry. »Das sollen gute Nachrichten sein?«

»Sein Name ist Jared Snowe, aus Michigan«, fügte Jerry hinzu. »Er ist diesen Vormittag auf dem Radar aufgetaucht.« Jerry kam rein, warf ein Dokument auf Emmanuels Schreibtisch, öffnete es und drehte es so hin, dass Terry es lesen konnte.

»Erzähl einfach«, sagte sie und schob die Akte von sich. »Was für eine Kennzahl hat er?«

»Drei von vier«, sagte Jerry. »In den beiden letzten Wochen hat er seine Kreditkarte zweimal in einer Bar benutzt, von denen eine als Single-Bar bekannt ist, so ’n Schuppen zum Mädels-Kennenlernen.«

»Zweimal? Nicht gerade überzeugend. Vielleicht hat er gerade eine Trennung hinter sich oder was.«

»Vorher hat er seine Kreditkarte sechs Monate lang in keiner Bar benutzt. Es handelt sich also definitiv um eine Verhaltensänderung, die auf eine gesteigerte sexuelle Aktivität hindeutet.«

»Hmm. Interessant.« Terry nickte. »Irgendwas mit Geld?«

»Nee. Fehlanzeige. Sein Bankkonto ist unverändert. Keine größeren Änderungen. Vielleicht hat er nur noch nicht kapiert, wie er es zu Geld machen kann. Er ist ein *Level Drei* oder *Vier*. Oder vielleicht macht er sich nicht so viel aus Geld.«

»Macht sich nichts aus Geld?« Terry schenkte Jerry ein zynisches Lächeln. »Ich glaube, es ist wahrscheinlicher, dass er noch nicht draufgekommen ist.«

Jerry zuckte mit den Schultern. »Und jetzt kommt das Beste: letzte Woche drei Internet-Suchen nach ›Gedankenlesen‹.«

»Sagen Sie ihr, was er beruflich macht«, sagte Emmanuel.

»Er ist Polizist.«

Terry lehnte sich in ihrem Stuhl zurück und lächelte. Mit einem Mal wurde ihr bewusst, worauf Emmanuel hinauswollte. »Das ist ja 'ne Sache.«

Snowe nahm auf dem Fensterplatz in seinem Lieblings-Coffeeshop Platz. Es kam ihm darauf an, sich von den übrigen Gästen möglichst fernzuhalten, damit er die Zeitung lesen konnte, ohne ständig die Gedankengänge anderer Menschen hören zu müssen. Die Kleine hinter der Theke war wie üblich schlechter Laune. Ihr Boyfriend versuchte sie zu einem flotten Dreier zu überreden. Die Geschäftsführerin war mit ihrer Periode drüber und fragte sich, ob sie womöglich schwanger war. Snowe wollte nur einen Kaffee und die Zeitung lesen, derlei Informationen interessierten ihn herzlich wenig. Selbst als er nur um eine Extraportion Milch fragte, bekam er nachträglich Gesprächsfetzen eines Streits mit, bei dem es um das mangelnde Interesse der jungen Dame an sexuellen Abenteuern ging. Außerdem bekam er mit, dass der junge Mann, der an diesem Morgen im Coffeeshop zu arbeiten begonnen hatte, schwul war.

Er stellte fest, dass er sich seit seiner Bewusstwerdung, wie er es nannte, zunehmend von anderen Menschen zurückzog. Außerdem kam er zur Einsicht, dass er seine täglichen Gewohnheiten beibehalten musste, um nicht zu einem Einsiedler zu verkommen. In der Vorwoche hatte er bereits sämtliche Verabredungen mit anderen abgesagt, einen Grillabend mit Toomes und seiner Frau sausenlassen, die ihn eigentlich mit ihrer Nachbarin bekanntmachen wollten, und auch das Treffen mit Aguilar kam nicht zustande, bei dem ihn der Kollege auf ein Bierchen einladen wollte, weil Snowe die Waffe des schwarzen Jungen entdeckt hatte. Als Chief Fremantle ihn ins Büro gerufen hatte, um ihm eine Belobigung auszusprechen, hatte Snowe ihn gebeten, eine Weile allein arbeiten zu dürfen. Sein Boss war enttäuscht von diesem Ansinnen, zumal er gehofft hatte, ihn mit Aguilar in einem Team zusammenspannen zu können. Aber er war so beeindruckt von der Arbeit Snowes, dass er ihm die Bitte nicht abschlagen wollte. Fremantle machte noch einen Witz über seinen neuen Star-Streifenpolizisten, der auf den Spuren von Dirty Harry lieber allein arbeiten wolle. Snowe entgegnete, dass Dirty Harry stets einen Partner hatte, der allerdings in jedem Fall getötet wurde. Die Tatsache, dass er befürchtete, nach acht Stunden mit jemand anderem in einem Fahrzeug sich selbst oder dem anderen das Hirn aus dem Schädel zu pusten, behielt er lieber für sich.

Gerade als er die Sportseiten aufzuschlagen begann, nahm ein atemberaubend gutgekleidetes, junges Paar ihm gegenüber Platz. Scheiße, dachte er bei sich. Und schon ging es los. Die junge Dame, die wahrscheinlich jeden Tag so viel wie Snowes Monatseinkommen für ihre Garderobe und den Friseur ausgab, dachte daran, dass sie sich ihre Fingernägel in dem neuen Studio machen lassen sollte, das im Einkaufszentrum neu eröffnet hatte. Der junge Mann musterte den neu eingestellten Boy hinter der Theke und kam zu der Überzeugung, dass der ihn eben angeflirtet hatte. Und er war durchaus interessiert.

Nun ja. Snowe wollte das alles gar nicht wissen. Er hätte lieber ungestört seine Baseball-Ergebnisse studiert, doch was blieb ihm übrig, als hinzugucken, wenn alle möglichen Leute ihr Privatleben vor ihm ausbreiteten? Der junge Mann ging zu dem Boy hinter der Theke rüber und begann leise mit ihm zu quatschen. Sie lächelten und lachten. Snowe hätte das normalerweise niemals als Flirt interpretiert. Er hätte bloß zwei Männer gesehen, die miteinander redeten. Wie die meisten Heteros hatte Snowe im Grunde keine Ahnung von Schwulen. Als er wieder hinsah, waren der Mann und der Coffeeshop-Typ verschwunden.

Snowe betrachtete die junge Frau, die wie selbstvergessen dasaß und durch ein Modeheft blätterte, das jemand liegenlassen hatte. Er fühlte sich verpflichtet, etwas zu sagen. Er wusste, dass sie diesen Mann heiraten würde. Sollte man sie nicht aufklären? Er könnte ihr ein Leben in Einsamkeit ersparen.

»Ihr Freund ist schwul«, sagte er, als sie mal hochblickte.

»Scher dich zum Teufel«, sagte sie und wandte sich wieder ihrem Magazin zu. *Dieses Arschloch soll sich um seinen eigenen Kram kümmern.* Mir soll's recht sein, dachte Snowe, schnappte sich seine Sportzeitung und folgte dem Vorschlag der jungen Dame, die jetzt ihre Zeitschrift hinlegte und sich noch einmal an Snowe wandte: »Sie glauben nur, dass er schwul ist, weil er so geschmackvoll gekleidet ist.«

»Ich glaube, dass er schwul ist, weil er eben einem Typen seine Telefonnummer gegeben hat, damit sie sich später zum Sex verabreden können.«

Ach du Scheiße, nicht schon wieder ... das haben wir doch verdammt nochmal schon ausdiskutiert. »Er kennt den Mann. Sie sind befreundet«, sagte die Frau, und hätte Snowe ihre Gedanken nicht lesen können, hätte das durchaus glaubwürdig geklungen. Sie ging dann dazu über, Snowes Kleidung als beschissen zu bezeichnen, und legte mit einer Tirade über seinen miserablen modischen Geschmack los, der in ihren Augen nur bedeuten konnte, dass Snowe ein Macho-Hetero-Kerl sei, zumal ihm offensichtlich egal sei, wie er aussieht, und er sich seine Garderobe anscheinend hauptsächlich in Ramschläden besorge. Während sie redete, wobei sich ihr hübsches Gesicht vor bitterem Zorn verzerrte, tauchten vor Snowe Bilder ihrer Beziehung auf. Der Mann war extrem wohlhabend. Er besaß einen brandneuen Mercedes E-320, seine Eltern lebten in einem grandios angelegten Herrensitz, und die Frau, so viel erkannte Snowe, wusste ganz genau, dass ihr Freund schwul war. Ihr ging es in erster Linie darum, in der Öffentlichkeit mit ihrem Partner nicht wie ein Idiot dazustehen, und sie brauchte sicher keinen Snowe, um sie vor irgendwas zu retten. »Also kümmern Sie sich um Ihren eigenen Scheißkram«, beendete sie ihren Wortschwall, holte sich ihr Taschenbuch von der Rückenlehne ihres Sessels und nahm im gleichen Schwung ihren

Kaffee an sich. Das geschah so leichtgängig und koordiniert, dass sich Snowe fragte, ob die Tirade und der anschließende Abgang ein schon öfter geübtes Ritual waren.

Nachdem die Empörte aus dem Lokal gestürmt war, bemerkte Snowe, dass inzwischen eine attraktive, gut dreißigjährige Brünette einen Kaffee gekauft und an einem Tisch in der Nähe Platz genommen hatte. »Sie sind gar nicht schlecht gekleidet«, sagte die Frau mit einem charmanten Lächeln. »Sie hätten vielleicht einen Gürtel anlegen sollen, aber alles in allem sind Sie okay.«

Snowe erwiderte ihr Lächeln und versuchte augenblicklich, ihren Gedanken zu lauschen – und konnte zum ersten Mal seit Wochen nichts hören! Sie beobachtete ihn amüsiert.

»Wissen Sie, was ich schon immer gern gewusst hätte?«, fragte sie.

»Was hätten Sie denn schon immer gern gewusst?«

Die Dame nahm ihren Kaffee und ihre Tasche an sich und wechselte zu Snowes Tisch. Sie nahm Platz und stellte ihren Kaffee auf Snowes Sportseite. »Männer wie Sie. Ihr findet heraus, dass ihr diese unglaubliche Gabe habt, und was macht ihr daraus? Überlegt ihr euch, wie ihr damit zum Wohlergehen der Menschheit beitragen könntet? Wäre ja denkbar, dass man irgendwo einen Völkermord verhindern oder eine vermisste Person finden könnte. Hat einer von euch je darüber nachgedacht? Nein. Ihr spielt Poker und sucht Single-Bars auf, oder ihr versucht bei einem hübschen Mädchen im Coffeeshop zu landen ...«

»Ich hab nicht versucht, sie anzubaggern«, sagte Snowe, der aber gleich bemerkte, dass die Frau ihm nicht zuhörte. Sie starrte ihm in die Augen, nach wie vor mit diesem süffisanten Ausdruck. Er bemühte sich nach Kräften, ihre Gedanken zu lesen, aber es kam noch immer nichts. Gleichzeitig überraschte es ihn, wie abhängig er in nur zwei Wochen davon geworden war. Jetzt fühlte er sich machtlos, als er versuchte, mit jemandem so Kontakt aufzunehmen, wie er das in den ersten dreißig Jahren seines Lebens ja auch getan hatte. »Wer sind Sie?«

»Mein Name ist Terry Dyer«, sagte sie und reichte ihm die Hand. Snowe schüttelte sie.

»Was geht hier eigentlich vor sich?«

»Nun, Jared«, sagte sie, »Sie haben eine Begabung, so viel müssten Sie doch bis jetzt herausgefunden haben, nicht wahr?« Noch einmal lächelte sie ihn freundlich an und schaute sich im Coffeeshop um. »Nett hier. Kommen Sie oft her?«

»Moment mal«, sagte Snowe, dessen Stimme sich mit Energie aufgeladen hatte, angesichts einer reellen Chance, endlich zu einer Erklärung zu kommen. »Können Sie mir das erklären? Woher ist es gekommen? Früher war ich normal, auf einmal bin ich ein Monster! Und wie haben Sie mich gefunden? Und wie kommt es, dass ...«

Terry hob die Hände und machte pst! wie zu einem Kind. »Wir haben viel Zeit, um alle Ihre Fragen zu beantworten«, sagte sie. »Ich weiß, das ist verwirrend.« Sie berührte seine Hand, er sah sie an und nickte ihr zu, zum Zeichen, dass er beruhigt war.

»Also Folgendes: Mein Job besteht darin, durchs Land zu fliegen und mich mit Menschen wie Ihnen zu unterhalten, nachdem sie zum ersten Mal *online* gegangen sind. Wir haben ein Büro in Washington, DC. Dort haben wir einen Metrik-Experten, der ganz bestimmte Muster von Verhaltensweisen aufspürt, und wenn Sie in allen Kenndaten hohe Werte erzielen, gehen wir davon aus, dass Sie *online* gegangen sind. Sie wurden doch erst kürzlich befördert, stimmt's?«

Snowe nickte. »*Online* gegangen, was?«

Terry nickte. »So nennen wir das.« Wieder schenkte sie ihm ein warmes Lächeln, als ob seine bloße Existenz sie schon verzückte. Snowe hatte dieses flüchtige, unbehagliche Gefühl, das ihn immer überkam, wenn er sich in Strip-Clubs aufhielt oder wenn er sich mit Verkäufern unterhielt. Zu viel Freundlichkeit machte ihn wachsam. »Wir hatten Sie eines Tages in unserem Computer, und da stellten wir uns vor ...«

»Warten Sie mal – das leuchtet mir aber gar nicht ein! Sie gehen doch nicht bei jedem, der beruflich Erfolg hat, davon aus, dass das ein Gedankenleser ist. Da müssten Sie verdammt viel herumfliegen ...«

»Es gibt noch andere Faktoren.«

»Zum Beispiel?«

»Die sind geheim, kann ich Ihnen nicht sagen. Das Metrik-Programm funktioniert jedenfalls.« Wieder blickte Terry sich im Coffeeshop um. »Schließlich bin ich hier, nicht wahr? Die Sache klappt also.« Sie lächelte aufs Neue, und Snowe merkte, dass sie inzwischen tatsächlich angefangen hatte, seine Hand zu halten. Ein allfälliger Passant hätte sie für ein Liebespaar gehalten. »Schauen Sie, meine Aufgabe ist, dafür zu sorgen, dass Sie sich der neuen Situation anpassen. Wir verschaffen Ihnen einen neuen Job ...«

»Ich liebe meinen Job, ich will keinen anderen.«

»Sehen Sie, Sie müssen jetzt eines verstehen: Ihr Leben wird sich ändern«, sagte Terry.

Snowe zog seine Hand weg und lehnte sich im Stuhl zurück.

»Sie müssen sich über einige Dinge klar werden«, setzte Terry mit ruhiger Stimme fort. »Ihre diesbezüglichen Fähigkeiten werden noch zunehmen. Sie werden imstande sein, eine ganz bestimmte Person in einem Raum herauszupicken und die Gedanken dieser Person zu lesen. Sie werden sogar Tiere lesen können. Sie werden anfangen, die Menschen zu meiden. Sie werden Ihr Leben so strukturieren, dass Sie möglichst wenig menschliche Kontakte haben.«

»Das hat bereits angefangen«, sagte er.

Terry nickte, offenbar froh darüber, dass er wieder ins Gespräch einstieg. Sie nippte an ihrer Kaffeetasse. »Einer ist mal in den Wald gezogen. Hat sich eine Hütte gebaut und so, wie der Unabomber.«

»Was ist mit ihm passiert?« Snowe war aufgefallen, dass sie über den Mann in der Mitvergangenheit sprach.

»Er ist gestorben. Von einem Grizzlybären getötet.«

»Konnte er Tiere nicht lesen?«

»Wenn du weißt, dass ein Grizzlybär Hunger hat, hält das den Bären nicht davon ab, dich zu fressen«, sagte Terry mit einem bitteren Lachen. »Ja, das sollten Sie übrigens auch wissen: Die Sache hat ihre Grenzen. Sie sind jetzt nicht etwa ein Superheld.«

»Wie kommt es, dass ich Sie nicht lesen kann?«

»Ich hatte als Kind Epilepsie.« Sie erzählte ihm von der Operation und wie diese zur Folge hatte, dass ihre Gedanken nicht lesbar waren. Dabei ergriff sie erneut seine Hand. »Die Dinge werden sich ändern, Jared«, sagte sie. »In einem Monat werde ich die einzige interessante Person sein, die Sie kennen.«

Die Antworten Terrys auf die nächstliegenderen Fragen klangen eingeübt und banal. Ihr Informationswert war gering, wie die Auskünfte eines PR-Profis nach einem Grubenunglück. Wie viele Betroffene? Nicht viele. Warum? Wissenschaftler suchen nach einer Ursache. Wie lange existiert das Phänomen schon? Terry hatte ihren ersten Fall im Jahr 2006. Kennt sie einen Mann namens Kenneth Wiggins? Bei dieser Frage blickte Terry überrascht auf.

»Nein, warum?«

»Hab ich aus dem Internet. Er hat irgendwas darüber gepostet, dass er Gedanken lesen kann.«

»Und Sie haben seinen Namen gefunden?«

Snowe zuckte mit den Achseln. »Er war gerade in so einem psychiatrischen Forum.« Er wollte seinen Nachbarn nicht reinziehen, also sagte er: »Ich hab seine Adresse von seinem Posting aus zurückverfolgt, und das ist dabei rausgekommen. War vielleicht auch bloß verrückt.«

»Tut mir leid«, sagte Terry, »ich weiß nichts darüber«.

»Gibt's noch andere wie mich, also ... *online* ... mit denen ich reden könnte?«

»Lustig, dass Sie das fragen.« Terry zog ihre Aktentasche auf den Tisch herauf und nahm ein Dokument heraus. Sie öffnete es und reichte ihm Dennys Haftdatenblatt mit einem 12 × 16 großen Fahndungsfoto in Farbe. »Dieser Mann«, sagte sie, »heißt Brooks Denny. Er hat 2006 einen Polizisten ermordet und vor ein paar Tagen in Manhattan einen Offizier der Militärpolizei fast zu Tode geprügelt. Danach konnte er fliehen. Wir würden ihn sehr gerne wiederfinden.«

Snowe nahm das Dokument und betrachtete Dennys Bild. Er sah intelligent aus. Gewalttätig. Wie jemand, dem seine Mitmenschen egal waren. Aber so sahen die Menschen auf

Fahndungsfotos nun mal aus. Man sagte ihnen, sie sollten neutral dreinschauen, damit die Leute es mit der Angst zu tun bekamen, wenn sie die Fahndungsplakate sahen. Dabei wären sie mit einem Lächeln um nichts weniger gut erkennbar.

»Dieser Typ da, Denny ... der – der ist wie ich?«

Terry nickte. »Nur ein Gedankenleser kann einen Gedankenleser fangen.« Sie drückte seine Hand. »Und Sie werden ihn uns bringen«, sagte sie mit einem zuversichtlichen Lächeln.

Kapitel sieben

Zurück im Apartment, während er auf sein Taxi zum Flughafen wartete, betrachtete Snowe seine neuen Spielsachen. Er hatte eine offizielle FBI-ID-Karte mit seinem Foto drauf, das ihm allerdings ein wenig gruselig vorkam. Ohne dass er Bescheid wusste, hatte Terry ihm einen Dienstausweis beschafft, der ihn als FBI-Agenten auswies – was er nicht war. Wie war sie bloß an sein Polizeiausweisfoto gekommen? »Sie werden den Ausweis brauchen, um die Leute zum Reden zu bringen«, hatte sie gesagt. Dabei machte sie eine wegwerfende Handbewegung, als sei so was gar nicht der Rede wert.

Er hatte eine staatlich dotierte Kreditkarte. Er solle sie für alles benutzen, hatte sie ihm gesagt. Geld spiele keine Rolle: Leisten Sie sich ruhig überall die Luxusklasse. Die Abteilung, um die es hier ging, schwamm im Geld. Was für eine Abteilung das genau war? Ach, irgendwas mit Computern. Und wieder diese wegwerfende Handbewegung.

Er hatte ein Hochsicherheits-Handy, in dem nur eine einzige Nummer einprogrammiert war – die von Terry. Der Eintrag lautete »Terry« mit einem Smiley daneben. Er solle sie einmal täglich anrufen, um sie wissen zu lassen, wo er sich befand und wie die Ermittlungen liefen. Sie würde mit den Leuten in seiner Dienststelle in Kearns reden. Die würden das verstehen, das wusste sie. Sie hatte Erfahrung in solchen Dingen. Alles würde gutgehen.

Er hatte eine Akte über Denny. Denny war ein übler Bursche. Er hatte im Jahr 2006 in Stowe, Oklahoma, einen Polizeioffizier getötet. Das war jedenfalls das Tötungsdelikt, bei dem die Beweise für eine Verurteilung ausreichten. Terry hatte keine Ahnung, wie viele andere Menschen Denny umgebracht hatte, doch sie deutete an, es könnten bis zu sieben sein. Er war in einer Reihe von Mordfällen verdächtig, und der Polizist, den er getötet hatte, ermittelte in diesen Fällen. Sie hatte Snowe eine DVD mit der Aufnahme gegeben, wie Denny den Mann im Aufzug zusammengeschlagen hatte, aus der Überwachungskamera im UN-Gebäude. Schauen Sie sich die Aufzeichnung an, hatte Terry gesagt, nicht ohne dabei mit ernster Miene seine Hand zu drücken. Da bekommen Sie eine ganz gute Vorstellung davon, was für ein Charakter dieser Denny ist.

Snowe hatte überlegt, wo er damit beginnen sollte, einen Mann zu suchen, der komplett von der Bildfläche verschwunden war, entfleucht in den Äther von New York City. Er fragte Terry, ob er vielleicht einen seiner alten Kollegen in der Polizeistation Kearns um Hilfe bitten sollte, doch Terry hielt nichts davon. Das solle er besser lassen: Sie müssen sich auf Ihre eigenen Instinkte verlassen. Es braucht einen Leser, um einen Leser zu fangen. Wenn er irgendwas benötigte, solle er sie anrufen. Sie hatte alle Ressourcen zur Verfügung, die er je benötigen mochte.

Ob er das verstanden habe?

Ja, er hat verstanden.

Sein Leben als Polizist war vorüber. Sein Leben als Ermittler welcher Bundesbehörde auch immer hatte gerade begonnen.

Denny wachte auf und schaute auf die Uhr. Mittag. Er brauchte Geld.

Angela hatte ihm zwanzig Dollar geschenkt, die er nur aus seiner verzweifelten Lage heraus angenommen hatte. Er nahm nicht gern Geld von Frauen an. Es reichte schon, dass er in ihrer Wohnung hauste. Sein ganzes Leben lang waren seine Frauenbeziehungen kurz, aber vergnüglich gewesen. Und er war stolz darauf, dass das Geld immer von ihm gekommen war. Sein Grundsatz war: Kein Geld – keine Muschi. Das hatte was Edles. Was hier ablief, war nicht in Ordnung. Er musste an Bargeld kommen.

Angela wusste inzwischen, dass er kriminell war. Für sie war das allerdings eher ein Plus als etwas Negatives. Sie war ein seltsames Mädel. Denny hatte ihren Verstand gescannt und versucht, auf Bilder aus ihrer Kindheit zu stoßen, die eine Erklärung dafür liefern konnten, warum sie sich so zu Gesetzlosen hingezogen fühlte. Er fand nichts. Ihr Vater hatte sie nicht im Stich gelassen, von der Seite gab es keinerlei Traumatisierungen. Möglich, dass er ein paar Mafiakontakte hatte, doch er war sicher kein ausgewachsener Al Capone gewesen. Höchstens dass er sich ein wenig im Wettgeschäft versuchte. Sie hatte ihren Vater übrigens am Vortag auf dem Weg zur Arbeit angerufen und mit ihm die Frage erörtert, ob sie sich einen Hundewelpen zulegen sollte. Ihre Mutter war eine nette Long-Island-Hausfrau. Auch von dieser Seite keine Probleme. Angela war aus dem College ausgestiegen und hatte in einem Pfandleihgeschäft zu jobben begonnen. Dann war sie in ihren aktuellen Job in der Bar gewechselt. Ihre Eltern hofften, da würde sie einen netten und erfolgreichen Businessman kennenlernen, von denen es an einem solchen Ort ja jede Menge geben musste. Stattdessen spezialisierte sich Angela auf die Geheimnisvollen, die Verlorenen, die potenziell Gewalttätigen unter ihren Gästen. Denny mit seinen aufgeschürften Fingerknöcheln, dem Südstaatenakzent, den wertvollen Schreibstiften und seiner Story von einer verlorenen Brieftasche war da sozusagen ein Lottosechser.

Bevor sie an diesem Tag zur Arbeit ging, wollte sie die Stifte in das Pfandleihgeschäft bringen, in dem sie gearbeitet hatte, um sie eventuell zu Geld zu machen. Das war's dann aber auch schon – mehr hatte Denny ihr nicht zu bieten. Denny bezweifelte, dass ein Pfandleiher ihr mehr als ein paar Dollar geben würde, doch in seiner Situation machten selbst ein paar Dollar einen Riesenunterschied aus. Möglicherweise würde es ihm dann weniger schwerfallen, ihr zuzuschauen, wie sie am Morgen zur Arbeit ging, während er im Bett blieb und sich überlegte, wie er den Tag verbringen sollte.

An jenem Tag hatte er allerdings eine Idee. Letzte Nacht hatte sie ihm nach dem Sex eine einfache Frage gestellt: »Sag mal, was kannst du eigentlich so richtig gut?« – Er hatte die Frage in Gedanken hin und her gewälzt. Er zweifelte daran, dass ihn irgendjemand dafür bezahlen würde, einen Polizisten niederzuschlagen oder von irgendwo abzuhauen – zwei Tätigkeiten, in denen er ein gewisses Talent bewiesen hatte. Aber das war ja noch nicht alles, dachte er. Er dachte zurück an seine Pläne mit dem Bootsbauer aus Oregon, damals in der Army. Er war auch ein guter Verkäufer. Immerhin hatte er sich an Angela verkauft. Er dachte, wenn du dich als abgebrannter, abgefuckter Knastflüchtiger einer gutaussehenden jungen Frau mit einem Job andrehen kannst, dann kannst du jedem alles verkaufen. Und über welches Produkt wusste er am besten Bescheid? Worin lag seine Kernkompetenz betreffend Marktwert, Vertrieb, Risiko und Gewinnmargen? Kokain!

Denny duschte, machte sich Kaffee und schaltete die Nachrichten ein. Er zappte sich durch ein paar Kanäle, auf der Suche nach Berichten über sich, aber nichts zu finden. Er hatte noch keine einzige Nachricht über sich entdeckt, weder in den Zeitungen noch im TV. Er fand das komisch. Was musst du aufführen, um es in New York City in die Nachrichten zu schaffen? Er war davon ausgegangen, es sei nicht gerade eine Kleinigkeit, einen Mann in einem UN-Gebäude halbtot zu prügeln, doch denkste. Andererseits lag die Sache schon vier Tage zurück, inzwischen wäre er aus den aktuellen Nachrichten ohnehin längst wieder draußen.

Sie berichteten über einen Flächenbrand im Westen. Irgendwo hatten sie einen Terroristen gefangen. Kinder rannten in irgendeinem Dritte-Welt-Dreckloch mit AK-47ern durch einen Dschungel, und ein Diktator sollte irgendwo gestürzt werden. Und jetzt die Wirtschaftsnachrichten. Die Aktienkurse stiegen nach einer Meldung über eine Ölgesellschaft mit einem grünen Logo, die in einem afrikanischen Land mit blau-goldener Staatsflagge Raffinerien erworben hatte. Denny hörte nur mit einem Ohr zu, doch plötzlich sah er den älteren weißen Kerl und den Biaka-Dingsbums aus den Verhandlungen. Sie versicherten einander, wie erfreut sie wären. Tauwetter in den Beziehungen. Die Dinge liefen prächtig. Alle waren glücklich. Dann Werbefernsehen.

Bitte sehr, gern geschehen, dachte Denny, während er Kaffee aufstellte. Das Telefon klingelte. Er prüfte die Anruferkennung und sah, dass es Angela war. Er hatte strikte Anweisung, jedes Mal die ID zu checken, ehe er abhob. Schließlich musste Angelas Mutter nicht wissen, dass sich in ihrem Haus ein Gentleman eingenistet hatte.

»Hey, Babe«, sagte Denny.

»Hey, Schatz. Du, hör mal, ich kann jetzt nicht sprechen. Ich wollte dich nur wegen dieser Schreibstifte was fragen. Du sagtest doch, die waren ein Geschenk, nicht wahr?«

Oh, oh! Da musste im Pfandhaus was passiert sein. Aber nachdem sie ihn immer noch »Schatz« nannte, konnte es nicht allzu schlimm sein. »Ja, schon«, sagte er vorsichtig.

»Nun, wer immer dir die geschenkt hat, muss sie gestohlen haben. Sie befinden sich auf der Liste gestohlener Waren. Im Pfandhaus konnten sie sie nicht nehmen.«

»Ich glaub, mich laust der Affe«, sagte Denny. Es rührte ihn, dass sie ihm so sehr vertraute, sofort anzunehmen, dass jemand anderer der Übeltäter sein musste. Seine Schuldgefühle mischten sich mit der Enttäuschung, dass er kein Bargeld sehen würde.

»Von wem hast du die?«, fragte sie.

»Von einem Bekannten«, sagte Denny, vergeblich nach einem harmlos klingenden Detail sinnend, das er hinzufügen konnte.

»Also, die Stifte sind an die tausend Dollar wert. Sie waren ein Geschenk des Königs von Bhutan. Der goldene ist aus massivem Gold, der silberne aus massivem Silber. Aber kein Pfandleiher nimmt sie dir ab.«

»König von was? Davon hatte ich nicht die geringste Ahnung. Aber warum behältst du sie nicht einfach. Als Geschenk von mir an dich.«

»Brooks, das können wir nicht tun. Wir müssen sie dem Eigentümer zurückgeben«, sagte sie, bezaubert von seiner Großzügigkeit. »Trotzdem echt süß von dir.« Sie lachte. »Hör mal, ich kann heute wahrscheinlich früher aufhören. Hast du Lust auf Kino oder so was?«

»Klar. Klingt super.«

»Vielleicht nehm ich unterwegs eine Pizza mit nach Hause. Irgendwelche Sonderwünsche?«

»Pfefferoni wäre fein.« Sie verabschiedeten sich und legten auf. Er konnte sich an diesen Lebensstil gewöhnen. Pizza und Pussy war jedenfalls besser als der Knast. Aber er brauchte Geld. Er ging ins Schlafzimmer, holte sich seine Pistole und den Zwanzigdollarschein und verließ die Wohnung.

»Wo ist die verrufenste Gegend der Stadt?«, fragte Denny zwei schwarze Kids mit seitlich verdrehten Hüten auf dem Kopf. Die Kids drehten sich um und blickten einem weißen Mann in einem Anzug ins Gesicht, der aussah, als käme er gerade von der Börse in der Wall Street.

»Was meinst du, das Gangsterviertel oder was?«

»Genau. Das Gangsterviertel. Von wo kommt denn ihr Jungs?«

»Wir sind aus Brooklyn«, sagten sie lachend. »Ist aber keine schlimme Gegend. Was suchst du eigentlich? Brauchst du Drogen?«

»Ich will keine Drogen kaufen. Ich suche eine Gegend, wo ich das könnte, wenn ich wollte.«

Sie schauten verwirrt drein, dann erklärten sie ihm den Weg nach Brownsville. »Nimm den Zug Nummer 3 und steig irgendwo aus, wo die Sozialbauten anfangen. Treib dich einfach ein wenig herum, da kriegst du gleich mal wo Drogen«, sagte einer der Jungs, obwohl Denny darauf beharrte, dass er gar nicht kaufen wollte. Die U-Bahnfahrt dauerte über eine halbe Stunde, und Denny stellte mit Genugtuung fest, dass er in den letzten zehn Minuten keine einzige weiße Person mehr im Zug gesehen hatte. Genau das hatte er gesucht.

Er stieg an der Haltestelle Rockaway Avenue aus und sah sich um. Der Wind wirbelte Müll durch die Straßen. Perfekt. Wo die Kommunaldienste nicht mehr funktionierten, war das Drogengeld nicht weit. Abgewrackte Autos und Glasscherben, Scheckeinlösebuden, Kinderwagen schiebende Teenagergirls, fettsüchtige Menschen in zerlumpten Kleidern. Abgesehen von der Hautfarbe der Einheimischen und der Höhe der Gebäude hätte das seine Heimatstadt sein können. Das malerische Stowe.

Entlang der Eisenbahntrasse spazierte er einen oder zwei Häuserblocks weiter. Im Vorübergehen spähte er in die Innenhöfe der Sozialbauten auf der linken Straßenseite. Kinder beim Ballspielen. Mädchen beim Quatschen. Ein paar Einheimische schauten ihn an, wahrscheinlich überrascht, dass sich ein Weißer in diese Gegend verirrte. Er prüfte noch einmal, ob die Pistole von der Jacke verdeckt war. Die Leute hier herum waren clever genug, um eine verräterische Wölbung richtig zu interpretieren. Sie würden ihn womöglich für einen Cop halten. Daran hätte er denken sollen. Ich hätte die Waffe besser zu Hause gelassen, dachte er. Aber dann wäre er unbewaffnet gewesen.

Da!

Ein Kid, vielleicht neun oder zehn Jahre alt, blickte sich um. Ein wenig zu wachsam für einen Jungen, der bloß ein wenig abhängen will. Der Junge hatte Denny bemerkt und hielt ihn wahrscheinlich für einen Cop. Denny beobachtete den Jungen, der Junge beobachtete Denny. Dann ging er zu seinem Fahrrad, stieg auf und radelte zurück in die Siedlung hinein.

Zu blöd, dachte Denny. Das war schlau. Der Junge war der Späher, das Fahrrad war das Zeichen. Denny überquerte die Straße und ging in den Innenhof der Siedlungshäuser, gespannt, was als Nächstes geschah. Ein junger Mann mit weißem T-Shirt und Sonnenbrillen saß auf einer Bank etwa fünfzig Meter entfernt. Er steckte einem schlanken Kid von etwa vierzehn Jahren hinter sich etwas zu. Der Vierzehnjährige ging zu einem nahen Treppenhaus und verschwand. Als Denny auf den Typen mit den Sonnenbrillen zuging, bemerkte er zwei weitere, gefährlich aussehende Kerle, die zu reden aufgehört hatten und ihn beobachteten. *Der Mann ist ein Bulle. Nie zuvor gesehen.*

Denny grüßte den jungen Mann auf der Bank mit einem Nicken. Er sah entspannt aus, als hätte er gerade einen harten Arbeitstag hinter sich gebracht, doch selbst aus zehn Metern konnte Denny seine Nervosität spüren. *Was will dieser weiße Scheißkerl hier?*

»Na, wie läuft's?«, sagte Denny freundlich. Er zeigte auf das Treppenhaus, wo der dünne Junge verschwunden war. »Du hast dem Kid gerade dein Geld gegeben, für den Fall, dass ich lästig werde.«

Der junge Mann wandte nicht mal seinen Kopf. Hätte Denny nicht seine Gedanken gehört, man hätte ihn für schlafend halten können.

»Der Kleine mit dem Fahrrad ist euer Spion, hab ich recht? Und die beiden Wichte da drüben sind bewaffnet, stimmt's? Das sind die Muskelmänner. Der dünne Heini ist euer Läufer. Euer Produkt habt ihr da drüben im Treppenhaus aufbewahrt. Du bist der Boss. Du ziehst hier die Fäden. So stell ich mir das vor.«

Ich muss den Arsch loswerden, ehe ich wegen ihm ein Ge-

schäft verliere. Er war ruhig, bewegungslos wie ein Reptil im Zoo. Denny las Furcht und Verwirrung in seinen Gedanken. Er war sich jetzt nicht mehr sicher, ob Denny ein Bulle war – oder vielleicht was noch Ärgeres? Gut möglich, dass Denny diese gut sichtbare Pistole dazu nutzte, jemanden auszurauben und umzubringen. Hätte die verdammte Pistole daheim lassen sollen, dachte Denny. Was hab ich mir dabei gedacht?

»Deine Methode ist ein Beispiel dafür, wie man langsam zu Geld kommt«, sagte Denny in seinem besten Verkäuferjargon. »Sie ist gefährlich. Du musst beschützt werden, du brauchst Spione. Was machst du so pro Verkauf – vielleicht fünfzig Mäuse?« *Zwanzig Mäuse. Ich verkaufe Zwanziger-Tüten.* »Aber vielleicht verkaufst du ja bloß Zwanziger-Tüten«, sagte Denny, der dem Burschen nun die Zahlen aus der Nase zu ziehen begann. Er verkaufte zwischen dreißig und vierzig Stück pro Tag, nahm also brutto maximal achthundert Dollar ein, davon musste er ein Viertel für seinen Einkaufspreis abziehen. Blieben sechshundert Dollar zum Teilen mit seinen Helfern. Die Muskeltypen kassierten je 75 Dollar pro Tag, der Laufbursche kostete fünfzig, der Späher auch noch mal zwanzig Dollar. Ihm blieben dann an einem sehr guten Tag 380 Dollar, die er fünfzig zu fünfzig mit seinem Boss teilte, der überhaupt kein Risiko einging. »An einem Spitzentag verdienst du also circa 190 Dollar. 190 Mäuse dafür, dass du den ganzen Tag auf einer Bank sitzen musst, immer in Sorge, dass man dich erschießt oder verhaftet. Ich kann dir das Dreifache garantieren, in der halben Zeit, völlig ohne Risiko.«

Jetzt drehte der Mann den Kopf herum. *Ich hab immer gewusst, dass man die Sache auch besser machen kann. Ich höre.* »Was zum Teufel redest du da?« Seine Stimme klang bedrohlich, aber Denny ignorierte es und konzentrierte sich lieber auf die Gedanken, die dem Jungen durch den Kopf schossen.

»Wir können das Zeug auf meine Art verhökern. Meine Kleine arbeitet in einer Bar. Jede Menge weiße Typen in Anzügen, und alle suchen sie was zum Schnupfen. Sie kaufen jedes Mal Achtel- oder Viertelunzen. Keine mickrigen Zwanzigdollar-Tütchen – die geben pro Wurf an die drei- oder sechshundert Dollar aus. Sie wollen aber keine Steine, nur Pulver. Das spart dir zusätzlich Zeit, weil du kein Backnatron dazutun musst, mit dem du das Zeug kaputtmachst.« Denny lachte, aber er konnte hören, dass der Mann von seiner Warenkenntnis beeindruckt war.

Der Mann blickte sich um, biss sich gedankenversunken in die Lippen – ein erstes Anzeichen dafür, dass er interessiert war. Wenn du in so einem Viertel aufwächst, dachte Denny, ist es wahrscheinlich überlebenswichtig, dass du deine Körpersprache unterdrückst. Nach einer Minute winkte er einen der Muskelmänner heran und überließ ihm seinen Platz auf der Bank. Das Muskelpaket war froh, verkaufen zu dürfen. Auch er legte dieses ernsthaft-strenge Verhalten an den Tag, während die Gedanken in seinem Hirn freudig wirbelten – jeder wird schließlich gerne befördert.

»Als Verkäufer musst du dein Ding da weglegen«, sagte der Typ im weißen T-Shirt. Der Muskelmann nickte, und Denny beobachtete, wie er sich kurz umsah, dann dem anderen rasch und verstohlen seine Waffe übergab, um sich dann in der gleichen entspannten Pose auf die Bank zu fläzen.

»Komm mit«, sagte der junge Mann zu Denny. Er führte ihn zum Treppenhaus, wo sich der Dünne von vorhin mit einem hübschen Mädchen seines Alters unterhielt, das einen Rucksack dabeihatte. Sie gingen zwei Treppen hoch, dann drehte sich der Mann zu Denny um und sagte: »Her mit der Waffe da.«

Denny löste die Halftersperre und gab ihm die Pistole.

»Ach du feuchte Scheiße, Mann, das ist eine Bullenwaffe«, sagte er. »Und ein Bullenhalfter.«

»Ja. Hab ich einem Cop abgenommen«, sagte Denny. »Ich bin ganz bestimmt kein Bulle, mach dir da mal keine Sorgen.«

Der Mann zuckte mit den Schultern und steckte sich Dennys Pistole in den Hosenbund. Er war inzwischen überzeugt, dass Denny kein Polizist war. Er konnte zwar keine Gedanken lesen, doch sein Beruf hatte ihn für derlei Dinge so scharfsichtig gemacht, wie man – ohne Dennys Spezialfähigkeit zu besitzen – nur sein konnte. Noch im Flur durchsuchte er Denny von den Knöcheln bis zu den Hosentaschen. Dann klopfte er an die Tür.

Ein Mann in den Dreißigern machte auf. Im Hintergrund plärrte ein Fernseher, ein moderner Flachbildschirm, wie Denny feststellte. Ein etwa zehnjähriger Bub, vielleicht ein Mitschüler des Spähers von unten, spielte ein kriegerisches Videogame. Eine Frau südamerikanischer Herkunft war in der Küche mit Kochen beschäftigt, die Wohnung war mit dem warmen Duft von Kreuzkümmel gefüllt. Eine andere Frau ging mit einem Baby im Arm herum. Eine typische Szene einer gutsituierten Familie, dachte Denny, nur dass die Familie in den Sozialbauten lebte und der Vater ein Drogendealer war.

»Darius«, sagte der Mann. »Du sollst doch unten auf der Bank sein.«

»Hör dir doch mal an, was der Macker da zu sagen hat«, antwortete Darius mit einer Handbewegung zu Denny hin.

Denny kam in die Wohnung rein und sah sich um. So hatte er sich eine Wohnung in den Sozialsiedlungen nicht vorgestellt, dachte er. Die Möbel waren alle handgefertigt, die Küche erst vor kurzem renoviert, es roch noch nach frischer Farbe. Die Frau, die sich jetzt hingesetzt hatte, um ihr Baby zu füttern, starrte geradezu vor Goldschmuck. Alle sahen ihn erwartungsvoll an, selbst das südamerikanische Hausmädchen.

»Mein Name ist Brooks«, sagte er im Stil eines Verkäufers von Gemüsehäckslern in einer Spätabend-TV-Verkaufs-Show. »Und ich möchte euch helfen, eure Drogen an den Mann zu bringen.«

Kapitel acht

»Ich hab meine Brieftasche wieder«, sagte Mr. Huc und hob sie hoch, damit Snowe sie sehen konnte. »Der Taxifahrer, sehr nett Mann. Gut Mann. Wir ihm senden Geschenk.«

Die Nacht zuvor hatte Snowe in seinem Hotelzimmer das Video von Denny angeschaut, wie er den Militärpolizisten im Aufzug k. o. geschlagen hatte. Als Streifenpolizist hatte Snowe etliche solcher Videos gesehen, von Kaufhausüberfällen, Schlägereien auf Parkplätzen vor Einkaufszentren, und sogar den einen oder anderen zufällig aufgezeichneten Totschlag. Er fand die Aufzeichnung deshalb weniger schockierend, als Terry gehofft hatte. In seinem Privatkinodebüt hatte Denny als Hauptdarsteller einen kurzen und zügellosen Auftritt, wie von Terry erwähnt, doch Snowe hatte eher den gegenteiligen Eindruck. Er fand keineswegs, dass Denny mit sinnloser Brutalität vorgegangen war, vielmehr hatte dieser – so zumindest sah es Snowe – jeglichen unnötigen Schaden vermieden. Sobald der MP zu Boden gegangen war, ließ Denny von ihm ab. Dem Mann ging es eindeutig um sein eigenes Überleben, nicht um sinnlose Brutalität.

Im Übrigen war ihm dieser asiatische Mann aufgefallen, den die UN Security als einen Mr. Huc identifizierte. Snowe hatte Dennys Zusammentreffen mit Mr. Huc mehrere Male zurückgespult und wieder angesehen – wie er die Aktentasche an sich riss und den Mann grob aus dem Aufzug stieß. Auch er wurde abserviert, sobald Denny alles hatte, was er von ihm wollte. Im Video erkannte Snowe, dass Denny sich nicht nur schnell bewegte, sondern auch schnell dachte. Er hatte Mr. Hucs Mobiltelefon vom Boden aufgehoben und sich ans Ohr gehalten, um als eiliger Büroarbeiter zu posieren, und all das in einem fließenden Übergang ohne Nachdenken. Dieser Denny wusste ganz genau, was um ihn herum ablief. Ein cleverer Bursche. Er würde wahrscheinlich schwer zu finden sein, dachte Snowe.

»Ja, schön, aber Sie haben doch Anzeige erstattet. Und da haben Sie behauptet, dass aus Ihrer Aktentasche einige Dinge fehlten, nicht wahr?«

»Meine Schreibstifte!«, rief Mr. Huc aus. »Als ich Tasche bekomme, keine Schreibstifte!« Er gab Snowe ein Bild von den Stiften, das er aus dem Katalog der Herstellerfirma herausgerissen hatte. »Ich machen Anzeige, ja! Sie sehr teuer, ja, aber auch sehr wertvoll ... für mich!« Mr. Huc sprach in atemlosem Stakkato, und Snowe merkte, wie aufregend es für ihn war, Teil der Ermittlungen zu sein. Er hatte immer Polizist werden wollen, erkannte Snowe, doch die Polizeijobs in dem Teil Indonesiens, wo er aufgewachsen war, waren für politische Günstlinge reserviert, und seine Familie hatte keine entsprechenden Beziehungen. Mr. Huc hatte außerdem eine Schwäche für große, blonde Frauen. Snowe fragte sich, ob all die Informationen, die ihn stets überfluteten, wenn er mit jemandem ein Gespräch führte, ihn zu einem besseren oder einem schlechteren Polizisten machten. »König Jigme von Bhutan hat sie mir gegeben. Ein Geschenk! Können Sie sie mir zurückholen?«

»Na ja, ich werd's jedenfalls versuchen«, sagte Snowe. Er sah sich die Bilder der Schreibwerkzeuge auf dem ausgerissenen Blatt des Hochglanzkatalogs an und nickte Mr. Huc aufmunternd zu. Er hatte keine Ahnung, was jetzt zu tun war. Er hatte keine detektivische Ausbildung. Er gab den FBI-Agenten mit gefälschter ID. Das Einzige, was ihm einfiel, waren die Pfandhäuser, und wenn sich da nichts ergab, was dann? Dann musste er Terry anrufen und ihr sagen, dass er überfordert, überbezahlt und unterqualifiziert war. Ihm wollte nicht einleuchten, wie seine Fähigkeit zum Gedankenlesen ihm dabei helfen sollte, einen spurlos verschwundenen Mann zu finden.

Er schüttelte Mr. Huc die Hand und verließ das Haus über denselben Lift, in dem es nur Tage zuvor zu der Schlägerei gekommen war. Zurück im Hotel, bestellte er sich Essen aufs Zimmer und entdeckte am Boden des Kleiderschranks die Gelben Seiten. Er riss die Seite mit den Pfandhäusern heraus, schnappte sich das Foto mit den Schreibstiften und ein Bild Dennys und machte sich auf den Weg.

Er stellte fest, dass die meisten im Branchenverzeichnis aufgeführten Pfandleiher nur wenige Häuserblocks von seinem Hotel entfernt lagen, in einem einzigen Gebäude an der 47. Straße West, übrigens auch gar nicht weit weg vom UN-Gebäude gelegen. Unter der Annahme, dass Denny sich ebenfalls der Gelben Seiten bedient hatte, wäre es doch möglich, dass er den nämlichen Häuserblock aufgesucht hatte. Jaja, alles bloß *unter der Annahme* – unter der Annahme, dass er die Stifte nicht einfach weggeworfen und dafür einen Spirituosenladen überfallen hat. Unter der Annahme, dass er nicht mithilfe seiner Fähigkeiten tausend Dollar bei einem nächtlichen Pokerspiel gewonnen hat. Unter der Annahme, dass er den Bundesstaat nicht verlassen hat. Aber es konnte ja nicht schaden, zunächst ein paar Pfandleihgeschäfte aufzusuchen, ehe man die Sache aufgab, dachte Snowe.

Beim ersten Pfandleiher traf er auf einen Araber, der gerade versuchte, einem jungen schwarzen Pärchen eine Stereoanlage zu verhökern. Snowe wartete im Laden, unsicher über seine Rolle – konnte er als FBI-Mann in so einer Situation eigentlich ganz einfach unterbrechen? War die Rechtsdurchsetzung höher zu bewerten als gute Manieren? Er schlenderte einige Augenblicke durch das Geschäft und hörte zu, wie der Verkäufer die Vorteile vergoldeter Anschlüsse in puncto Sound-Qualität hervorhob und frohlockte, dass sie für einen Aufpreis von nur achtzig Dollar jedes Knacken und jeden Atemzug der Studiomusiker hören könnten. Nach etwa fünf Minuten ging er dann schließlich doch auf den Araber zu: »Entschuldigen Sie.«

Sichtbar verärgert über die Unterbrechung seines Verkaufsgesprächs, warf ihm der Mann einen bösen Blick zu. »Ich bin gleich bei Ihnen.«

Snowe hielt seine ID hoch und sagte: »FBI.« Er zeigte dem Mann das Bild der Schreibstifte.

Dieser Kerl hat mich unterbrochen. Sie waren kurz davor, mir diesen Plunder um 260 Dollar abzukaufen. Jetzt hab ich den Augenblick verpasst. »Was ist das? Schreibstifte? Na und?«

»Hat irgendjemand versucht, sie Ihnen zu verkaufen?«

»Nein.« Er wandte sich wieder dem Paar zu und begann wieder über die Lautsprecher zu reden, während Snowe mit dem Gedanken spielte, den Laden für einen Tag dichtzumachen, nur um ein Arsch zu sein. Doch er wusste, dass der Mann nicht gelogen hatte. Also ging er und überquerte die Straße. Im zweiten Laden fand er eine junge Asiatin vor, die in ein Spiel auf ihrem iPhone vertieft war. Sie machte sich kaum die Mühe hochzublicken, weder zur FBI-ID noch zu der Abbildung. Doch als sie verneinte, die Stifte je gesehen zu haben, wusste Snowe sogleich, dass auch sie die Wahrheit gesprochen hatte. Zwei weitere Läden, zwei weitere Verkäufer, die weder an einer Konversation mit ihm interessiert waren, noch die Schreibstifte gesehen hatten. Der Typ im fünften Geschäft war ziemlich freundlich und von der FBI-Dienstmarke beeindruckt. Er wollte, dass sein Sohn zum FBI ging, und erkundigte sich über die Aufnahmebedingungen. Snowe hoffte, dass seine Antworten so ungefähr zutrafen. Wo bewirbst du dich? Du kannst dir online ein Formular runterladen oder rufst einfach an. Wie lange dauert die Ausbildung? Etwa drei Monate (eine völlig willkürliche Mutmaßung Snowes). Ist es schwer, reinzukommen? Snowe versuchte bescheiden zu klingen, ohne eine Polizeiorganisation herabzusetzen, die er bestenfalls aus der TV-Serie *Criminal Minds* kannte. Als er das Geschäft verlassen hatte, kam er zu der Erkenntnis, dass er sich – sollte er den FBI-Agenten noch länger spielen – wohl ein wenig Hintergrundinformationen beschaffen musste. Im Übrigen hatte Denny auch diesen Laden nie betreten.

Noch ein Laden, dann war er am Ende des Gebäudekomplexes angelangt. In diesem Viertel hatte er dann alle Pfandleiher durch. Dann gab es noch zwei oder drei weitere in Alphabet City, ein paar in Harlem – und dann? In New York rumziehen und den Leuten Dennys Foto zeigen? Mit dem schleichenden Gefühl des Versagens im Bauch öffnete er die Tür zu dem Geschäft und bemerkte gleich, dass hier offenbar teurere Waren angeboten wurden als in den anderen. Der Boden war mit einem sauberen, beigen Teppich ausgelegt, und die Geschäftsräume waren gut beleuchtet. Das Angebot umfasste großenteils Schmuck, nicht die üblichen Gitarren und TV-Geräte, diese traurigen Zeugen privater Finanzkatastrophen. Der Verkäufer hatte einen Anzug mit Krawatte an und redete in einem tiefen, gemächlichen Tonfall mit einem Paar, das sich einen Verlobungsring zeigen ließ.

»Was kann ich für Sie tun?«, rief der Mann zu Snowe herüber. Zum ersten Mal wurde er hier von einem Verkäufer angeredet, ohne dass er sich vorher bemerkbar machen musste.

Snowe zeigte ihm seine Dienstmarke und das Bild der Schreibstifte. Der Mann, ein affektiert wirkender Vierziger mit arabischem Aussehen, allerdings britischem Akzent, schüttelte den Kopf.

»Tut mir leid«, sagte er. »Nie gesehen.« Er wandte sich wieder dem Paar zu, das darüber diskutierte, welche Fassung für ihren Diamanten in Frage kam. Der Mann war in England als Betrüger zugange gewesen, erkannte Snowe. Er hatte alten Menschen in Pflegeheimen ihre Altersvorsorge abgeluchst.

»Sie lügen«, sagte Snowe.

»Wie bitte?« Der Mann blickte auf. Er war wirklich überrascht, zumal er ein guter und erfahrener Lügner war.

»Sie haben die Schreiber sehr wohl gesehen.« Snowe legte das Foto noch einmal auf die Glasplatte des Ladentisches. »Jemand, den Sie kennen, hat sie Ihnen gezeigt.«

»Sie irren sich, tut mir leid«, sagte der Mann kopfschüttelnd. »Ich hab sie nie gesehen.«

Snowe blickte den Mann einige Sekunden lang an, während das junge Paar ihn anstarrte, unschlüssig, wie sie sich angesichts dieser Störung verhalten sollten. »Angela«, sagte Snowe. »Wer ist Angela?«

»Angela? Die hat mal hier gearbeitet.«

»Wo kann ich sie finden?«

»Das weiß ich wirklich nicht. Ich habe sie seit Monaten

nicht mehr gesehen.« Bilder von Angela. Bilder von Angela, nackt in seinem Bett. Snowe stellte fest, dass die Bilder alt waren. Jüngere Bilder tauchten auf, von Angela als Angestellte in einer Bar, wo sie angeheuert hatte, nachdem die beiden sich getrennt hatten und sie den Job beim Pfandleiher aufgegeben hatte. An der Vorderseite der Bar war ein Handlauf aus Messing zu erkennen. Jetzt ganz neue Bilder von Angela, die ein T-Shirt mit dem Logo der Bar trägt. Sie legt die Schreibstifte auf den Verkaufstresen, genau an der Stelle, wo Snowe jetzt steht. In das Logo ist der Name »Corgi's« eingeschrieben.

Snowe nickte. »Danke für Ihre Mühe.« Unter den erstaunten Blicken des jungen Paares steckte er das Foto der Schreibstifte zurück in die Jackentasche und verließ den Laden. Er ging runter zur Seventh Avenue und winkte ein Taxi heran. »Kennen Sie eine Bar namens Corgi's?«, fragte er den Fahrer. Der Fahrer nickte.

»Ist bloß ein paar Straßen entfernt von hier«, sagte er.

»Fahren wir.«

Denny zählte den Haufen Geld und lachte, als er es über dem Kaffeetisch ausstreute. 640 Dollar! Nicht schlecht für eine Nacht arbeiten.

Seine neuen Freunde, T-Dog und Darius, waren mit ihm zu Corgi's Tavern hochgefahren und warteten draußen im Auto, während Denny hineinging und seine Angebote legte. In Anzug und Krawatte schlenderte er die Bar auf und ab, vorbei an den nach hinten versetzten Nischenplätzen, und hörte die Gedanken der Gäste daraufhin ab, ob sich darin ein Verlangen nach Kokain äußerte. Beim ersten Durchgang traf er auf einen jungen Geschäftsmann mit kurzgeschnittenem

Haar, der direkt von der Arbeit hierhergekommen war und überlegte, ob er seinen Dealer anrufen sollte. Denny nahm Augenkontakt mit dem Mann auf und tippte sich an die Nase, worauf sich der Mann bei seinen Tischnachbarn entschuldigte und herüberkam.

»Was kannste mir bieten?«, fragte der Mann.

Denny wusste, dass der Mann üblicherweise hundert Dollar für ein Gramm bezahlte, dreihundert für eine Achtel-Unze. Er bot den Stoff folglich genau zu diesem Tarif an. Der Typ bestellte zwei Achtelkugeln und drückte Denny sechshundert Mäuse in die Hand. T-Dog hatte Fixpreise festgesetzt, achtzig Dollar für ein Gramm und 270 für eine Achtel-Unze. Zum Auto zurückgekehrt, gab er Darius 540 Dollar und behielt die restlichen sechzig für sich. Seine Partner hatten die Preise an ihre üblichen Kunden angepasst, also notorische Pleitegeier und Arbeitslose, und dachten nicht daran, sie für die Wall-Street-Leute anzupassen, was Denny die Möglichkeit gab, die Differenz einzustreifen. Sie klapperten noch drei weitere Bars ab, und innerhalb von zwei Stunden verschaffte Denny den beiden ein Einkommen von fünftausend Dollar. Für ihn sprangen die 640 heraus, die jetzt vor ihm lagen. Das Leben war schön.

Denny hatte sich unterwegs in einem Gemischtwarenladen ein Mobiltelefon mit Prepaid-Karte gekauft und mit den beiden Jungs vereinbart, nächste Woche wieder zusammen auf Tour zu gehen. Beim Abschied schüttelten sie einander die Hände, nicht ohne dass Darius ihn mit den Worten »Du verrückter weißer Knabe« seiner Bewunderung versicherte.

»Passt gut auf euch auf«, hatte Denny ihnen nachgerufen, und er meinte es ernst. Er hatte Darius nur einen Tag lang gekannt, doch er machte sich Sorgen um den Jungen. Als er die beiden über die Seventh Avenue davonfahren sah, hatte er eine melancholische Ahnung, dass er sie nicht wiedersehen würde.

640 Dollar. Am nächsten Tag würde Angela freihaben. Jetzt war er imstande, sie zum Abendessen einzuladen. Diesen Nachmittag konnte er in die Stadt gehen und sich endlich andere Klamotten als diesen beschissenen Anzug kaufen. Es gefiel ihm ja nicht so schlecht, wie die Leute ihn im Anzug behandelten, doch dieser klebte bereits fünf Tage an ihm dran und sah allmählich abgetragen und verschrumpelt aus, vom daran haftenden Körpergeruch mal ganz abgesehen. Er brauchte Alltagskleidung, und das sollte nicht unbedingt ein T-Shirt sein, das einer von Angelas Exfreunden zurückgelassen hatte.

Das Telefon klingelte, Denny checkte die Anrufer-ID. »Hallo, mein Schatz«, sagte er.

»Hör zu, Denny«, sagte Angela, und Denny hörte Besorgnis in ihrer Stimme. »Da war so ein FBI-Typ in der Bar. Er hat nach den Schreibstiften gefragt.«

»Wirklich? Wie zum Teufel hat der dich gefunden? Ich hoffe, du hast sie ihm einfach gegeben. Ich hab doch gesagt, dass wir sie nicht brauchen.«

»Ich vermute, dass Ali im Pfandleihhaus ihn auf meine Spur gebracht hat.« Sie klang noch immer besorgt. »Du ... der Mann war echt unheimlich.«

»Unheimlich? Inwiefern?«

»Der hat mich eine Minute lang nur angestarrt und dann gefragt, wo ich wohne. Ich hab's ihm nicht gesagt, doch er starrte mich weiter an und ging dann einfach weg.«

»Warum will der wissen, wo du wohnst? Hattest du den Eindruck, er ist ein Perversling oder so was?« Denny war aufgestanden, seine Stimmung hatte augenblicklich umgeschlagen, und er begann im Apartment auf und ab zu laufen.

»Keine Ahnung. Es war komisch. Als er mich wegen der Stifte fragte, hatte ich den Eindruck, dass er an etwas anderes dachte. Ich hab ihm nicht gesagt, wo ich wohne, doch wenn er vom FBI ist, findet er das sicher raus.«

»Alles klar, Schatz. Danke, dass du mich informiert hast.«

»Denny, ich hab Angst.«

»Es ist alles okay, Baby. Ich bin mir sicher, da steckt nichts dahinter.« Er war ins Schlafzimmer zurückgegangen und holte die Pistole unter dem Bett hervor, wo er sie versteckt hatte, als Angela ihn zum ersten Mal bei sich übernachten ließ. »Alles wird gut. Geh einfach wieder an die Arbeit.«

»Okay«, sagte sie mit unsicherer Stimme.

»Hey«, sagte er in bemüht fröhlichem Ton. »Die Pizza heut Abend geht auf mein Konto. Ruf mich an, bevor du heimkommst, dann geb ich die Bestellung auf. Bis du hier bist, ist die Pizza geliefert.«

»Okay«, sagte sie, und sie klang noch immer verängstigt. Für ein Girl, das keine Gedanken lesen konnte, dachte Denny, schien sie ein gutes Gespür für Probleme zu haben. »Also bis dann, und pass auf dich auf.«

»Mir passiert nichts.« Er legte auf und entsicherte die Waffe. Der Mann hatte sie gefragt, wo sie wohnte, und war, ohne eine Antwort zu bekommen, weggegangen? Für so ein Verhalten gab es nur einen Grund – er muss die Antwort gehört haben, ohne dass sie ausgesprochen wurde.

Shit, dachte Denny. Bin wohl nicht der Einzige, wie's aussieht.

Er nahm die Pistole und ging hinauf aufs Dach des Gebäudes, in dem Angela wohnte, dann lehnte er sich über den Rand, damit er die Straße sehen konnte. Er war extrem angespannt. Er stellte sich vor, dass jeden Augenblick ein Einsatzkommando oder eine Armee von Polizeifahrzeugen die ruhige Straße herunterrasen würden. Möglicherweise würden sogar Hubschrauber über den Dächern kreisen. Seine momentane Position war dann eher suboptimal. Warum hatte er nicht früher daran gedacht? Er war nicht der Einzige.

Er hörte auf, auf dem Dach hin und her zu gehen, und blieb ruhig stehen. Moment mal – wenn ich nicht der Einzige bin, warum haben die dann ausgerechnet mich für den UN-Job ausgewählt? Schließlich stehe ich auf der Liste gesetzestreuer Bürger, die als Helfer der Justiz in Frage kommen, sicherlich nicht ganz oben.

Irgendwie ergab das alles wenig Sinn.

Über die Dachkante blickend, sah er ein in die Straße einbiegendes Taxi, das mit geringer Geschwindigkeit dahinfuhr, wie auf der Suche nach einer Adresse. Der Wagen hielt geradewegs vor Angelas Haus, ein Mann stieg aus. Ein kräftiger Mann. Dank seiner körperlichen Fitness sah er aus wie einer der MPs oder wie ein Gefängniswärter im Knast. Ein Exekutivorgan. Das war der Mann, Denny wusste es. Sah aus, als wäre er allein.

Nun, das war ja interessant. Keine Hubschrauber oder Sonderkommandos. Der Mann da war für eine Rolle als einzelner Held vorgesehen.

Das Gebäude war vier Stockwerke hoch, und der Macker befand sich auf der anderen Straßenseite. Zu weit weg, um ihn zu lesen. Er blickte das Gebäude hoch, wahrscheinlich um herauszufinden, welche Wohnung zu Angela gehörte.

Ein einzelner Typ. Wenn die ihre eigenen Leute hatten, die Gedanken lesen konnten, warum hatten sie dann ihn zur UNO geschleppt? Dafür musste es ja einen Grund geben. Er schaute wieder über den Rand des Daches hinunter und beobachtete den Mann, der auf der gegenüberliegenden Straßenseite stand und das Gebäude hochblickte. Er holte ein Mobiltelefon hervor und tat so, als würde er, ein paar Schritte auf und ab wandernd, damit telefonieren. Was zum Teufel tat der da? Vielleicht wartet er auf Verstärkung, dachte Denny. Vielleicht war er gar kein Gedankenleser. Vielleicht würden die Spezialkräfte und Hubschrauber ja noch kommen. Gut möglich, dass die gesamte New Yorker Polizeitruppe gerade dabei war, ihre Schusswaffen zu laden und kugelsichere Westen anzulegen, während er da auf dem Dach herumstand.

Eine junge Frau, eine von Angelas Nachbarinnen, kam zur Haustür raus und hüpfte die Stiegen runter. Der Mann rief ihr was zu. »Entschuldigen Sie, Miss!« Die Frau drehte sich nach ihm um.

»Ich brauche den Gebäude-Code«, hörte Denny ihn rufen. Natürlich! Der fünfstellige Code, den du eingeben musstest, um die Haustür zu öffnen. Denny konnte den überraschten Ausdruck im Gesicht der Frau sehen, angesichts eines Fremden, der sie da auf der Straße nach dem Sicherheitscode ihres Wohnhauses fragte. Anstatt ihm zu antworten, warf ihm die Frau einen furchtsamen Blick zu und ging rasch weg von ihm. Der Mann schaute ihr nach und ging dann über die Straße auf die Eingangstür zu.

Er war Gedankenleser. Kein Zweifel. Und plötzlich ging Denny ein Licht auf. Er steckte seine Pistole in die Jackentasche und rannte die Stiegen zu Angelas Apartment hinunter.

49132.

Summ.

Snowe öffnete die Tür und betrat einen kleinen Raum mit einer Reihe metallener Briefkästen. Vier Reihen zu je vier Kästen, insgesamt sechzehn Wohnungen. Zu beiden Seiten führte ein schmaler Gang weg, der zu je einer Wohnung pro Gangseite führte. Also vier Apartments pro Stockwerk. Er konnte sich gut vorstellen, dass Angela Denny angerufen hatte, um ihn über den FBI-Mann zu informieren, doch sie konnte ja nicht ahnen, dass er ihre Adresse kannte. Denny würde also niemanden erwarten. Andererseits war damit zu rechnen, dass ein bewaffneter Mann auf der Flucht auf jeden Fall nervös war, weshalb Snowe es vorzog, nicht einfach von Tür zu Tür zu gehen und zu fragen. Er ging zur ersten Wohnung und legte sein Ohr an die Tür. Niemand schien zu Hause zu sein. Zweite Wohnung, ebenfalls ruhig. In der dritten war das Fernsehgerät eingeschaltet, jemand schaute eine TV-Serie. Ganz schwach konnte er Gedanken durch die Tür aufnehmen. Die Person hatte schmerzende Beine. Es war eine ältere Frau. Snowe war überrascht, dass er, wenn auch abgeschwächt, ihre Gedanken auch durch die Tür hören konnte. Noch vor einer Woche hätte ich nicht geglaubt, dass das möglich ist. Es stimmte, was Terry sagte – man wurde im Laufe der Zeit immer besser.

Vierte Tür, nichts. Niemand zu Hause.

Leise ging er in den zweiten Stock hoch. In drei der Apartments war niemand zu Hause, im vierten war jemand in der Küche beim Kochen. Er konnte gerösteten Knoblauch riechen. Die Küche schien zu weit von der Tür entfernt, um Gedanken lesen zu können, doch Snowe bezweifelte, dass ein Flüchtender sich Knoblauch rösten würde. Aber warum eigentlich nicht? Auch Flüchtende essen schließlich gerne. Sollten alle Wohnungen in den oberen Stockwerken leer sein, dann wollte er zu dieser hier zurückkehren. Apartment G wurde mal vorgemerkt. Er ging weiter in den dritten Stock.

Vorsichtig schloss er die Treppenhaustür und schlich zur ersten Tür. Apartment J leer. K ebenfalls nichts. Er querte den Flur zur Wohnung L. Auch hier alles ruhig. Doch da war jemand drinnen. Jemand dachte nach.

Ich kann deine Gedanken lesen.

Snowe machte einen Schritt zurück und zog, mit dem Rücken zur Flurwand, seine Pistole. *Ich kann deine Gedanken lesen. Du kannst meine Gedanken lesen. Wir lesen in unseren Gedanken. Durch eine verdammte Wand hindurch. Verrückt, oder nicht?*

Snowe stand mit dem Rücken zur Wand, sein Herz klopfte heftig.

Er fragte sich, ob Denny durch die Wand schießen würde. Vorsichtshalber ging er in die Hocke, falls eine Kugel durch die Gipswand geflogen käme. Dann hörte er wieder einen Gedanken. *Ich werde nicht durch die Wand schießen. Ich lege meine Pistole auf die Couch. Bleib ganz ruhig.*

Er sah, dass es stimmte. Er bekam ein Bild einer Pistole auf der Couch vermittelt. *Ich habe die Waffe nicht in der Hand. Ganz ruhig.*

Er hörte ein Klicken im Türschloss und die Drehung des Türgriffes. Im Flur hockend hob er seine Pistole an.

Dann hörte er Dennys Stimme. »Komm rein, Mann. Es ist offen.«

Kapitel neun

Noch immer in der Hocke, schubste Snowe die Tür ein paar Zentimeter weit auf. Dann atmete er tief durch, nahm die Pistole hoch, stieß die Tür mit dem Fuß auf und stürmte in die Wohnung. Die Tür stieß gegen ein kleines Tischchen neben dem Eingang, ein gerahmtes Bild fiel zu Boden und zerbrach.

Denny stand währenddessen in der Küche hinter einer Theke und starrte ihn beunruhigt an.

»Brooks Denny? Sie sind verhaftet.«

Denny bewegte sich nicht.

»Legen Sie die Hände so hin, dass ich sie sehen kann.«

Denny hob seine Hände und zeigte sie mit gespreizten Fingern. »Beruhigen Sie sich«, sagte er. »Sie wissen, dass ich keine Waffe habe.«

»Kommen Sie raus von da hinten.«

Denny trat hinter der Theke hervor. »Mann, beruhigen Sie sich.«

»Ich bin ganz ruhig. Auf den Boden legen.«

»Was?«

»Legen Sie sich auf den Boden, die Hände auf den Rücken.«

»He, Kumpel, jetzt entspann dich doch.«

»Ich bin entspannt. Leg dich auf den verdammten Boden«, sagte Snowe jetzt deutlich lauter.

Denny seufzte. »Ich leg mich nicht auf den Boden.« Er stand einige Sekunden lang vor Snowe, die Hände mit gespreizten Fingern ausgestreckt, während Snowe mit seiner Pistole direkt auf seine Brust zielte. »Mann, ganz im Ernst, gib doch die Waffe da weg.«

Snowe bewegte sich nicht.

»Du willst mich nicht erschießen. Ich weiß das. Ich kann dich denken hören, dass du mich nicht erschießen willst. Du weißt, dass ich dir nichts tun werde. Du kannst das hören. Wir können einander hören. Also gib endlich die Waffe runter, Mann.«

»Sie sind verhaftet«, sagte Snowe, doch seine Stimme war jetzt schwächer, weniger entschlossen.

»Ja doch, ich hab's kapiert. Coole Sache, ich bin verhaftet. Aber ich hätte dich vorhin schon erschießen können, und ich hab's nicht getan, weil ich mit dir über diese ganze Scheiße reden wollte.«

»Über was für eine Scheiße?«

»Die da!«, sagte Denny und zeigte auf seinen Kopf. »Diese Scheiße ist nicht normal. Hast du das vergessen?«

»Sie sind verhaftet«, sagte Snowe noch einmal.

»Na toll«, sagte Denny, der jetzt eine entspanntere Haltung einnahm. »Möchtest du Kaffee?« Er bewegte sich langsam auf die Kaffeemaschine hinter sich zu, die dampfte und gurgelte und den Raum mit dem Duft frischen Kaffees anfüllte. »Ich war gerade dabei, Kaffee zu machen. Magst du?«

Die beiden starrten einander etwa zehn Sekunden lang an, dann sagte Denny: »Okay, Alter, langsam wird mir langweilig.«

Snowe senkte langsam die Waffe.

»Verdammte Scheiße, na endlich, Mann«, sagte Denny, sichtbar erleichtert, und nahm die Hände runter. »Warum musstest du die Tür auftreten? Ich hab sie dir doch geöffnet. Jetzt hast du ihr Foto von Mutti und Vati kaputtgemacht.« Er zeigte auf eine kleine Schranktür in der Küche. »Ich hol mal eben Besen und Kehrschaufel.« Er wartete, bis Snowe zustimmend nickte, und ging dann in die Küche. Mit Besen und Kehrschaufel in der Hand ging er zum Eingang und kehrte den zerbrochenen Bilderrahmen auf. Angewidert betrachtete er das Malheur, ging zum Plastikmülleimer und warf es hinein. »Euch Bullen gefällt halt der dramatische Auftritt.«

»Ich denke, einen Mörder zu verhaften ist ja wohl eine dramatische Sache«, sagte Snowe.

Denny schüttelte den Kopf, während er die letzten Scherben am Boden aufnahm, dann schloss er die Tür.

»Das sind Sie doch, nicht wahr? Ein Mörder.«

»Vermutlich«, sagte Denny, während er den Besen zurücklegte und die Scherben im Müll entsorgte. Er holte zwei Tassen aus dem Schrank und hielt eine davon Snowe hin. »Möchtest du Kaffee? Du hast noch immer nicht geantwortet.«

Snowe antwortete auch diesmal nicht, also füllte Denny zwei Tassen und kam ins Wohnzimmer heraus. Er stellte eine Tasse auf den Kaffeetisch und bedeutete Snowe, auf dem Sofa Platz zu nehmen. Snowe warf einen Blick auf das Sofa und sah die Glock 9 Millimeter dort liegen, wo Denny sie zuvor hingelegt hatte. Noch immer stehend, zeigte er auf die Pistole und sagte: »Ist das die Pistole, die Sie dem MP im Aufzug abgenommen haben?«

Denny nickte. »Wie geht's dem Mann? Ist er okay?«

Snowe zuckte mit den Schultern. »Weiß nicht. Hat mir niemand gesagt. Standen Sie dem Mann nahe? Ich meine, ist es Ihnen nicht scheißegal, wie es ihm geht?« Snowe setzte sich auf das Sofa und sah zu Denny hoch. »Wir können ihn gerne im Krankenhaus besuchen, wenn Sie möchten.«

Denny lachte. »Sie sind witzig.« Er zeigte auf den Kaffee. »Milch oder Zucker?«

Snowe nickte. »Nur Milch.« Als Denny mit einer Packung Milch aus der Küche zurückkam, sagte Snowe: »So hab ich mir die Aktion hier eigentlich nicht vorgestellt.«

Denny zog sich einen Stuhl heran und setzte sich ihm gegenüber. Er hielt seinen Kaffee in der Hand und warf einen sehnsuchtsvollen Blick aus dem Fenster. Dann wandte er sich Snowe zu. »Kaffee«, sagte er. »Mann, der Kaffee im Knast ist dermaßen zum Kotzen. Die Ware hier ist echt gut. Äthiopisch oder irgend so 'n Scheiß. Und auch die Pizza. Mann, ich hab vergessen, wie gut Pizza schmeckt. Da drinnen kriegst du nur diese tiefgekühlte Kacke, die nicht mal annähernd nach echter Pizza schmeckt. Keine Auflagen, nur diese langweilige gefrorene Käsekacke, und meistens wird sie nicht mal ganz durchgegart, da findest du dann mittendrin kleine Eisbrocken ...«

»Was zum Teufel erzählen Sie mir da?«, fauchte Snowe. »Sie wissen schon, dass Sie verhaftet sind, oder? Ich werde Sie wieder zurückbringen, wenn wir damit fertig sind, also trinken Sie aus.«

»Und was, glaubst du, wird dann passieren?«, sagte Denny.

»Man wird Sie ins Gefängnis stecken, wohin Sie gehören.«

»Die bringen mich um«, sagte Denny.

»Richtig«, sagte Snowe. »Darum geht's ja bei einem Todesurteil. Tut mir leid. Ist 'ne beschissene Sache. Ich hab's nicht erfunden. Aber Sie haben einen Cop getötet, so sieht's nun mal aus.«

Denny schüttelte den Kopf. »Nein. Du verstehst mich

nicht. Die werden mich töten.« Denny lehnte sich vor und stellte seinen Kaffee auf den Tisch. »Das Todesurteil hat damit nichts zu tun. Sie werden mich kaltmachen.«

Da Snowe schwieg, fuhr Denny fort. »Und dann werden sie dich töten.«

»Mich werden die sicher nicht töten«, sagte Snowe lachend. Jetzt wusste er, wie der Hase läuft. Er sah aber auch, dass Denny wirklich glaubte, was er da sagte.

»Ich hätte dich töten können«, sagte Denny. »Ich hab dich im Taxi kommen gesehen. Ich hab gesehen, wie du die Frau um den Code gefragt hast. Ich wusste, dass du im Hausflur von Tür zu Tür gehen würdest. Ich hätte ins Treppenhaus springen und dich auf der Stelle umlegen können. Als ich dich da auf der Straße stehen sah, ganz allein, ist mir ein Licht aufgegangen. Für mich liegt es klar auf der Hand, dass man dich tot haben will.«

Snowe starrte ihn nur an.

»Deshalb hab ich dich nicht abgeknallt. Ich bin nicht bereit, für die die Drecksarbeit zu erledigen. Die sollen scheißen gehen.«

Einen Moment lang war es still im Raum. Snowe legte seine Pistole, die er die ganze Zeit über in der Hand gehalten hatte, auf das Sofa neben Dennys 9-mm-Waffe. Er schaute die beiden Pistolen an, deren gemeinsames Gewicht eine Delle in das billige Sofakissen drückte, die Läufe gefährlich aufwärts gerichtet.

»Worauf will diese Frau deiner Meinung nach hinaus?«, fragte Denny. »Was hat sie dir gesagt?« Denny hörte einen Augenblick lang Snowes Gedanken zu und lachte dann. »Sie wollte dir einen Job verschaffen? Einen Job bei der Regierung? Und du hast gedacht, du wirst sie vögeln.« Er lachte.

»Genau wie ich auch. Ich dachte, die führt mich zum Abendessen aus, und möglicherweise würde ich sie anschließend auf dem Rücksitz dieser großen, alten Regierungslimousine ficken.« Denny stand auf und öffnete das Fenster. Er zog Angelas Vorhänge ein wenig zurück, um Sonnenlicht in die Wohnung zu lassen. »Von der wirst du keinen Job bekommen«, sagte er.

»Sie leiden unter Verfolgungswahn«, sagte Snowe. »Sie sind übergeschnappt.«

»Sie ist eine Vollstreckerin. Sie ist eine verfluchte Totschlägerin. Das ist ihr Job. Das allein und sonst gar nichts.«

»Ich weiß, dass Sie glauben, was Sie sagen, aber ... Sie sind verrückt«, sagte Snowe.

»Sie fährt durchs Land, um uns zu suchen, dann bringt sie uns um. Sie hat ein Codewort dafür. Sie nennt es ›Uns zum Abendessen einladen‹.«

»Woher wollen Sie das wissen? Sie können sie nicht lesen. Sie erfinden die ganze Scheiße ganz einfach.«

»Da war so 'n Gefängniswärter mit uns. Er hat in ihren Unterlagen gestöbert, während ich mit ihr im Nebenraum war. Er hat's rausbekommen. Dann ist er in den Raum gekommen und hat neben mir gestanden, die Dumpfbacke. Ich schätze, er hatte keine Ahnung, was da ablief.«

Snowe schüttelte den Kopf. »Das heißt doch gar nichts«, sagte er. »Der Gefängniswärter war eben auch paranoid.«

»Ach, alles nur Verfolgungswahn? Vielleicht liegt das ja daran, dass da eine ziemlich linke Tour abläuft«, sagte Denny. Er redete jetzt lauter, als hätte er es mit einem widerspenstigen Kind zu tun. »Die haben dich auf mich angesetzt. Allein. Was sagt dir das?«

»Was soll das heißen, was soll mir das sagen? Ich bin Polizist. Ich bin Gedankenleser. Es braucht einen Gedankenleser, um einen Gedankenleser zu fangen, so hat sie mir das erklärt.«

»Und inwiefern soll das einen Sinn ergeben? Die müssten ja nichts weiter tun als mein Gesicht in allen Nachrichtensendungen zu zeigen. Sämtliche Polizisten beauftragen, nach mir zu suchen. Und tun sie das? Nein! Weil sie nicht wollen, dass irgendwer über mich Bescheid weiß. Ich hab eine volle Stunde mit diesem Typ in einem Raum verbracht und ihm zugehört, irgendein beschissener alter Knacker aus dem Außenministerium. Er hatte sein halbes Leben beim CIA verbracht. Kannst du dir vorstellen, wie viel Scheiße ich in dieser Zeit aus seinem Gehirn hätte absaugen können? Damals habe ich mir das gar nicht überlegt, ich hab einfach gemacht, was die mir aufgetragen haben. Aber eines ist klar: Wenn's nach denen geht, soll ich keine Minute mehr am Leben bleiben.«

»Und dann finden die also heraus, dass du auch ein Gedankenleser bist«, setzte Denny fort, wie ein Lehrer, der langsam die Geduld verliert, während er versucht, im Mathematikunterricht eine einfache Gleichung zu erklären. »Und dann setzen die dich auf mich an. Warum? Weil sie hoffen, wir werden einander umbringen. Wenn du mich tötest, kann man dich dann später immer noch erledigen. Wenn ich dich töte, ist das auch in Ordnung, weil sie dann herausbekommen, wo ich bin. In jedem Fall sind sie ihrem Ziel um einiges näher – uns beide auszulöschen!«

Snowe schüttelte den Kopf, aber Denny war nicht fertig. »Ein einzelner Mann, der auf einen bewaffneten Todeskandidaten, der nichts zu verlieren hat, angesetzt wird. Mal im Ernst, glaubst du wirklich, dass denen das Geringste an dir liegt? Die wollen bloß, dass ich dich für sie erledige, damit die sich nicht mehr darum kümmern müssen.« Denny lächelte. »Du weißt, dass ich recht habe. Du weißt, dass ich dich deshalb nicht erledigt habe, als ich die Gelegenheit dazu hatte.«

Er stand auf, während Snowe abwesend ins Nichts starrte, und stellte seine Kaffeetasse in die Spüle. *Der Typ könnte recht haben.*

So ist's gut, dachte Denny. *Darum hab ich dich nicht abgeknallt.*

»Deshalb haben Sie mich nicht erschossen?«, fragte Snowe.

Denny lachte. »Komische Situation. Ich hab ganz vergessen, dass du es ja auch kannst.« Er zuckte mit den Schultern. »Ich geh mal kurz duschen. Denk darüber nach, was wir als Nächstes tun sollen.«

Snowe saß auf dem Sofa und hörte, den Kopf in die Hände gestützt, dem Wasserrauschen aus der Dusche zu. Dieser Denny könnte zwar ohne weiteres verrückt sein, dachte er, doch viel von dem, was er sagte, erschien sinnvoll. Dann dachte er an Terry, an ihre Begegnung im Coffeeshop. Sie hatte seine Hand berührt, ihn zärtlich angesprochen. Nicht die geringsten Anzeichen einer Killerin. Dieser Typ war meschugge. Er holte das Mobiltelefon, das sie ihm gegeben hatte, aus der Tasche und überlegte sich, sie anzurufen. Was würde er sie fragen? Sind Sie eine staatlich beauftragte Killerin? Nein? Ach so, danke, wollte nur mal nachfragen. Er steckte das Handy zurück in seine Tasche.

Auf der Küchentheke stand ein Laptop mit Anschluss ans Internet. Er öffnete ihn und wartete eine Minute, bis er hochgefahren war. Auf dem Küchenstuhl sitzend bemerkte er, während er auf den Monitor starrte, dass seine Hände zitterten. Er tippte »Gedankenlesen« ins Suchfeld und suchte nach dem gleichen Ergebnis, auf das er in seiner Wohnung gestoßen war: mindreader1234. Er wollte es bloß noch einmal lesen, für den Fall, dass er was übersehen hatte. Er konnte es nicht finden. Er tippte den Namen der Krankenhaus-Website ein und fand die Seite für psychische Krankheiten. Ein Suchfeld war mit »Nach Benutzer durchsuchen« überschrieben. Er tippte »mindreader1234« ein.

Dieser Benutzer existierte nicht.

Er versuchte andere Variationen. Mit Großbuchstaben, mit Bindestrich, mit Unterstreichung. Mindreader12345, vielleicht hatte er ja die 5 vergessen?

Dieser Benutzer existierte nicht.

Muss nichts zu bedeuten haben, dachte er. Möglich, dass die Website alte Postings entfernte, wenn du eine Weile nichts gepostet hast. Er durchsuchte die Website ein wenig und fand Postings, die acht oder neun Jahre alt waren.

Er hatte Terry erzählt, dass er Wiggins im Netz gefunden hatte. Sie hatte überrascht geguckt. War sie ins Büro geeilt, um den Eintrag zu löschen? Wichtig schien es ihr allerdings nicht zu sein. Vielleicht hatte Denny recht. Vielleicht war Denny verrückt. Vielleicht war Terry Dyer jetzt gerade bei sich zu Hause und kochte das Abendessen für ihre Kinder, falls sie welche hatte, oder führte den Hund spazieren, falls sie einen hatte, während ein Polizistenmörder verrückte Lügen über sie erzählte. Doch es war verdammt nochmal schon seltsam, dass mindreader1234 einfach so verschwunden war. Und er wusste, dass Denny wirklich meinte, was er sagte.

Snowe gab den Namen Kenneth Wiggins, Philadelphia, ein. Nur eine Handvoll Wiggins in Philly. Eine Todesanzeige.

Kenneth Wiggins, bla bla bla, liebevoller Familienvater, bla bla bla, betrauert von seiner Frau Emily und Tochter Tara. Er schrieb sich die Namen raus und suchte nach der Adresse und Telefonnummer der Witwe.

Die Dusche wurde abgedreht, und er hörte, wie sich Denny im Schlafzimmer ankleidete. Das Telefon hinter ihm läutete, und er fuhr erschrocken hoch. Er war angespannter, als ihm bewusst gewesen war.

»Nicht antworten«, rief Denny nachdrücklich. Er kam herausgelaufen, Handtuch um die Hüften, prüfte die Anrufer-ID und hob dann ab: »Hi, mein Schatz!«

Snowe hörte eine aufgeregte Frauenstimme. Dann sagte Denny: »Aber nein, alles okay, Babe. Mach dir keine Sorgen, hier ist alles bestens.« Und nach einigem Geschnatter auf der anderen Seite: »Ja, alles in Ordnung. Mir geht's gut ... okay. Okay. Kein Problem. Okay. Bis dann. Gutes Arbeiten noch.«

»Ihr benehmt euch ja wie ein Ehepaar«, sagte Snowe.

Denny lachte. »Sie macht sich Sorgen um mich. Sie ist reizend. Du bist ihr nicht ganz geheuer gewesen.«

Snowe drehte sich mit einem ansetzenden Lächeln um – und erstarrte. »Verfluchte Scheiße«, sagte er. Ein Schauder durchlief ihn.

Denny stand neben dem Telefon, nur mit dem Handtuch um die Hüften bekleidet, und als er Snowes Gesichtsausdruck gewahrte, erstarrte er ebenfalls. Er las in Snowes Gedanken und schaute auf seine Tätowierung auf der linken Schulter, eine Schlange mit rotem Punkt auf der Schwanzspitze.

Und jetzt war noch etwas ganz und gar seltsam. Es war ganz und gar seltsam, dass er exakt die gleiche Tätowierung hatte.

Kapitel zehn

Adak Island, Alaska, 2003. Snowe hatte darauf gewartet, nach Korea geschickt zu werden. Sie hatten ihn eine zusätzliche Woche festgehalten, eine »administrative Verzögerung«, die nicht näher erläutert wurde. Snowe erinnerte sich nur noch daran, dass er eine Woche lang beschäftigungslos am langweiligsten Ort der Welt herumsaß und versucht hatte, sich ein wenig zu unterhalten, indem er Videogames mit einem sich krank stellenden Soldaten namens Dobbs aus Boston spielte. Eines Abends fragte Dobbs, der offenbar keinen Job auf der Militärbasis hatte und für nichts verantwortlich war, dafür aber sämtliche Offiziere duzte, ob Snowe Lust hätte, mit ihm auf ein Bier zu gehen.

Sie waren durch den Schnee zu einer verrostenden Wellblechhütte gestapft, die als örtliche Bar diente. Sie hatte einen Boden aus Sägemehl und zwei Flipperautomaten, es roch nach feuchtem Holz. Außer ihnen waren nur noch zwei Marineoffiziere und der Barkeeper anwesend, ein überraschend adretter Bursche.

Er erinnerte sich an einen großen Mann und einen kleinen Mann mit einem Schnurrbart. Die vier hatten über Sport und Frauen und das Leben zu Hause gesprochen, und Snowe trank mehr als üblich. Der Raum hatte sich zu drehen begonnen, was insofern ungewöhnlich war, als Snowe sich auf Bier beschränkt hatte. Vielleicht hatte er einfach mehr getankt, als ihm bewusst war. Wie auch immer. Er erinnerte sich verschwommen, dass er in den Fond eines gut geheizten SUV mit braunen Ledersitzen eingestiegen war. Als Nächstes erinnerte er sich daran, dass er mit brüllenden Kopfschmerzen in seinem Bett aufwachte, mit ein paar Nähten in der Kopfhaut und dem Tattoo einer Schlange mit roter Schwanzspitze auf der linken Schulter.

»Ich kann mich an Dobbs erinnern«, sagte Denny nickend. Snowe, der noch immer auf dem Stuhl vor dem offenen Laptop saß, hatte kein Wort gesagt. Denny hatte in seinen Gedanken gelesen, stellte Snowe fest, und sich dabei auf die Bilder in seinem Bewusstsein konzentriert. Plötzlich fühlte Snowe ein Unbehagen angesichts der Tatsache, dass Denny jedes Geheimnis, jedes Bild aus seiner Vergangenheit abrufen konnte, und er wollte, dass das aufhört, ihn irgendwie blockieren. Es war nicht möglich. Jedes seiner Geheimnisse gehörte auch Denny, der hier vor ihm saß und gar nicht darauf warten musste, dass Snowe sich ihm öffnete. Bilder und Erinnerungen, die er noch nie mit jemandem geteilt hatte, traten hervor, als wollten sie sich bemerkbar machen, während Snowe fieberhaft versuchte, sie in den Hintergrund zu schieben, sie unter einem Haufen Belanglosigkeiten zu begraben. Etwa die Zeiten, als Snowe dabei erwischt wurde, als er aus Mr. Schmidts Garage Zündkerzen stahl, und die Scham, als er die Enttäuschung in den Augen des alten Mannes sah. Oder die Zeit in der Highschool, als er eines Tages den Telefonhörer nahm, um einen Anruf zu machen, und in der Leitung Stimmen hörte, aus denen zu schließen war, dass sein Vater ein Verhältnis mit einer Arbeitskollegin hatte. Die Erinnerung, dass er das seiner Mutter nie erzählte. Oder wie er damals einfach weglief, als Klassenkameraden einen seiner Freunde quälten. Und noch ein Bild kam hoch: eine gefälschte Arbeit im Abschlussjahr der Highschool. Alles, was ihm je das Gefühl der Selbstverachtung eingebracht hatte, wurde jetzt vor Dennys Augen hochgekotzt, und je mehr er versuchte, es aufzuhalten, desto schneller stellten die Bilder sich ein.

Denny lachte. »Keine Sorge, Mann, du kannst mit mir das Gleiche anstellen.« Snowe sagte nichts. Er strich sich mit der Hand über die lang verheilte Wunde auf seiner Kopfhaut, wo die Nähte gewesen waren. Es kribbelte noch immer, als ob die Nerven an dieser Stelle beschädigt wären, aber nur ganz leicht. »Hatten Sie nach dem Aufwachen Nähte im Kopf?«

Denny kniff die Augen zusammen und versuchte sich zu erinnern. »Vielleicht«, sagte er. »Es wäre nicht das erste Mal gewesen, dass ich besoffen in der Notaufnahme aufwachte. Hab mir wohl nicht viel dabei gedacht.«

»Erinnern Sie sich, wie Sie die Tätowierung bekommen haben?«

Denny schüttelte den Kopf. Einige Augenblicke lang saßen die beiden wortlos in dem stillen Raum, ohne einander anzusehen, und hörten den Gedanken des jeweils anderen zu. Von der Straße drunten drang leise der Verkehrslärm herauf.

»Ich bin am Verhungern. Hast du Hunger?«, fragte Denny.

Nein. Hab gerade gegessen.

»Gehen wir doch ein wenig raus«, sagte Denny. Oder vielleicht dachte er es auch bloß. Wie auch immer, Snowe verstand gut und nickte zustimmend. Sie gingen runter auf die Straße und einigten sich stillschweigend darauf, sich etwas zu essen zu holen.

In der 49. Straße, die sie zusammen runterschlenderten, sah Denny einen jungen Mann mit einem Golden Retriever, der geduldig auf das Umschalten der Ampel wartete.

»Kannst du Hunde lesen?«, fragte er Denny. Denny nickte.

Sie erreichten die Fußgängerampel und warteten neben dem jungen Mann. Snowe zeigte auf den Retriever und fragte Denny: »Was denkt er?«

Der junge Mann hörte die Frage und nahm die in New York gern gepflogene Haltung dessen ein, der so tat, als habe er nichts gehört – eine beliebte Praxis bei Stadtbewohnern, die Begegnungen mit exzentrischen oder verrückten Menschen gewohnt waren.

Denny zuckte mit den Schultern. »Er sieht sich nur um.« Denny war klar, dass das nicht die Antwort war, die sich Snowe erhofft hatte, also versuchte er es erneut. »Er nimmt nur seine Umgebung auf. Sehend, riechend, hörend. Es ist nicht wie bei einer Person. Er ist vollkommen im Augenblick. Er denkt nicht an seine Kindheit oder dergleichen Unsinn. Er beschränkt sich auf Schauen und Riechen. Etwa den Abfallkübel da drüben«, sagte Denny und deutete auf einen städtischen Müllcontainer. »Jemand hat die Reste eines Behälters mit Pommes frites dort reingeworfen. Er riecht sie gerade, und wenn er nicht an der Leine wäre, würde er rüberlaufen und sie rausholen.«

Der junge Mann drehte den Kopf ein wenig in Richtung Denny und musterte ihn aus den Augenwinkeln. Er wartete sehnsüchtig darauf, dass die Ampel umschaltet.

»Tiere sind cool«, fuhr Denny fort. »Es ist angenehm in ihrer Nähe, weißt du. Die denken nicht so viel. Zum Beispiel Angela, die ist ein echt cooles Mädchen, aber sie hört nun mal nicht auf, ständig an irgendwas zu denken. Als ich sie vor ein paar Nächten gevögelt hab, dachte sie daran, dass sie das Geschirr in der Spüle stehenlassen hatte. Im Ernst. Sie gab Laute von sich, als würde sie es genießen, aber sie hat diese komische Marotte, dass das Spülbecken unbedingt sauber sein muss, bevor sie zu Bett geht. Beim Aufwachen muss die Küchenspüle unbedingt leer sein, verstehst du?« Denny lachte.

Der junge Mann zog an der Leine des Golden Retrievers und ging mit dem Hund, ohne weiter die Grünphase abzuwarten, den Gehsteig entlang weiter – nur schnell weg von den beiden, wie Snowe registrierte: *Was stimmt mit den zwei da nicht? Verfluchte Spinner.* Als sie am Mülleimer vorbeigingen, zerrte der Hund kräftig in diese Richtung, aber der junge Mann zog ihn mit der Leine zurück. Der Hund gab schließlich auf und folgte seinem Herrchen.

»Das Leben ist ein Tauschgeschäft, stimmt's?«, sagte Snowe, der die Szene beobachtet hatte.

Denny zuckte mit den Schultern, unsicher, wovon Snowe redete, in seine eigene Geschichte verstrickt. »Hast du irgendjemanden gevögelt, seit ...« – Er unterbrach sich, die Frage war beantwortet, bevor er sie fertig stellen konnte. »Es zerstört alles, Mann. Du hast keinen Spaß mehr dabei. Der Sex ist definitiv besser, wenn du nicht hören kannst, was die anderen denken.«

Die Ampel schaltete um. »Da vorne ist eine Pizzabude«, sagte Snowe und deutete in die Richtung. »Wir könnten doch dort hingehen und unsere nächsten Schritte planen.«

Terry kam ins Büro und tippte Mannys Assistent Jerry auf die Schulter. »Hey, Süßer«, sagte sie schmeichelnd. »Kannst du auf dem Flatscreen das Kartenprogramm für mich öffnen?«

Jerry war ein schnuckeliger Junge in seinen Zwanzigern, der sich mit Computern gut auskannte. Vor einigen Wochen hatte Terry bemerkt, dass er möglicherweise in sie verliebt war. Für sie war das ein Anlass, ihn noch zusätzlich anzustacheln. Nicht aus Gegenliebe, sondern weil sie glaubte, dass das die Arbeit mit Männern erleichterte. Sie brauchten nur mal ein »Süßer« zu hören oder ab und zu eine Berührung an der Schulter, dann konntest du problemlos alles von ihnen haben, und genau so stellte sie sich ihren Traum-Mitarbeiter vor. Sie war immer überrascht, wenn sie in der Cafeteria hörte, wie sich andere Frauen über die Anmache der Männer beschwerten. Ihr müsst die Werkzeuge nur einzusetzen lernen, die man euch in die Hand gibt, ihr Dummchen.

Und die Loyalität eines Jerry war alles andere als wertlos. Zu sagen, er sei gut mit Computern, war etwas untertrieben, immerhin bekam er den Standort russischer Nuklear-U-Boote oder die private Mobiltelefonnummer des pakistanischen Präsidenten in wenigen Minuten heraus, und erst kürzlich hatte sich Terry gefragt, ob er seine Fertigkeiten auch dazu nutzte, etwas über sie herauszufinden. Sie war überzeugt, dass er das tat. Damit musst du einfach leben lernen. Du hältst so viel wie möglich aus dem Netz draußen und lebst einfach dein Leben. Das war die neue Normalität. Und außerdem: Was konnte Jerry schon über sie erfahren? Dass sie in Arkansas geboren war, dass ihr Dad in der Luftwaffe gedient hatte und ihre Mutter eher der häusliche Typ war? Wenn du dir aus derlei Informationen einen Vorteil beim weiblichen Geschlecht erhoffen würdest, müsstest du an deiner Strategie noch feilen.

Nachdem er ein paar Tasten auf seinem Laptop angetippt hatte und auf dem 42-Zoll-Plasmabildschirm, der einen guten Teil der Bürowand bedeckte, flugs eine Straßenkarte von Manhattan erschien, murmelte Terry ein paar Lobesworte.

»Wo bist du ins College gegangen, Jerry?«, fragte sie, als stünde sie einem Genie gegenüber.

»Bin nicht ins College gegangen«, sagte er.

»Wirklich?« Terry war der Meinung, dass ihre Abteilung die Computer-Leute nur von den Top-Schulen rekrutierte, und also bereit, angesichts einer Antwort wie »Berkely« oder »MIT« bewundernde Ohhs und Ahhs von sich zu geben. Sie wäre nicht überrascht gewesen. Sie selbst war während einer Berufsmesse in einem Community College in Little Rock angeworben worden. »Welche Highschool hast du besucht?«

»North Dakota. Aber ...«, fügte er offensichtlich mit einigem Stolz hinzu, »ich hab nicht abgeschlossen.«

»Du bist Schulabbrecher?« Terry war wahrhaftig überrascht, doch sie hatte Verständnis für den Stolz. Wenn du einen solchen Job bekommst, ohne irgendwelche Qualifikationen vorweisen zu können, muss irgendjemand von deinem Können sehr beeindruckt gewesen sein.

»Meine Mom hatte Krebs, und das Krankenhaus hat uns permanent Dinge verrechnet, die eigentlich die Versicherung hätte bezahlen sollen. Also habe ich ihren Mainframe gehackt und damit allerhand Probleme verursacht. Dabei wurde ich erwischt.« Er lächelte verlegen. »Anstelle von Cops schickten die Beamten ein paar FBI-Typen runter, die mich interviewt haben. Und als ich achtzehn wurde, boten sie mir einen Job an.«

»Wow«, zeigte sich Terry beeindruckt. Auch das war eine Art neue Normalität, dachte sie. Institute wie das ihre verließen sich immer weniger auf die herkömmlichen Methoden mit Lebenslauf und College-Abschlüssen und so weiter – sie heuerten lieber Kriminelle aus der freien Wildbahn an. Sie wusste nicht, ob diese Entwicklung gut oder schlecht war.

Sie selbst gehörte zur neuen Sorte, konnte sich also nicht beklagen. Man sparte sich Geld für die teuren College-Leute, ging jedoch das Risiko ein, das Büro mit lauter Freigeistern zu bevölkern. Wenn du Leute suchst, die nicht vier Jahre lang an den Lippen irgendwelcher Autoritäten gehangen haben, kannst du dir natürlich jederzeit ein wandelndes Pulverfass wie Edward Snowden einhandeln.

Sie wandte sich wieder der riesigen High-Definition-Karte zu. »Kannst du diese Route hier anzeigen?«

Wieder wurden ein paar Laptop-Tasten gedrückt, und schon erschien eine rote Linie, die im Zickzack durch einige Blocks von Manhattan führte. An verschiedenen Punkten entlang der Linie waren Zahlen eingefügt.

»Okay«, sagte Terry zu sich selbst. »Mal sehen, was unser Junge so aufgeführt hat. Was sehen wir hier?«

Auf dem Bildschirm erschien ein Cursor in Form eines großen weißen Pfeils, der einen halben Manhattan-Häuserblock abdeckte. »Diese Zahlen sind Uhrzeiten«, sagte Jerry. »Er ist demnach ...« – der Cursor bewegte sich einige Sekunden lang zuckend, ehe er an einem Ende der roten Linie stehen blieb – »von hier losgegangen.«

Terry warf einen Blick auf die Adresse. Sie erkannte sie von ihrem Aufenthalt in New York. »Das ist das Hotel.«

»Okay, so weit keine Überraschung. Er hat im Hotel geschlafen. Am Morgen ist er dann hierhin gefahren«, sagte Jerry, und die Karte bewegte sich zu einer anderen Adresse, die Terry ebenfalls gut kannte.

»Das ist das UN-Gebäude«, sagte sie. »Der Schauplatz des Verbrechens. Er hat wahrscheinlich nur den Chinesen befragt.«

»Indonesier«, sagte Jerry.

»Wie auch immer. Und dann?«

»Dann zurück ins Hotel. Um 11:56 Uhr bestellte er Zimmerservice, und ...«

»Was hat er bestellt?«

Jerry schien momentan etwas überrascht über die Frage, drückte dann aber einige Tasten und sagte: »Ein Clubsandwich und eine Cola.« Er blickte Terry an. »Warum?«

Terry zuckte mit den Schultern. »Nur so als Fakt. Könnte was bedeuten. Ein Clubsandwich ist eher einfach. Er holt aus der Firmenkreditkarte nicht raus, was geht. Das bedeutet, dass er die Sache ernst nimmt.« Terry überlegte eine Sekunde. »Hat er was im TV geguckt?«

Jerry schüttelte den Kopf. »Er hat den Fernseher nicht mal eingeschaltet.«

»Was ist mit dem Computer?«

Wieder einige Klicks, dann schüttelte Jerry wieder den Kopf.

»Okay, wohin als Nächstes?« Terry ging zum Monitor und folgte mit ihrem Finger der roten Linie, die die 47. Straße West hinunter verlief. »In dieser Straße hat er eine Reihe von Läden besucht. Was soll das? Shopping?«

Jerry gab die Adresse des ersten Halts auf der roten Linie ein und sagte: »Sieht aus wie ein Pfandleihgeschäft.«

»Hmmm. Vielleicht doch Shopping.«

»Das zweite Geschäft ist auch ein Pfandleiher.« Jerry tippte weiter. »Alle Aufenthalte auf der 47. Straße West sind Pfandleiher.«

»Der macht kein Shopping. Der sucht was.«

»Nach dem letzten Pfandleihgeschäft ist er in weniger als acht Minuten quer durch die Stadt gefahren. Wahrscheinlich im Taxi. Diese Adresse hier ist ...« Jerry tippte ein wenig und hob dann überrascht den Kopf. »Sieht aus wie 'ne Bar. Der Name ist ›Corgi's Tavern‹.«

»Ist er zur Mittagszeit auf ein Bier gegangen?«

»Dann muss er es sehr schnell getrunken haben. Er ist nur sechs Minuten geblieben. Dann wieder quer durch die Stadt, und zwar rasch, wahrscheinlich wieder im Taxi, und jetzt hier: ein Wohnblock.«

Terry trat von der Karte zurück und setzte sich auf die Kante von Jerrys Schreibtisch. Sie spürte, dass Jerry sich bemühte, auf ihre körperliche Nähe nicht zu reagieren, und schob ihren Körper noch etwas höher, sodass sie noch näher an ihn heranrückte. »Was zum Teufel hat er vor?«

»Er hat sich in diesem Wohnhaus über eine Stunde lang aufgehalten.«

»Einen Freund besucht, wer weiß? Schon möglich, dass er Freunde in New York City hat. Wer wohnt da aller?«

Jerry fing wild zu tippen an. »Es ist ein Apartment-Haus, da wohnen jede Menge Leute.«

»Gehen wir sie mal einzeln durch.«

Jerry nickte, seine Augen leuchteten. Terry stellte fest, dass eine Aufgabe, die für so manchen ziemlich langweilig wäre, nämlich eine Liste der Bewohner eines Apartment-Gebäudes zu erstellen, ihn mit Begeisterung erfüllte. Das konntest du nicht an den Elite-Unis wie MIT oder CalTech lernen. Dieser schräge Vogel liebte es, sich durch Datenmengen zu ackern. Sie lächelte ihn freundlich an, aber er war zu abgelenkt, um es zu bemerken.

»Okay, Apartment A, da hätten wir einen Mr. Ken Allais. Er verdient sein Geld bei Five Boroughs Residential Management Services, das ist das Unternehmen, dem das Gebäude gehört. Ich nehme an, er ist so 'ne Art Hausmeister.«

Terry nickte.

Er rasselte noch ein paar Namen herunter. Einer gehörte einer Frau, die hier zum Sozialtarif wohnte. Sie lebte seit 1974 in diesem Haus und bezog staatliche Unterstützungsleistungen. Weiter. Ein anderer Bewohner war Anwalt in einer Maklerfirma. Nichts. Weiter. Jeffrey Welch, der offensichtlich beim New York City Police Department beschäftigt war. Vielleicht ein befreundeter Kollege? Möglich, dass Snowe einen alten Freund besuchte oder um Hilfe bat? Jerry fand heraus, dass die letzte Gehaltszahlung von der New Yorker Polizei bereits vor zwei Jahren eingegangen war. Er arbeitete jetzt als Verkäufer, und wie man aus seiner Telefon- und Internet-Nutzung schließen konnte, war er seit fast einem Monat nicht in der Wohnung gewesen. Terry gab ihm einen Wink, weiterzumachen.

»Apartment J. Ken Ray, leitet ein Catering-Unternehmen in Queens, wie es aussieht.«

Jerry blickte erwartungsvoll zu Terry hoch, während sie über Ken Ray nachdachte.

»Wie alt ist er?«, fragte Terry.

»Geboren im April 1962. Er wäre also vierundfünfzig Jahre alt.«

Sie winkte ihn weiter.

»Apartment K, da haben wir eine Kelly Misch. Sie ist selbständige Kosmetikerin. Sechsundvierzig Jahre alt.«

»Nächste Wohnung.«

Jerry hämmerte wieder auf die Tastatur ein, Terry schaute zu, wie seine Finger über die Tasten flogen. Es hatte was sexuell Stimulierendes, jemanden zu beobachten, der so unglaublich in seine Arbeit versunken war, so fokussiert und sicher. Gibt es etwas Erotischeres als großes Können? Jerry blickte kurz hoch, sah den Ausdruck in ihrem Gesicht und schenkte ihr ein nervöses Lächeln. Zu jung, dachte sie.

»Apartment L«, sagte er beinahe stammelnd, sodass er nun etwas abwesend klang. »Angela Cataldi. Arbeitet bei Myriad Ways Hospitality Incorporated. Dienstleistungsbranche, wie es aussieht. Sie ist dreiundzwanzig.«

»Weiter«, sagte Terry. In Wahrheit hatte sie keine Ahnung, wonach sie überhaupt suchte. Vielleicht jemanden mit Familiennamen Snowe? Einen Psychologen, der auf Gedankenlesen spezialisiert war? Ein eher abgelegenes Fachgebiet. Vielleicht besuchte Snowe ein Medium, oder eine Wahrsagerin, oder er kaufte sich eine Waffe, oder Heroin, oder er besuchte eine Prostituierte. Letzteres bezweifelte sie. Diese Leute gingen nicht zu Prostituierten. Warum sollten sie für etwas bezahlen, das für sie als Gedankenleser doch ein leichtes Spiel war?

Sie stellte fest, dass sich die rote Linie zurück in die 49. Straße bewegte.

»Er verlässt das Gebäude«, sagte Jerry.

»Schauen wir mal, wohin er geht.« Die beiden schauten zu, wie sich die rote Linie langsam die Straße hochbewegte.

»Er geht zu Fuß«, sagte Jerry, als wollte er sich für das niedrige Tempo entschuldigen. Die Linie kam an der Kreuzung zum Stehen. »Jetzt wartet er an der Ampel.«

»Ja, das habe ich auch gedacht«, sagte Terry etwas irritiert. Sie sahen, wie die Linie über die Straße lief, dann erneut anhielt, über die 49. Straße führte und erneut zum Stehen kam.

»Wo ist er?«

Jerry tippte einige Tasten. »Sieht nach einer Pizzabude aus. Er holt sich etwas zu essen.«

Terry schüttelte den Kopf. »Er hat doch eben ein Clubsandwich gegessen. Er ist mit jemandem zusammen. Irgendetwas geht hier vor. Schalt mal den Ton ein.«

Snowe gab Denny die heiße Pizzaschnitte und setzte sich in die Nische beim Fenster. Während sie beide zu essen begannen, blickten sie abwesend aus dem Fenster, wo gerade ein Lieferwagen am Straßenrand parkte. Ein Mann öffnete die Hecktür und begann Limonadekisten auf einen Handwagen zu schlichten. Eine ältere Frau ging langsam vorüber, Snowe hatte kurz Augenkontakt mit ihr, als sie in den Pizzaladen schaute.

»Im Zug vom Flughafen in die Stadt habe ich eine alte Lady gesehen«, sagte Snowe, während er seine Schnitte mit Parmesan bestreute. »Vielleicht siebzig oder fünfundsiebzig Jahre alt. Sie sah zum Fenster raus und lächelte dabei übers ganze Gesicht. Ich dachte, wie nett, jemanden so glücklich zu sehen. Ich setz mich also auf den Sitz gegenüber, während sie diese zwei jungen Schwarzen hinten auf der Plattform musterte, und weißt du, woran sie dachte?«

Denny lächelte, er wusste, was jetzt kam. »Was?«

»Sie erinnerte sich an eine Orgie, an der sie in den sechziger Jahren teilgenommen hatte«, sagte Snowe. »Und dann kam der Schaffner und fragte nach ihrem Ticket, ebenfalls ein schwarzer Mann, und sie stellte sich vor, wie er nackt aussah.« Denny lachte. »Ich verbrachte den Rest der Zugfahrt mit dem Versuch, das Bild loszuwerden, wie der Schwanz dieses Kerls vor meinem Gesicht hin und her pendelt.«

Denny lachte wieder, doch dann lehnte er sich in seiner Nische zurück, und Snowe bemerkte, dass sein Gesichtsausdruck verbittert und zornig geworden war. Snowe registrierte diesen Ausdruck zum ersten Mal an ihm. Die Züge der Wut waren besonders furchterregend im Gesicht eines Menschen, dessen Verhalten, wie Snowe jetzt plötzlich bewusst wurde, normalerweise ruhig und gelassen war.

Die haben uns das angetan, dachte Denny. Er dachte diese Worte, anstatt sie auszusprechen, nur um zu prüfen, ob Snowe auf gleiche Art reagieren würde, ob sie eine Unterhaltung ohne zu sprechen führen könnten.

Was können wir jetzt tun? Snowe schob sich das letzte Stück Pizza in den Mund, wobei ihm ein weiterer Vorteil seiner Fähigkeit bewusst wurde. Er konnte auch mit vollem Mund eine Konversation aufrechterhalten.

Als ob er plötzlich zur selben Erkenntnis gekommen wäre, begann auch Denny sich den Mund vollzustopfen, während er dachte: *Es muss noch andere geben. Es muss viele von uns geben.*

Wo sollen wir zu suchen anfangen?

Du bist der Cop. Sag du's mir.

Snowe schluckte den letzten Bissen der Pizza und hustete. Er nahm einen Schluck Limonade. *Dobbs*, dachte er. *Das ist unser einziger Anhaltspunkt. Der einzige sichere Fakt, an den wir uns beide erinnern.*

Dobbs? Wir haben nur einen Namen. Noch dazu einen ziemlich häufigen Namen.

Aus Boston, nicht wahr? Er hatte einen Bostoner Akzent.

Sein Bruder. Denny hörte auf zu kauen und schaute nickend zu Snowe. *Sein Bruder.*

Snowe stellte sein Limonadenglas hin und warf Denny einen fragenden Blick zu. »Sein Bruder? Was ist mit ihm?«

»Die Woche, die ich da oben verbracht habe. Sein Bruder ist damals den Boston-Marathon gelaufen. Er war so was wie ein Profi-Marathonläufer oder so ähnlich. Er war bei den

Top 50 Finishers dabei. Ich weiß noch, dass er mir das jedenfalls erzählt hat.«

»Na dann. Mehr brauchen wir nicht.« Snowe warf die Papierteller mit Schwung in den Abfallbehälter. »Auf nach Boston.«

»Sie sind wieder auf der Straße«, sagte Jerry. »Wir haben zu viele Umgebungsgeräusche. Klingt wie ein Lkw, der da mit laufendem Motor parkt. Außerdem hat er das Telefon in seiner Jackentasche, wodurch der Klang zusätzlich gedämpft wird. Wenn wir die Aufnahmefunktion zu lange eingeschaltet lassen, zehrt das die Batterie auf, dann haben wir nicht mal mehr das GPS.«

»Wie ist der aktuelle Stand der Batterie?«

»Kaum 25 Prozent.«

Terry seufzte. »Na komm schon, Dumpfbacke. Lad dein Telefon auf«, blaffte sie das blinkende GPS-Symbol auf dem breiten Bildschirm an. Dann wandte sie sich wieder an Jerry. »Schon gut, schalt jetzt das Aufnahmegerät aus.« Sie sah zu, wie Jerry ein paar Tasten auf dem Laptop anschlug, sich dann zu ihr hin wandte und nickte.

»Was haben wir nun also gehört?«

»Nun, er hat definitiv mit einem anderen Mann gesprochen. Irgendwas über die Schwänze schwarzer Männer? Ich bezweifle, dass das wichtig ist. Darüber hinaus hab ich nicht wirklich viel verstanden. Vielleicht hat er Boston erwähnt.«

»Boston?« Terry dachte eine Sekunde lang nach, aber Jerry zuckte mit den Schultern. »Du hast doch eine Aufzeichnung, richtig? Wie lange wird es dauern, die durch die Software laufen zu lassen und alle Umgebungsgeräusche rauszunehmen?«

Jerry zuckte mit den Schultern. »Eine Stunde, vielleicht zwei.«

»Okay, also dann mach das mal. Und bleib ihm mit GPS auf den Fersen.« Terry blickte auf den Bildschirm, der noch immer das Apartment anzeigte, wo Snowe laut den Zahlenangaben auf dem Monitor eine Stunde und zwanzig Minuten verbracht hatte. »Inzwischen versuche ich rauszukriegen, was in dieser Wohnung passiert ist, und vielleicht finden wir ja auch raus, mit wem er gesprochen hat.« Sie stellte sich hinter Jerry und legte ihm die Hände auf die Schultern, als ob sie im Begriffe sei, ihm eine Massage zu geben; dann fuhr sie ihm mit den Händen durch sein dichtes, lockiges Haar. »Hast du super gemacht, Süßer«, sagte sie. »Wenn Emmanuel kommt, sag ihm, ich bin zurück nach New York.«

er, doch dieser Typ raste geradezu dahin. Er zoomte auf das Licht und ortete es direkt auf der I-95, in sehr schneller Bewegung. Jerry berechnete die Geschwindigkeit mit circa 145 km/h.

Er gab Terrys Handynummer in das Suchfeld ein und sah ihr GPS-Signal in Delaware aufleuchten, wo sie offenbar in einem Verkehrsstau steckte. Er war sich nicht sicher, ob sie wusste, dass er dazu imstande war, sie zu orten, und er beschloss, ihr nichts zu sagen, solange sie nicht fragte. Er wählte ihre Nummer.

»Hey, was ist los?« Terry klang beinahe heiter. Das war bei ihr oft der Fall, wenn sie an einem Fall arbeitete.

»Dieser Snowe, er ist unterwegs.«

»In welche Richtung?«

»Norden«, sagte Jerry. »Er ist auf der I-95.«

»Ich bin auch auf der I-95«, sagte Terry.

»Er ist nördlich von dir«, sagte Jerry, dann zuckte er zusammen, weil er sich nicht sicher war, ob er Terry jetzt den Eindruck vermittelt hatte, dass er ihre Spur verfolgte. Die Menschen fühlen sich nicht wohl dabei, wenn sie spüren, dass ihre Bewegungen elektronisch nachverfolgt werden, selbst Leute, die derlei Mittel ständig beruflich anwenden, wie Terry. »Glaube ich zumindest«, fügte er leise hinzu.

Terry lachte. »Du glaubst? Ach, komm schon ...«

Jerry ließ sich einige Sekunden Zeit, solange es eben dauern würde, Terrys GPS-Signal von ihrem Mobiltelefon nachzuprüfen, wenn er dieses nicht ohnehin bereits auf dem 42-Zoll-Monitor über seinem Schreibtisch angezeigt hätte. Dann sagte er: »Oh, da bist du. Delaware. Du scheinst dich aber gar nicht zu bewegen. Verkehrsstau?«

»Eine Fahrspur ist gesperrt«, sagte sie. Es klang so, als sei sie von Jerrys Schauspielerei gänzlich unbeeindruckt. »Wo hat er das Auto her? Gemietet?«

»Yeah. Er hat mit der offiziellen Kreditkarte in Manhattan einen Mercedes SUV gemietet, kurz nachdem du gegangen warst. Der Wagen hat ein GPS.«

Terry sagte ein paar Sekunden lang nichts, sodass Jerry besorgt war, ob er etwas verbockt hatte. Hätte er sie anrufen sollen, um sie zu verständigen, dass Snowe ein Auto mietete? Er arbeitete gern mit Terry zusammen (sie war ein heißes Teil und wusste immer ganz genau, was sie von ihm wollte – die beiden einzigen Eigenschaften, die eine Vorgesetzte für ihn haben musste), aber seit Denny entkommen war, meinte er zu spüren, dass die Atmosphäre in ihrem kleinen Büro angespannter geworden war. Emmanuel war ständig auswärts bei irgendwelchen wichtigen Sitzungen mit Senatoren, und Terry war dazu übergegangen, im Büro zu übernachten. Ihre Intensität ließ Jerry an seiner eigenen Rolle zweifeln.

»Ein Mercedes«, sagte sie nachdenklich. »Das passt nicht zu ihm. Ein so teures Auto.«

»Das ist noch nicht alles«, sagte Jerry. »Er fährt ihn nicht selbst.«

»Was?«

»Das GPS im Mercedes und das GPS in Snowes Mobiltelefon passen nicht zusammen. Wie es aussieht, hat Snowe ein Auto gemietet, dieses in Brooklyn stehenlassen, und ist dann mit einem anderen Wagen auf der I-95 Richtung Norden losgefahren.«

Jetzt sagte Terry nichts mehr. Jerry hörte das Summen des Motors, es klang, als sei der Stau beendet, und sie schien wieder mit Autobahngeschwindigkeit voranzukommen. Auf dem Bildschirm konnte er sehen, wie das rote, blinkende

Pünktchen sich schneller bewegte und einer Mautstelle näherte.

»Er will verhindern, dass man ihm nachspüren kann«, sagte Terry, und sie klang jetzt beinahe verärgert. »Er muss was rausgefunden haben und versucht jetzt, uns abzuschütteln. Er hat nur nicht kapiert, dass wir ihn übers Telefon noch immer finden.«

Auf einem anderen Computer rief Jerry die Website EZ Pass auf, wo er in Echtzeit beobachten konnte, wie Terry durch die Mautstation fuhr. EZ Pass registrierte nur zwei Sekunden später die Entrichtung einer Gebühr von fünf Dollar. Er liebte das! Niemand konnte verstehen, warum ihn solche Dinge so begeistern konnten. Die ganze Welt war auf undurchschaubare Weise miteinander vernetzt und ineinander verstrickt.

»Yeah, und er bewegt sich ziemlich schnell«, sagte Jerry in der Hoffnung, damit eine nützliche Info zu liefern. »Ich lese hier eine Geschwindigkeit von 150 km/h ab.«

»Gib mir gleich Bescheid, wenn er anhält, okay?«

»Okay.«

»Hast du rausbekommen, mit wem er gesprochen hat?«

»Ich hab die Datei den Tonexperten geschickt. Die haben sie noch nicht zurückgeschickt.«

Terry fluchte. Nicht wegen der Verzögerung, sondern weil sich der Verkehr in ihrer Richtung wieder zu verdichten begann.

»Fahr die nächste Ausfahrt raus, dann zwei Häuserblocks weiter, so kannst du den Stau umfahren«, sagte Jerry. Er hörte, wie das Auto nach dem Einbiegen in die Autobahnabfahrt wieder schneller wurde.

»Du bist ein Engel«, sagte sie.

Jerry lächelte in sich hinein, froh darüber, dass sie sein Erröten nicht sehen konnte. Die totale Vernetzung. Es war faszinierend.

Denny war eingeschlafen und schnarchte mit teilweise geöffnetem Mund. Eine dünne Sabberspur lief bis zu seinem Anzug hinunter. Er sah vollkommen zufrieden aus, wie ein kleines Kind. Selbst Polizistenmörder sehen unschuldig aus, wenn sie schlafen.

Zum ersten Mal, seit er Gedankenleser geworden war, befand sich Snowe in Anwesenheit einer schlafenden Person, und er erkannte, dass der Verstand eines Schlafenden ganz ruhig wurde. In diesem Augenblick vermisste er den Frieden und die Ruhe einer Normalexistenz, in der man unfähig war, die Gedanken anderer Menschen zu hören. Einige Traumbilder Dennys strömten vorbei, ein Vorgarten, ein defektes blaues Auto in einer flachen Landschaft, aber diese Bilder waren sanft und still, nicht so derb und dringlich wie die Bilder bewusster Menschen. Das gefiel ihm. Vielleicht konnte er sogar mal mit schlafenden Menschen arbeiten, dachte er. Möglicherweise in einem Schlafforschungszentrum? Jetzt, wo er darüber nachdachte, fiel ihm auf, dass es nicht viele Jobs gab, bei denen deine Mitarbeiter schliefen. Wenn ihm für seinen Zustand nicht irgendeine Form von Heilung zuteilwurde, überlegte er, dann könnte er wie der Unabomber in einer Hütte enden und darauf warten, von einem Bären gefressen zu werden. Dabei könnte er den Bären noch darüber nachdenken hören, wie gut er schmeckte.

Wie hatte Terry es ausgedrückt? »Das Leben, das Sie bisher geführt haben, ist vorüber.«

Denny begann sich zu rühren. *Wo bin ich?* Es dauerte ein

paar Sekunden, bis er sich orientiert hatte. Zuerst wähnte er sich auf einem Gefangenentransport unterwegs zu einem Gericht. Dann kamen ihm die letzten Tage in den Sinn, und Snowe konnte Eindrücke aus Dennys Bewusstsein betrachten. Angela. Ein Taxi. Eine Bar. Ein Typ, der in einem Aufzug zusammengeschlagen wird.

Denny schaute ihm beim Fahren zu. »Du bist Polizist«, sagte er, als hätte er das gerade zum ersten Mal realisiert.

»Yeah«, sagte Snowe. »Zumindest war ich das.«

»Einmal Polizist, immer Polizist«, sagte Denny gähnend. Er schaute zum Fenster raus. »Wo sind wir?«

»Connecticut.« Ein paar Regentropfen fielen auf die Windschutzscheibe, Snowe schaltete die Scheibenwischer ein.

Denny öffnete beiläufig das Ablagefach der Armlehne und sah sich die darin verstauten CDs an. »Alles Rap-Musik«, sagte er enttäuscht.

»Was hast du erwartet? Beethoven?«

Snowe hatte den Mercedes in Manhattan gemietet. Auf Vorschlag Dennys waren sie anschließend zu Darius nach Rockaway rübergefahren. Sie hatten den teuersten Schlitten nur deshalb gemietet, weil er einen sehr hohen Tauschwert hatte. Darius war deshalb gern bereit, ihnen seinen Toyota Corolla, Baujahr 1995, im Tausch gegen ein paar Tage mit dem Mercedes zu überlassen. »Ihr seid mir ein paar verrückte weiße Macker«, gab er ihnen noch mit auf den Weg, als sie wegfuhren. Snowe war sich noch immer nicht sicher, was mit Terry los war; er wusste, dass er sie irgendwann anrufen und Bericht erstatten sollte, und da schien ihm diese Aktion eine gute Vorsichtsmaßnahme zu sein, die ihm einen Zeitpuffer verschaffte. Auch wenn das bedeutete, dass er sich jetzt in einer abgefuckten, alten Karre wiederfand, die nach

Gras und billigem Rasierwasser roch und als Musikunterhaltung nur mit Rap-CDs aufwarten konnte.

Denny lachte und legte die CDs wieder zurück. Er lehnte sich an die Tür. Snowe hatte das Gefühl, dass seine Gedanken gelesen wurden, doch abgesehen von dieser Vermutung war er sich eigentlich gar keiner Gedanken bewusst. Denny starrte ihn unverwandt an.

»Was schaust du so?«

»Schon seltsam«, sagte Denny. Er betrachtete den Regen, der jetzt stärker wurde und auf das Dach des Corolla trommelte. »Ich meine, vor einer Woche sitze ich noch in der Todeszelle, jetzt bin ich in einem Auto mit einem Polizisten.«

Snowe lachte. »Und ich bin in einem Auto mit einem Polizistenmörder«, sagte er.

Dennys Gesichtszüge verdunkelten sich. Snowe versuchte seine Gedanken zu lesen, nahm aber nur wachsenden Ärger wahr. Offensichtlich hatte er das Falsche gesagt.

»Fuck you«, sagte Denny sanft, und das klang wesentlich bedrohlicher, als wenn er gebrüllt hätte. »Ich hätte dich erschießen können. Ich hab's nicht getan.«

»Dann bist du also kein Polizistenmörder?«

Denny sagte nichts. Snowe filterte Bilder aus Dennys Bewusstsein, er sah den Polizisten. Ein junger Mann um die dreißig, mit einem penetranten, aggressiven Gesichtsausdruck. Er erinnerte Snowe an einen Typen aus der Highschool, der ständig bemüht war, Anschluss bei den coolen Typen in der Klasse zu finden. In Dennys Bilderreigen saß der Cop in Zivilkleidern neben Denny in einem Auto. Denny saß auf dem Beifahrersitz. Seltsam, dachte Snowe. Snowe hatte gedacht, Denny habe den Polizisten bei einer Verkehrskontrolle umgebracht. Das waren für Snowe immer die

Augenblicke der größten Angst gewesen, wenn er als Polizist auf ein am Straßenrand mit laufendem Motor stehendes Auto zuging. Man konnte nie wissen, wer in so einem Auto saß – eine ältere Dame, eine übermüdete Krankenschwester oder ein junger Bursche, der gerade eine Bank überfallen hatte. Alles war möglich. Aber eines war klar – wer immer da drinsaß, konnte dich mit einem Schuss durch die Windschutzscheibe erledigen, bevor du an eine Reaktion auch nur denken konntest.

Denny schaute zu ihm rüber, wohl wissend, dass aus seinem Bewusstsein Bilder abgesaugt wurden. »Geht's dir jetzt besser?«

»Was ist passiert?«

»Ich hab ihn erschossen.«

Snowe sah den Mann im Auto und wie sich dessen herablassende Miene in einen angstverzerrten Gesichtsausdruck wandelte, bevor der Schuss losging und überall im Auto Gehirnmasse und Schädelsplitter herumflogen. Er sackte über dem Lenkrad zusammen, dann rutschte er gegen die Tür. *Um Gottes willen*, dachte Snowe. Er hatte nie zuvor einen Mord gesehen.

Jetzt erst bemerkte er, dass er sich so auf die Darstellung des Mordes konzentriert hatte, dass er das Gaspedal unwillkürlich immer weiter durchdrückte und mit über 160 km/h die I-95 dahinraste. Er nahm das Gas zurück, der Corolla wurde wieder langsamer.

»Warum hast du's getan?«

»Was spielt das für eine Rolle?« Denny blickte wieder aus dem Fenster. Durch den Regen und die Dunkelheit war eine Bucht mit einem Schiffshafen und Yachten zu sehen. Alles menschenleer. Sie fuhren an einem Hinweisschild für New

Haven, Yale University, vorbei; Snowe nahm vor einer Brücke das Tempo zurück.

Snowe hatte zahlreiche Orte von Verbrechen gesehen, aber immer lange nach der Tat. Tatorte waren friedlich. Die Opfer hatten ihre Augen geschlossen, und wäre da nicht überall Blut gewesen, hätte man meinen können, sie schlafen. Manchmal deuteten eine umgeworfene Lampe oder im Zimmer verstreutes Fastfood auf die stattgefundene Gewalt hin, aber selbst dann war die Stille überwältigend. Er erinnerte sich an einen Mordschauplatz in der *Wilderness*, wo er als Erster eingetroffen war. Einem Mann war beim Fernsehen in den Hinterkopf geschossen worden, seine Katze saß am anderen Ende des Sofas und leckte sich lautlos das Blut von den Pfoten. Im TV lief eine alte Sitcom, deren zugespielte Lacher der Szene eine gruselige Unstimmigkeit verliehen.

Aber jetzt eben hatte Snowe die eigentliche Tat gesehen. In der einen Sekunde am Leben, in der nächsten Sekunde tot. Er war verblüfft, wie lange der Eindruck anhielt – noch einmal beobachtete er den Mann, wie er gegen die Tür abrutschte.

Schließlich sagte Denny: »Hör auf damit!«

Snowe hob den Blick. »Womit?«

»Ich sehe doch, wie du dir meine verdammten Erinnerungen anschaust. Lass es sein. Du hast es ja gesehen, um Gottes willen.«

»Warum hast du's getan? Warst du auf Drogen oder was?«

»Der Scheißkerl hat's nicht anders verdient, das ist alles, was ich zu sagen habe. Ich hab's getan. Ich hab mich nie entschuldigt. Nie irgend so 'n Scheiß mit der Familie des Opfers aufgeführt oder was. Die würden mich ohnehin zum Tod verurteilen, das wusste ich. Diese Arschlöcher – er und seine ganze Familie, alles Arschlöcher. Ich würde es wieder tun.«

»Er hat's nicht anders verdient?«, fragte Snowe, der nun seinerseits ärgerlich wurde. »Er war Polizist. Er hat bloß seine Arbeit gemacht.«

»Scheiß auf seine Arbeit. Und scheiß auf ihn.«

Snowe sagte nichts, er drückte bloß das Gaspedal wieder stärker durch, halb bewusst, dass die Tachonadel wieder auf 160 km/h zuging. Denny war ein so lockerer Typ, dass man leicht vergaß, dass er auch diese psychopathische Seite an sich hatte.

»Ich bin kein verdammter Psychopath«, fauchte Denny. »Der Mann war verdeckter Ermittler. Er hat mich auffliegen lassen ...« Er machte eine Pause und schaute wieder zum Fenster hinaus, wo es in Strömen zu gießen angefangen hatte.

»Das machen verdeckte Ermittler nun mal«, sagte Snowe. »Sie lassen andere Leute hochgehen.«

Denny atmete tief ein und beobachtete abwesend, wie sein Atem die Windschutzscheibe beschlug. »Der Mann hat mich auffliegen lassen ...«, er schüttelte den Kopf, als ob er noch immer schockiert davon wäre. »Mann, war das ein guter Kriminalist, das muss man ihm lassen. Bis zu jenem Tag hatte ich nicht die geringste Ahnung, dass er Polizist war.«

»Was ist passiert?«

Denny starrte noch immer aus dem Fenster und beobachtete, wie der Yachthafen seinem Blickfeld entschwand. Er seufzte. »Ich hab in einem Restaurant gearbeitet, verstehst du? Als Koch. Ich kam gerade vom Militär raus und hatte keine Ahnung, was ich mit meinem Leben anfangen sollte ...« Er machte eine Pause, und Snowe spürte, dass das daran lag, weil Denny seit ewigen Zeiten nicht von seinem

Leben als größere Einheit gesprochen hatte. Wenn du in der Todeszelle sitzt, denkst du nicht über dein Leben als Ganzes nach, sondern nur über den heutigen Tag. Er schüttelte rasch den Kopf und nahm den Gesprächsfaden wieder auf. »Also fing ich bei diesem Imbissladen an der Burger-Theke zu arbeiten an.«

Snowe sah Bilder des Restaurants und einige Bestellzettel auf einem Zettelkarussell. Die Küche war chaotisch und groß und laut. »Sieht ganz nett aus«, sagte er.

»Eines Tages fragt mich dieser Typ, der auch als Koch in dem Restaurant arbeitete, ob ich mir was dazuverdienen möchte. Sicher, sage ich. Ich hatte nichts weiter zu tun, als mit ihm einen Trip nach Tulsa zu machen. Ich frage ihn, worum es dabei geht, aber er äußert sich nur ganz unbestimmt. Worum es wirklich geht, erfahre ich nicht. Aber als wir dort ankommen, treffen wir am Flughafen ein paar mexikanische Macker, und wir laden 25-Kilo-Säcke Kokain in den Kofferraum des Autos.«

Hier machte Denny eine Pause. Er gab Snowe die Gelegenheit, sich einige seiner Bilder zu Gemüte zu führen. Die Mexikaner am Flughafen, das Auto, ein alter Chrysler mit abgeplatzter blauer Lackierung, die im Kofferraum verschwindenden Kokainsäcke. Als er davon ausgehen konnte, dass Snowe alles gesehen hatte, setzte er fort. »Ich bekomme um die fünfhundert Mäuse allein dafür bezahlt, dass ich den Typ begleitet habe. Das erzähle ich ein paar anderen Kumpels im Restaurant, und die machen gleich alle mit. In dem Geschäft ist tonnenweise Geld zu verdienen. Und dann macht mir der Typ, mit dem ich beim ersten Mal unterwegs war, ein Angebot. Er fragt mich, ob ich auch verkaufen möchte.

Ich drauf: Aber klar doch! Also fangen ich und meine

Buddys alle an zu verkaufen, und die Mexikaner am Flughafen in Tulsa beliefern uns, alles läuft wie geschmiert. Neues Auto, neue Freundin, und ich schmiede Pläne, aufs College zu gehen. Rechtswissenschaften hatte ich geplant.« Er lachte, worin Snowe weniger Verbitterung als vielmehr echtes Amüsement feststellte. »Ich wollte also aufs College, dann mal sehen, ob ich's auf die juridische Fakultät schaffe«, wiederholte er in Erwartung eines Kommentars vonseiten Snowes.

»Was passierte dann?«, fragte Snowe, ohne darauf weiter einzugehen.

»Eines Tages, wir hatten etwa sechs Monate lang verkauft, fliegen meine Kumpels auf dem Rückweg vom Flughafen auf. Sie haben zwanzig Kilo Stoff dabei, das reicht für fünfzig Jahre Knast. Sie wurden von einer Truppe State Troopers auf dem Highway herangewunken.

Doch das ist nicht alles. Ich hatte einen anderen Freund gebeten, hinter dem Kurierauto herzufahren. Das hab ich aber niemandem gesagt, verstehst du? Keine Ahnung, warum ich das getan hab, ich hatte einfach so ein Gefühl, dass irgendwas nicht stimmte. Mann«, sagte er kopfschüttelnd, »hätt ich doch bloß damals schon Gedankenlesen können. Ich wäre nie drauf reingefallen.« Er blickte wehmütig aus dem Auto. »Damals hab ich mich auf mein Gespür verlassen. Ich hatte das Gefühl, dass da was nicht stimmte, also hab ich den anderen Mann, von dem keiner was wusste, angeheuert, dem Drogenauto vom Flughafen weg nachzufahren. Da ruft der Typ mich am Handy an und sagt mir, dass das Drogenauto angehalten wurde, ein regelrechtes Sonderkommando sei plötzlich aufgetaucht, alle mussten sich auf die Straße legen. Die haben verdammt gut gewusst, was sich in dem Auto befand. Das war sicher kein Zufall.

Die haben angenommen, dass ich in dem Auto bin. Schließlich war ich der Anführer. Aber ich hatte mir den Tag freigenommen, um mit meiner Freundin auszugehen. Die dachten natürlich, dass ich keine Ahnung hatte von ihrer Aktion, aber ich wusste Bescheid, weil ich eben diesen zweiten Mann beauftragt hatte. Dann ruft mich mein ursprünglicher Kontaktmann an, die Knallcharge, die mir den Job verschafft hatte. Er sagt mir, dass alles gut gelaufen und das Auto gut angekommen sei, und ich solle in meinem Haus auf ihn warten. Ab diesem Augenblick wusste ich, dass der nicht koscher war, aber ich sagte nichts und tat so, als ob alles cool wäre. Ich denke, dass er für die ganze Scheiße verantwortlich ist, dass er mich und meine Freunde an die Bullen verraten hat. Ich treffe ihn also und tu so, als wäre alles bestens und super; dann steige ich in seinen Wagen, und bevor er ein Wort sagen kann, knall ich ihn ohne weitere Umstände gleich im Auto ab.«

Denny schüttelte angesichts der Erinnerung den Kopf, und Snowe sah es noch einmal: das Blut und das im Wageninneren herumspritzende Gehirn, wie der Mann über dem Lenkrad zusammensackt und dann zur Tür hin abrutscht.

»Fuck«, sagte Snowe, seine Atemluft ausblasend. »Das ist eine ziemlich beschissene Sache.«

»Ich hatte keine Ahnung, dass der Kerl Polizist war. Ich hielt ihn für einen gewöhnlichen Spitzel. Kaum hab ich ihn abgeknallt, stürzen unzählige Drecksäcke von Bullen wie aus dem Nichts kommend auf mich zu. Typen vom Sondereinsatzkommando, Uniformierte, Kripo-Leute, State Troopers, lokale Polizei, womöglich sogar FBI. Ohne Scheiß, Mann, da müssen an die hundert Bullen in meiner Straße gewesen sein, die alle an mir zerrten, mich traten und in Handschellen legten. Wenn meine gottverdammten Nachbarn die Szene nicht mit ihren Handys gefilmt hätten, dann hätten die mich gleich auf der Straße zu Tode geprügelt. So haben sie mich nur ein wenig aufgemischt.« Denny lachte.

Snowe sagte nichts, also fuhr Denny fort. »Erst im Verhörraum habe ich erfahren, dass der Arsch ein Polizist war. Er war so eine Art geheim ermittelnder State Trooper, der für die Sondereinheit zur Drogenbekämpfung arbeitete. Alle waren sie Bullen, auch die Mexikaner am Flughafen. Das Ganze war eine großangelegte Falle. Die Ärsche haben mich und meine Freunde zuerst angestiftet, Drogen zu verkaufen, die sie uns vermittelt haben, und uns dann dafür hochgehen lassen. In den Zeitungen stand, sie hätten einen Drogenring gesprengt. Schon wahr, nur – ES WAR IHR VERFLUCHTER DROGENRING! Sie haben ihn erst geschaffen. Dann haben sie ihn hochgehen lassen. Und mich haben sie zum Tod verurteilt, und alle meine Kumpels bekamen dreißig oder vierzig Jahre aufgebrummt. Und das macht mir echt zu schaffen. Nur weil ich den Scheißkerl umgelegt habe, hat der Richter verrückt gespielt und sämtliche meiner Freunde so richtig tief eingetunkt. Er hat sie fertiggemacht. Einer von ihnen, Jimmy Blake, war um die neunzehn Jahre alt, und alles, was der je angestellt hat, war, dass er ein paar Mal mit uns mitgekommen ist. Wir haben den nur mitgenommen, weil er ein lustiger Kerl war. Und der hat achtunddreißig Jahre Knast bekommen.«

Snowe betrachtete den langsamer werdenden Verkehr, den strömenden Regen, und versuchte sich von den klaren, deutlich hervortretenden Bildern von Verhören, prügelnden und ihn »ein wenig aufmischenden« Polizisten nicht vom Fahren ablenken zu lassen. Es war sicher mehr als »ein wenig«, das war ihm klar. Er sah ein Bild Jimmy Blakes, des Jungen, der im Restaurant gearbeitet hatte. Er und Denny lachten über irgendwas. Dann sah er die Wände einer Todeszelle.

»Und jetzt kommt erst das Beste«, sagte Denny. »Weißt du, was der ultimative Witz an der Sache war, Officer Snowe?«

»Nun sag schon – was ist das Beste?«, fragte Snowe ruhig.

»Die haben doch tatsächlich die Bibliothek nach ihm benannt. Ganz im Ernst. Die Bibliothek in meiner Stadt heißt jetzt Taylor Price Library. So hat er geheißen. Benannt nach einem Offizier, der in Erfüllung seiner Pflicht gefallen ist. Er hat natürlich auch seine kleine Plakette und all das Zeug bekommen.« Denny kicherte, und diesmal klang es doch bitter. »Diese Drecksau kommt in die Stadt, ruiniert das Leben von einem halben Dutzend Menschen und kriegt dann die Bibliothek nach ihm benannt.«

»Yeah, so läuft das«, sagte Snowe. Als Polizist hatte er das immer ein wenig tröstlich gefunden. Ihm hatte die Vorstellung, dass man sich seiner doch ein wenig erinnern würde, vor allem, falls er während einer Verkehrskontrolle getötet werden sollte, oder beim Versuch, Menschen aus einem brennenden Haus zu retten, gefallen. Der Jared Snowe Memorial Highway. Die Jared Snowe Sports Hall. Oft hatte er während der langen, kalten Nächte an so was gedacht, während er an einer Radarfalle darauf wartete, bis er einen Raser erwischte. Ein paar Jahrzehnte, ehe er den Dienst in Kearns antrat, wurde ein Officer im Zuge von Ermittlungen wegen eines Einbruchs erschossen, und prompt benannten sie eine Brücke nach ihm. Seither werden die Kollegen mit einem besonders von Sergeant Townes gern benutzten Wort dazu ermahnt, ihre kugelsicheren Westen anzulegen: »Zieht die

Dinger an, oder wollt ihr, dass man eine Brücke nach euch benennt?«

»Eine Bibliothek«, sagte Denny wieder und lachte. »Sag du's mir. Sag du mir, dass das keine hartgefrorene Bullenscheiße ist. Es handelt sich um nichts weniger als um potenzierten Scheißdreck. Eine gottverdammte Bibliothek!«

Snowe nickte. Denny las in seinen Gedanken, das wusste er, aber da war nichts dabei, was ihn interessierte. Rhode-Island-Staatsgrenze, acht Meilen.

Kapitel zwölf

Terry fuhr zum Pfandleiher an der 47. Straße, wo Snowe gemäß GPS genau vier Minuten verbracht hatte. Sie parkte ihren Wagen am Straßenrand und legte die Tafel mit der Aufschrift »In offiziellem Regierungsauftrag« ins Rückfenster. »Ich schau mir den letzten Pfandleiher an«, informierte sie Jerry über das Mikro.

»Okay«, sagte er. Jerry wusste in solchen Augenblicken nie, was er sagen sollte. In den Videogames, die er gern spielte, sagten sie dann immer »Positiv. Ende« oder »Roger. Ende«, und das klang unheimlich offiziell, aber er hatte den Verdacht, wenn er so was sagte, würde Terry glauben, er wolle besonders cool klingen. Oder dass er zu viele Videogames spielte. Außerdem wurden von ihm grundsätzlich keinerlei Formalitäten verlangt. Als er hier anfing, nannte er Emmanuel ein paar Mal »Sir«, bis man ihm sagte, dass er damit aufhören solle.

Terry ging in den Laden und schaute sich um. Viel Schmuck überall, ein sauberer Teppichboden, ein gut geführtes Geschäft. Es roch nach Reinigungsprodukten, aber guten, nicht der Gestank nach Industrie-Lösungsmitteln wie in den Billigläden. Ein Araber im Armani-Anzug kam hinter dem Vorhang hervor. Rolex, wie Terry sogleich bemerkte. Das Outfit dieses Burschen war entschieden zu teuer für einen Verkäufer, er hatte wahrscheinlich nebenbei irgendwelche illegalen Dinger am Laufen.

»Mein Name ist Ali«, sagte er. »Was kann ich für Sie tun?«

Sehr professionell, dachte Terry. Dazu noch der britische Oberklassenakzent. Aber irgendetwas hatte er an sich, das nicht passte. Snowe hatte hier was gesehen. Nicht zum ersten Mal wünschte Terry, sie könnte Gedanken lesen. Die ersten Wochen, nachdem man diese Fähigkeit entwickelt hat, müssen ein grandioses Erlebnis sein. Du könntest dir das mühevolle Aussortieren all der Scheiße ersparen, mit der du beworfen wirst, wenn du einfache Fragen stellst.

Sie legte ihre Dienstmarke auf den Verkaufstisch. »Ich bin vom FBI«, sagte sie freundlich. »Wir haben heute kurz nach Mittag einen Agenten bei Ihnen vorbeigeschickt.«

Der Mann nickte. »Ich erinnere mich, ja.«

Terry nickte zurück. Seine steife, professionelle Haltung imitierend, fragte sie neugierig: »Und was ist dabei rausgekommen?«

Das war eine heimtückische Fragestrategie, dachte sie, zumal jemand, der die Fragen eines FBI-Agenten beantwortete, mit gutem Grund davon ausgehen konnte, dass die FBI-Agenten miteinander redeten, und dass es deshalb seltsam erscheinen musste, am selben Tag dieselben Fragen einem anderen Agenten beantworten zu müssen. Man konnte auf diesen Umstand auf zwei Arten reagieren, dachte Terry. Man konnte so tun, als hätten die Agenten aufgrund bürokratischer Unzulänglichkeiten nicht miteinander kommuniziert, oder man konnte den ersten Agenten als Schwindler hinstellen. Sie wollte zunächst die Situation abwarten, ehe sie sich entschied, welche Strategie sie einschlagen würde – aufgrund der allgemeinen Schäbigkeit dieses Charakters lag die Antwort klar auf der Hand.

»Der Agent, der Sie besucht hat, war in Wahrheit ein Betrüger«, sagte sie. »Er wird wegen Hochstapelei gesucht. Wir sind ihm seit einer Weile auf den Fersen, und mich würde interessieren, was er in Ihrem Geschäft gesucht hat.«

Ali lächelte, obwohl ihm nicht danach war. Seit der FBI-Mann hier gewesen war, stand ihm der kalte Schweiß im Nacken. Er hatte mit FBI-Agenten in seinem Umfeld durchaus wenig Freude, zum Teil deshalb, weil er, wie alle Menschen mit arabischer Herkunft, die begründete Angst hatte, für einen Terrorsympathisanten gehalten und eingenäht zu werden. Aber in diesem Fall war die Angst insofern besonders ausgeprägt, als er einen der gewinnträchtigsten Heroinschmuggelringe in New York City anführte. Und jetzt fand sich zum zweiten Mal an diesem Tag – oder offenbar zum ersten Mal – das FBI in seinem Laden ein und stellte Fragen, und es hatte was mit Angela zu tun. Was Angela betraf, konnte er sich lediglich daran erinnern, dass er sie vor einem Jahr eingestellt hatte, weil sie hübsch war, sie dann schwängerte und nicht lange darauf, nachdem er die Abtreibung bezahlt hatte, wieder aus seinem Leben hinausbugsierte, indem er ihr einen besser bezahlten Job in einer Bar verschaffte. Jetzt sah es so aus, als ob sie irgendwie in Schwierigkeiten steckte, und er wollte auf keinen Fall etwas damit zu tun haben.

»Ich dachte schon, dass mit dem was nicht stimmte«, sagte Ali. »Für einen FBI-Agenten war er auch ziemlich schäbig gekleidet.«

Terry nickte. »Was wollte er?«

»Er hat nach 'nem Mädel gefragt, das hier mal gearbeitet hat. Angela Cataldi. Vor ein paar Tagen brachte sie ein paar teure Schreibgeräte vorbei, die sie belehnen wollte. Sie ist Kellnerin in einer Bar namens Corgi's, nicht weit von hier. Im Büro hinten hab ich auch ihre Wohnadresse, wenn Sie die brauchen.« Sein Lächeln sollte Hilfsbereitschaft ausdrücken.

Terry schüttelte den Kopf. »Nein, das dürfte genügen«, sagte sie. Sie erkannte die Bar und den Namen sofort aus Jerrys Liste der Hausbewohner des Wohnhauses, in dem Snowe eine Stunde verbracht hatte. Sie lächelte zurück. Dieser schmutzige Fucker hat's ja faustdick hinter den Ohren, dachte sie, während sie ihm freundlich *goodbye* winkte. Wäre ich bloß eine Leserin, könnte ich mehr rausbekommen.

Der Großbildschirm war in acht Rechtecke unterteilt, deren jedes eine Luftaufnahme einer je anderen Szene in einem Entwicklungsland zeigte. Am unteren Rand der Bilder befand sich eine Beschriftung mit den GPS-Koordinaten des dargestellten Ortes. Jerry hatte im vergangenen Jahr so viel Zeit mit dem Betrachten dieser Bilder verbracht, dass er schon aufgrund der Koordinaten sagen konnte, welches Land er gerade betrachtete. Es entspannte ihn, wenn er pakistanischen Frauen dabei zusehen konnte, wie sie ihre Wäsche aufhängten. Er stellte fest, dass der Mittwoch offenbar ein beliebter Tag für diese Arbeit war. Möglicherweise so eine muslimische Sache.

Er hörte, wie in der Tür hinter ihm eine Karte durch den Leseschlitz gezogen wurde. Emmanuel, mit Mantel und Aktentasche, betrat den Raum. Er war nass, woraus Jerry schloss, dass es draußen regnete. So war das nun mal beim Arbeiten in einem fensterlosen Gebäude – man verlor ganz den Kontakt mit so Sachen wie dem Wetter. Jerry war's egal. Er war nicht der Outdoor-Typ.

Jerry hatte nie im Leben einen Mann gesehen, der normaler aussah als Emmanuel. Ein Typ, den man in der Metro ganz sicher kein zweites Mal anschauen würde. Wenn die Hollywood-Casting-Leute nach einem möglichst unscheinbaren Typ suchten – Emmanuel wäre ein heißer Anwärter für die Rolle, dachte Jerry. Und er schien sich ständig mit dem Kabinettschef des Präsidenten zu treffen, oder mit irgendeinem Senator, der für irgendeinen Ausschuss zuständig war. All das ließ ihn als großen Boss erscheinen, weil es bedeutete, dass er supereinflussreich und höchst selten im Büro war. Außerdem, dachte Jerry, war er auch ein einigermaßen cooler Typ.

»Hey«, sagte Emmanuel. Er ging in sein Büro und legte seine Aktentasche ab, dann kam er wieder raus, stellte sich neben Jerry und sagte mit Blick auf den Monitor: »Was ist denn das?«

»Drohnen-Aufnahmen«, sagte Jerry und merkte im selben Augenblick, dass das, was er hier tat, eigentlich illegal war, und es vielleicht besser wäre, es nicht ausgerechnet vor seinem Boss zu tun. Er hatte vor einigen Jahren irrtümlich die Drohnen-Aufzeichnungen gehackt und war seither geradezu süchtig danach; er fand sie besser als jedes Fernsehprogramm. Wer schaut sich schon irgendeine beschissene Reality Show an, wenn er die echte, unverfälschte Realität von der U.S. Air Force direkt ins Haus geliefert bekommt?

Emmanuel starrte einige Augenblicke lang gebannt auf den Bildschirm. Jerry spürte gleich, dass hier ein gemeinsames Interesse vorlag. Schon eigenartig, wie unvermittelt solche Dinge die Aufmerksamkeit der Menschen erregten. Es war packend, Menschen ganz einfach nur zu beobachten, noch dazu Menschen auf der anderen Seite der Weltkugel, die man gewiss niemals treffen würde und deren Lebenspraxis, deren alltägliche Verrichtungen sich so stark vom eigenen Dasein unterschieden. Es hatte zugegeben etwas Voyeuristisches, aber auch ein Element der … *Vernetzt-*

heit … – Er merkte, dass ihm diese Menschen nicht gleichgültig waren. Einmal hatte er sich ein Fußballspiel in voller Länge angesehen und Partei für das Team auf der linken Bildschirmseite ergriffen. Offensichtlich beobachteten die Drohnenpiloten, die irgendwo westlich positioniert waren, das Spiel ebenfalls, zumal die von den Piloten bediente Kamera dem Ball jedes Mal folgte, wenn er über die Seitenauslinie sprang.

»Was machen die da?«, fragte Emmanuel und zeigte auf eine Reihe von Männern, die einen Fluss entlangmarschierten.

»Das sind Fischer«, sagte Jerry. Er hoffte, dass die Promptheit seiner Antwort nicht verriet, wie viel Zeit er wirklich mit der Beobachtung dieser Aufnahmen verbrachte. Da Emmanuel sich nichts zu denken schien, fügte er hinzu: »Eine Meile stromaufwärts haben sie ein Boot im Dock liegen.«

Emmanuel nickte, anscheinend in Gedanken verloren, während er diese Fremden auf dem Weg zu ihrer Arbeitsstätte beobachtete. »Haben Sie schon mal gesehen, wie jemand von einer Drohne getroffen wurde?«

»Nö, das sind bloß Überwachungsaufnahmen. Die bewaffneten Drohnen befinden sich auf anderen Sicherheitsprotokollen. Aber ich hab schon Städte unmittelbar nach einem Raketeneinschlag gesehen. Ganz schön verrückt.« Jerry hatte plötzlich das Gefühl, er sollte wieder mal richtig arbeiten, also wandte er sich vom Bildschirm ab und wieder seinem Computer zu. »Ich bin mir nicht sicher, ob ich die Security-Freigabe für so was hab«, sagte er bemüht businessmäßig. »Vielleicht sollte ich mir das lieber nicht angucken.«

Emmanuel zuckte mit den Achseln. »Wenn Sie hier arbeiten, haben Sie alle Berechtigungen«, lachte er. Dann beschloss auch er, zur Arbeit zurückzukehren. Im Weggehen fragte er Jerry noch, ob er was von Terry gehört habe.

»Sie hat vor ein paar Stunden angerufen. Ist gerade in New York angekommen.« Jerry klickte auf eine verborgene Registerkarte, und schon war Terrys Standort auf einer Straßenkarte von Manhattan als blinkender Punkt zu sehen. In diesem Augenblick klingelte sein Tischtelefon, er setze sich das Headset auf und sagte: »Wenn man vom Teufel spricht ...«

»Schau mal nach, was du über diese junge Frau, Angela Cataldi, herausbekommst«, sagte Terry ins Mikrofon, während sie sich durch den Stadtverkehr in Richtung 49. Straße quälte, wo Angela wohnte. »Sie lebt in dem Wohnblock, wo sich Snowe eine Stunde aufgehalten hat. Ich möchte wissen, in welcher Verbindung sie zu ihm steht.«

»Verstanden!«, sagte Jerry in Anlehnung an das militärische Gehabe der Drohnenpiloten.

Terry überlegte kurz, ob sie am Straßenrand direkt vor Angelas Apartment parken sollte. Doch dann hätte sie das offizielle Dienstschild hinter die Windschutzscheibe legen müssen, also entschied sie sich anders. Sie wusste nicht, was sie hier erwartete, und hatte das Gefühl, es sei im eigenen Interesse das Beste, möglichst unauffällig zu agieren. Außerdem befand sich in derselben Straße eine Rund-um-die-Uhr-Parkgarage. Sie stellte den Wagen dort ab und spazierte die dreißig Meter zurück zu Angelas Haus.

Das Apartmenthaus war erheblich feiner, als Terry das von einer Barfrau mit ihrem bescheidenen Gehalt erwartet hätte, also rief sie Jerry an, er solle doch mal schnell die Wohnungsmieten in dem Haus checken, während sie vor der Haustür stand und wartete, dass jemand zur gesicherten Tür herauskam. Er brauchte etwa dreißig Sekunden für die Antwort: »Ungefähr dreitausend im Monat.«

»Du liebe Zeit«, zeigte sich Terry erstaunt. Ihr eigenes mickriges Studio in Georgetown kostete die Hälfte. Sie sah sich um. Es war eine saubere, baumgesäumte Manhattan-Straße, mit einer nach einem einheimischen Gangster benannten Bar an der Ecke und einer hochpreisigen Boutique im Nachbarhaus. »Wie kann sich eine Barkeeperin so was bloß leisten?«, fragte sie.

»Wie es aussieht, bezahlt ihr Daddy die Miete«, kam Jerrys Antwort in wenigen Sekunden. »Er scheint Verbindungen zu Mafiakreisen zu haben.« Ehe Terry ihn nach Details fragen konnte, öffnete sich die Haustür, und eine junge Frau im Jogging-Outfit kam heraus. Terry eilte hin und ergriff die Tür, bevor sie sich wieder schließen konnte. Die junge Frau schenkte ihr weiter keine Beachtung. Das war das Schöne an einem Sicherheitssystem: Für gutgekleidete Damen waren alle Sicherheitsvorkehrungen außer Kraft.

Sie setzte sich die Ohrhörer ein und fragte Jerry: »Welches Apartment?«

»Apartment L wie in Lima.« Terry hörte ihn wild die Tastatur bearbeiten, dann sagte er: »Yeah, irgendwas stimmt tatsächlich nicht mit diesem Apartment L.«

»Was meinst du damit?«, fragte Terry, während sie die Treppe hochstieg.

»Unter der für dieses Apartment registrierten IP-Adresse wurde heute Nachmittag um 13:32 Uhr eine Internetsuche nach ›Gedankenlesen‹ durchgeführt. Zu dieser Uhrzeit war Snowe in der Wohnung.«

»Na gut, verstehe. Vielen Dank, mein Schatz.« Sie nahm die Ohrhörer raus und griff prüfend nach ihrer 25er-Kaliber im Halfter. Einen Moment lang dachte sie daran, sie rauszuholen, entschied sich dann aber anders. Wenn das Mädchen allein zu Hause war, geriet sie womöglich in Panik, wenn Terry mit gezogener Waffe an ihre Tür klopfte. Sie ging den Flur im dritten Stock entlang und klopfte an die Tür des Apartments L.

Keine Antwort. Scheiße. Terry sah sich um und checkte das Türschloss. Ein herkömmliches Sicherheitsschloss mit fünf Stiften. Blöde Sache. Inzwischen hatten schon viele Apartments diese computergestützten Hotelschlösser; so eines hätte sie mit Jerrys Hilfe im Nu aufgekriegt. Sie biss sich auf die Lippen. Die Tür eintreten? Nicht sehr damenhaft. Sie griff sanft nach dem Türknauf und drehte daran – und siehe da, der Riegel bewegte sich. Ach du schöne Scheiße, hörte sie sich selbst sagen, dann trat sie ein. Nicht sehr wahrscheinlich, dass eine allein lebende junge Frau vergaß, die Tür abzusperren. Irgendwas war hier faul.

Die Wohnung war dunkel, weshalb Terry nun doch ihre Pistole zog und sich umsah. Es roch nach verbranntem Kaffee. Jemand war weggegangen, ohne die Kaffeemaschine auszuschalten. Sie ging ins Schlafzimmer und schaute sich auch hier um. Das Bett war nicht gemacht. Ein Doppelbett, und wie es schien, wurden letzte Nacht beide Kopfkissen benutzt. Vielleicht hatte Angela einen Geliebten. Es war ein kleines Schlafzimmer, und ein nicht sehr intensiver, aber doch unverkennbarer Duft von Sex lag in der Luft. Konnte auch schon Wochen alt sein. Man weiß ja nie, wie häufig die Leute ihre Bettlaken wechseln. Sie steckte den Kopf ins Badezimmer. Jede Menge Damenhygiene. Make-up. Tampons. Lippenstift. Ein benutztes, noch feuchtes Handtuch hing am Türhaken.

Die Klobrille war hochgeklappt.

Interessant, dachte Terry. Definitiv ein Boyfriend. Etwa Snowe? Wieso in aller Welt kannte er dieses Mädel? War er vorbeigekommen, um mit ihr Sex zu haben, und nach einer Stunde und zwanzig Minuten wieder abgehauen? Der Typ schien er eigentlich nicht. Und die Person, mit der Snowe zur Pizzabude gegangen war, war sicher ein Mann gewesen, so viel war aus der Tonaufzeichnung klar geworden.

Was zum Teufel ging hier vor?

Terry ging ins Wohnzimmer und entdeckte den Laptop neben dem Fenster. Es war das Gerät, auf dem nach dem Begriff »Gedankenlesen« gesucht worden war. Sie taxierte das Wohnzimmer. Kleiner, als sie es sich für drei Riesen im Monat vorgestellt hatte, aber wahrscheinlich gar nicht schlecht für NYC. Sah aus, als hätte die Dame ihr Mobiliar selbst finanzieren müssen: Das Apartment war erste Sahne, die Einrichtung unverkennbar IKEA.

Sie ging in die Küche. Zwei Kaffeetassen neben der Spüle. Sie nahm den Deckel vom Kunststoffmülleimer und sah Glasscherben und das Bild zweier lächelnder Menschen mittleren Alters in einem zerstörten Rahmen. Sie holte es aus dem Abfall, die Scherben und den dazwischen liegenden Kaffeesatz sorgfältig vermeidend, und sah sich das Bild an. Der Mann sah aus wie ein Ganove. Es gab Menschen, die hatten einfach so ein Gesicht, dass jedes Foto wie ein Verbrecherfoto wirkte. Die Frau sah angenehm und unauffällig aus.

Jemand hatte also ein Bild zerbrochen und danach saubergemacht. Was hatte das zu bedeuten? Eine Gewalttat oder bloß eine Ungeschicklichkeit? Terry wusch sich die Hände und ging zurück in den Vorraum zum Wohnungseingang, wo sie auf einem Tischchen mit einer Lampe einen sehr hellen Fleck bemerkte, wo kein Staub lag. Hier musste das Bild gestanden haben. Sie untersuchte den Flur auf Spuren eines Kampfes und entdeckte eine Einkerbung in der Wand, wo der Türknauf angeschlagen war. Jemand hatte die Tür aufgestoßen. Die Kerbe in der Wand sah frisch aus. Könnte sogar heute gewesen sein.

Snowe hatte also eine Stunde und zwanzig Minuten in dieser Wohnung verbracht und wahrscheinlich die Tür aufgestoßen und das Bild zerbrochen. Außerdem hatte er im Computer nach »Gedankenlesen« gesucht. Wahrscheinlich war noch ein anderer Typ anwesend. Könnte das etwa Denny gewesen sein? Könnte Snowe ihn tatsächlich so schnell gefunden haben? Und wenn es Denny war, warum waren dann die Wände nicht blutbespritzt, und warum lag da nicht Dennys von Kugeln durchsiebter Körper in der Mitte des Wohnzimmers? Und was hatte er ihr alles verschwiegen, anstatt sie über das hübsche Telefon zu informieren, das sie ihm gegeben hatte?

Terry war an sich nicht der emotionale Typ, aber jetzt wurde sie doch von einem Frösteln erfasst. Wenn die zweite Person in diesem Apartment Denny war und Snowe ihn gefunden hatte, und wenn sie dann gemeinsam das Weite gesucht hatten, dann könnte sie ein verflucht ernstes Problem haben.

»Fuck«, sagte sie laut. Dann beruhigte sie sich wieder. Vielleicht war es ja gar nicht Denny. Könnte jeder gewesen sein. Eigentlich nicht vorstellbar, dass diese Dumpfbacke von einem Verkehrspolizisten, dessen detektivische Erfahrung darin bestand, dass er fünf Jahre lang Strafzettel ausstellte, diesen Schwachkopf von einem Drogenhändler und Polizistenmörder, der Probleme für gewöhnlich mit einem

Fausthieb oder einer Pistolenkugel löste, in einem halben Tag aufgespürt hatte. Möglicherweise hatte diese Angela eine Mitbewohnerin, und die war Snowes Exfreundin, und Snowe war nur mal auf einen flotten Quickie vorbeigekommen. Vielleicht hatte Snowe in Corgi's Tavern abgehangen und Angela mithilfe seiner Gedankenlesefähigkeiten dazu gebracht, ihm die Wohnungsschlüssel zu geben, und er hatte dann bloß die Tür zu unbeherrscht aufgestoßen. Vielleicht öffnete aber auch gerade jetzt, in dieser Sekunde, jemand die Wohnungstür, eine Pizza in der Hand und den Blick auf sie gerichtet, und fragte sich, was eine zornig aussehende Frau mit einer 25er-Pistole in der Hand in ihrem Wohnzimmer zu suchen hatte?

Angela ließ die Pizza zu Boden fallen. »BROOKS!«, schrie sie.

Terry seufzte. Brooks! Echt beschissen ...

Kapitel dreizehn

»Er ist nicht hier«, sagte Terry freundlich und steckte die Waffe zurück in das Halfter. Sie zeigte auf das Sofa und bedeutete Angela, sich zu setzen.

»Wer sind Sie?«, wollte Angela wissen. Sie war übellaunig. Terry hasste übellaunige Menschen, vor allem aber übellaunige junge Damen. Sie widerstand ihrem Bedürfnis, Angela in den Schwitzkasten zu nehmen und zum Sofa rüberzuschleifen, biss sich auf die Lippen und entschied sich für eine andere Methode.

»Ich bin Terry Dyer.« Terry zeigte ihre Dienstmarke her und sagte: »Nehmen Sie Platz, meine Liebe. Wir müssen reden.«

»Brauchen Sie da nicht einen Durchsuchungsbefehl?«, sagte Angela mit einem Rückwärtsschritt zur Tür. Dabei zeigte sie auf Terry. Sie richtete tatsächlich *den Zeigefinger* auf sie. Der Schwitzkasten erschien nun doch wieder als die befriedigendere Option, und Terry biss sich härter auf die Lippen, bis sie schmerzten. Jedes Töchterchen eines Schmalspur-Gangsters und verfluchten Möchtegern-John-Gotti aus Long Island, die mal drei Folgen der *Sopranos* gesehen hat, hält sich heutzutage schon für eine Verfassungsexpertin. Von wegen Durchsuchungsbefehl. Meine Süße, hast du irgendeine Vorstellung davon, was ich alles tun kann, ohne mich um eine Genehmigung zu scheren, dachte Terry. Ich kann dich einen Monat lang in einem Bundesgefängnis festhalten, vierzig Agenten beauftragen, deine Wohnung auseinanderzunehmen, die Bodendielen herauszureißen, deinen Computer mitzunehmen und dein Bargeld zu klauen, und mich nicht einmal entschuldigen, wenn ich dich wieder laufenlasse. Lies mal die neueste Ausgabe der *Monatsschrift für das Rechtswesen*, dann wirst du merken, dass sich die Zeiten ganz gewaltig geändert haben, mein Käferchen.

Stattdessen sagte sie nur: »Schätzchen, setzen Sie sich.« Dann öffnete sie ein Foto Snowes auf ihrem Smartphone und zeigte es Angela. »Kennen Sie diesen Mann?«

Angela sah sich das Bild an. Es war das Foto, das Terry auch für die FBI-ID-Karte Snowes verwendet hatte. Es war ihr wichtig, dass Angela ihr Telefon selbst in die Hand nahm. Anderer Leute Eigentum zu halten wirkt vertrauensbildend – ein kleiner psychologischer Trick, den sie nicht in ihren offiziellen Ausbildungskursen gelernt hatte, sondern bei Schwarzhändlern und diversen anderen Schwindlern, auf die sie im Laufe ihrer Karriere getroffen war. Manche Menschen lernen von Helden und Gelehrten, Terry lernte von den zwielichtigen Erscheinungen. Unter anderem deshalb wurde sie von Emmanuel und den anderen Vorgesetzten auch oft als Naturtalent bezeichnet.

Angela nickte. »Der ist heute Nachmittag in der Bar aufgetaucht. Ist das nicht einer von euch?«, fragte sie stockend. Terry wusste, dass sie die Situation im Griff hatte. Angela klang jetzt zunehmend verletzlich und verängstigt, beinahe wie ein kleines Mädchen. »Ist das nicht ein FBI-Agent?«

»Nein, das ist er nicht. Setzen Sie sich.« Ohne noch einen Gedanken an den Durchsuchungsbefehl zu verschwenden, setzte Angela sich auf das Sofa. Terry setzte sich neben sie. Sie zeigte ihr ein Foto von Denny. »Kennen Sie diesen Mann?«

Angela war noch immer etwas verwirrt, warum Snowe

ihr erzählt hatte, er sei beim FBI, wenn das doch gar nicht stimmte, und wollte gerade noch eine Frage dazu stellen, als sie Dennys Bild sah. Terry, die ihre Gesichtszüge genau beobachtete, bemerkte, wie sie ihre Augen schnell abwandte und dann wieder auf den Bildschirm richtete. Angela betrachtete das Bild eine Mikrosekunde länger als erforderlich, so als ob sie es studieren würde, während sie in Wirklichkeit die Vor- und Nachteile einer Lüge gegeneinander abwog. Terry wusste Bescheid. Schließlich hatte Angela ja auch »Brooks!« ausgerufen. Angela schüttelte den Kopf, und ohne Augenkontakt mit Terry aufzunehmen, sagte sie: »Nein, den hab ich nie gesehen.«

Terry nickte und legte die Hand auf Angelas Schulter. Sie spürte, dass Angela unter Stress stand, und versuchte sie zu beruhigen. »Schon okay«, sagte sie. Sie blätterte einige Fotos durch und zeigte ihr dann ein anderes Bild, das einen jungen Polizeioffizier mit Kappe und Uniform zeigte, der dieses typische idealistische Lächeln auf den Lippen hatte, das allen jungen Polizisten gemeinsam ist, die frisch aus der Polizeiakademie kommen. »Und der da? Kennen Sie den?«

Angela warf einen Blick auf den jungen Polizisten und schüttelte den Kopf. Als sie Terry das Telefon zurückgeben wollte, wehrte diese mit sanftem Gegendruck ab. »Sehen Sie sich den Mann nochmal an«, sagte sie. »Sein Name ist Tylor Price. Er war ein Oklahoma State Trooper. Das ist der Mann, dem Brooks Denny mitten ins Gesicht geschossen hat.«

Angela atmete heftig ein, und Terry wusste, dass sie gewonnen hatte. Sie bemerkte, dass Angela langsam weich wurde.

»Er hatte Zwillingsbuben, ein Jahr alt«, sagte Terry. »Die wachsen jetzt ohne Vater auf.« Terry hatte keine Ahnung, ob dieser Taylor, oder wie immer er hieß, überhaupt Kinder hatte, und es war ihr auch herzlich egal, aber sie hatte gespürt, wie sie Angela zum Sprechen bringen konnte, und zog deshalb alle Register. Sie würde diesem Taylor jede denkbare Eigenschaft andichten, wenn es dazu dienlich war, diese blöde Kuh dazu zu bringen, ihre Mätzchen sein zu lassen. »Sie können gern in dem Computer da drüben nach seinem Namen suchen, wenn Sie mir nicht glauben«, sagte Terry. »Sie haben eine Bibliothek nach ihm benannt. Und dieser Kerl ...« – sie griff nach dem Telefon und blätterte zu Dennys Bild zurück, dann tippte sie kräftig den Finger auf das angezeigte Polizeifoto – »... dieser Kerl hat ihn ermordet. Ich frage Sie also noch einmal: Kennen Sie diesen Mann?«

Jetzt rannen die Tränen ungehemmt über Angelas Wangen, und sie musste sich eingestehen, dass ihr Körper sie wohl im Stich lassen würde, wenn sie weiter auf Lügen beharrte. Lügen erfordert Vorbereitung und Übung, und Angela war grundsätzlich eine aufrichtige Person, die jetzt völlig auf dem falschen Fuß erwischt wurde. »Ich ... ich ...«, schluchzte sie. »Er ... *schnief* ... hat mir gesagt ... *schluchz* ... er sei in eine Schlägerei verwickelt worden ... *gurgel* ... und bräuchte nur ... *schniefschluchzgurgel* ... einen Ort zum Bleiben.« Angela war jetzt voll am Heulen. »Ich ... hatte ... keine Ahnung.«

Terry sah ihr beim Weinen zu. Wie saublöd kann man eigentlich sein? Du lässt einen Typ in deine Wohnung und machst dir nicht mal die Mühe, seinen Namen im Internet zu checken? Sie lehnte sich vor und berührte sanft Angelas Schulter.

»Im Augenblick ist eine landesweite Fahndung nach diesem Tier im Gange«, sagte Terry. Sie überlegte sich, ob sie die Dosis noch erhöhen und Angela von dem Militärpolizisten erzählen sollte, dem Denny mit einem Kugelschreiber ins Ohr gestochen hatte, entschied sich dann aber dagegen, weil selbst Angela sich darüber wundern könnte, wie Denny eigentlich nach Manhattan gekommen war. Eine Geschichte ist am wirksamsten, wenn sie einfach ist. Sie fügte allerdings noch hinzu: »Wir glauben, der andere Typ, der Mann, der als FBI-Agent aufgetreten ist, könnte ihm behilflich sein. Wissen Sie, wohin die beiden gegangen sind?«

Angela schüttelte den Kopf. Sie gurgelte und schluchzte, aus ihrer Nase floss ungehindert der Rotz. Terry stand auf und holte Küchenpapier aus der Küche, das Angela dankbar annahm, um sich das Gesicht zu putzen. »Es tut mir ... so leid. Es tut mir ... *schnief* ... *hick* ... so leid. Ich wusste doch nicht. Ich weiß nicht, wohin er gegangen ist.«

Terry glaubte ihr. Du lieber Gott, dachte sie in Betrachtung der Frau, die tief betrübt war und herzzerreißend wie ein zweijähriges Kind heulte. »Okay, meine Liebe«, sagte Terry, bemüht, einen mütterlichen Ton anzuschlagen. Sie setzte sich auf dem Sofa weiter zurück und legte ihre Hand auf Angelas Schulter. »Er hat Sie benutzt, meine Liebe. Das ist so seine Art. Er nutzt Menschen aus, und er tötet Menschen, und es geht ihm ausschließlich um seine eigenen Zwecke. Gegen Sie werden wir keine Anklage erheben, weil ich weiß, dass Sie nur hilfsbereit sein wollten und der Meinung waren, er bedürfte Ihrer Hilfe.«

Angela schniefte ein paar Dankesworte, und eine riesige Träne rollte über ihre Wange und tropfte auf Terrys Mantel.

»Er ist jetzt weg. Er hat von Ihnen bekommen, was er wollte, und ich bezweifle, dass er je anrufen oder zurückkommen wird. Sollte er dies dennoch tun ...« – Terry legte ihre

Visitenkarte auf den Couchtisch – »... wenn Sie von ihm hören, informieren Sie mich. Unverzüglich. Okay?«

Angela nickte und hob die Augen. Ihr Gesicht war völlig verzerrt, geschwollen und rot angelaufen. Ihre Schönheit hatte sich verflüchtigt, das Mascara war zu einer morbid anmutenden Sauce zerronnen. Terry schaute noch einmal auf den Couchtisch und bemerkte erst jetzt, dass da zwei Schreibstifte lagen, einer in Gold und einer in Silber.

»Hat Denny Ihnen die gebracht?«, fragte sie.

Angela nickte.

Terry nahm sie an sich und steckte sie in ihre Manteltasche. »Ich werde dafür sorgen, dass sie ihrem rechtmäßigen Eigentümer zurückgegeben werden«, sagte sie. Angela bedankte sich mit einem Nicken. Terry stieg über die noch immer auf dem Boden liegende Pizza und sagte: »Geben Sie acht, meine Liebe. Sie dürfen nicht so vertrauensselig sein. Die Welt ist voller Gefahren.«

Angela nickte zustimmend und fing wieder zu schluchzen an. Terry ging hinaus in den Flur und zog die Tür hinter sich zu. Dumpfbacke, dachte sie.

Auf ihrem Weg durch den Flur zum Treppenhaus rief sie Emmanuel an.

»Manny? Hey, ich bin's. Wir haben ein verdammt ernstes Problem.«

Kapitel vierzehn

Im schweizerischen Genf war es vier Uhr Nachmittag, und Dr. Michael Alexander hatte das Hotelpersonal offenbar angewiesen, dafür zu sorgen, dass er ungestört blieb. Er war gerade von einer Konferenz in Australien eingeflogen und versuchte sich ein wenig auszuruhen, bevor er bei einem am selben Abend stattfindenden Dinner eine Rede halten würde. Emmanuel teilte dem Portier mit, er rufe »von höchster US-Regierungsstelle« an, war sich jedoch nicht sicher, mit welcher Organisation er den größten Eindruck machen könnte. Hätte er FBI sagen sollen? Das FBI war überall bekannt.

Der Portier fand »höchste Regierungsstelle« ein wenig vage. Der Portier war nicht beeindruckt. Diese Fünfsternehotels verstanden keinen Spaß, wie Emmanuel allmählich zur Kenntnis nehmen musste. Das St. Martin Nord Geneve würde nicht jedem x-beliebigen Spinner gestatten, einen seiner wertvollen Gäste im wohlverdienten Schlaf zu stören, unabhängig davon, wie wichtig der Anrufer zu sein behauptete.

»Tut mir leid, Sir«, wiederholte der Mann an der Rezeption, und es war vernehmbar, dass er die respektvolle Anrede nur widerwillig benutzte. »Aber der Herr Doktor hat ausdrücklich gebeten, bis um neunzehn Uhr nicht gestört zu werden.«

Schließlich sagte Emmanuel, der angefangen hatte, seine Schläfen zu massieren: »Ich rufe aus dem Weißen Haus an.« Hast du schon mal vom Weißen Haus gehört, du überheblicher Schweizer Hampelmann? In diesem Haus lebt der verdammte Führer der freien Welt, dachte Emmanuel. Er war verblüfft, dass der Portier jetzt doch überrascht durchatmete.

Das Szenario war ja schließlich nicht unrealistisch, zumal Dr. Alexander ein hochrangiges Mitglied der American Medical Association, einer der Top-Neurowissenschaftler der Welt und angekündigter Redner auf dem neurowissenschaftlichen Symposium der Weltgesundheitsorganisation in Genf war. Dennoch blieb der Portier bei seiner Antwort: »Tut mir leid, Sir, aber der Doktor hat gebeten, bis um neunzehn Uhr nicht gestört zu werden.« Dieses Mal wohnte seiner Stimme die gefürchtete Endgültigkeit inne, die Emmanuel von den Streitereien mit seiner Exfrau so gut kannte und auf die in den meisten Fällen ein Klicken und das Freizeichen der Telefonleitung folgten.

Emmanuel geriet in Panik. »Ich werde Barack Obama ans Telefon holen«, sagte er. Er wartete einige Sekunden ab, ob diese Ankündigung die beabsichtigte Wirkung hatte. Der Portier hängte nicht auf, immerhin ein gutes Zeichen.

»Werden Sie Dr. Alexander wecken, wenn ich den Präsidenten der Vereinigten Staaten ans Telefon hole?«, fragte Emmanuel.

Der Portier schien die Tonlage leicht geändert zu haben. »Ich ... äh ... okay«, sagte er nach einer Pause. »Ja«, sagte er nun wieder selbstbewusster – vielleicht hatte er sich überlegt, wie irre es wäre, mit dem Präsidenten der Vereinigten Staaten zu telefonieren. »Ja, Sir. Wenn Sie Präsident Obama ans Telefon bekommen, werde ich Dr. Alexander wecken.«

»Okay«, sagte Emmanuel. »Danke. Ich werde den Präsidenten wecken müssen, es wird also ein paar Minuten dauern.« Emmanuel wartete in der Hoffnung, dass der Portier einsah, was für ein Trottel er wäre, wenn er es darauf ankommen ließe, den Schlaf des Führers der freien Welt unter Berufung auf die Hausordnung seines Hotels zu stören, aber der Portier versicherte ihm bloß, dass er selbstverständlich gerne warte.

Emmanuel öffnete die Tür zu seinem Büro, wo Jerry noch immer an seinem Schreibtisch saß, hinter sich am TV-Bildschirm nach wie vor die Drohnen-Aufnahmen. »Jerry, können Sie den Obama nachmachen?«

»Obama?«, sagte Jerry, sich schmunzelnd vom Bildschirm abwendend, in der Erwartung, es handle sich um eine Scherzfrage. »Nicht wirklich. Der ist schwer zu imitieren, hat keinen ausgeprägten Stil.« Jerry bemerkte, dass Emmanuel wesentlich gestresster als erwartet wirkte, die Frage höchstwahrscheinlich also doch ernst gemeint war. »Ich kann Clinton«, sagte Jerry hilfsbereit. »*Ich hatte keinen Sex mit dieser Frau.* Ich kann auch Kennedy.« Als Emmanuel bloß entnervt seufzte, fügte er noch hinzu: »*Frage nicht, was dein Land für dich tun kann* ...«, dann wurde die Tür zu Emmanuels Büro eher heftig wieder zugeschlagen.

Emmanuel griff wieder zum Hörer, der Portier hatte inzwischen geduldig gewartet. »Damit wir uns klar sind«, sagte er. »Für Präsident Obama werden Sie den Doktor aufwecken, richtig?«

»Ja, Sir, das werde ich«, sagte der Portier.

»Aber für mich machen Sie's nicht?«, fragte Emmanuel.

Der Portier dachte einen Augenblick nach; er spürte, dass sich die Gesprächsatmosphäre zu ändern begann. »Nein, Sir. Für Sie nicht.«

»Ihnen geht es also nicht um das Wohlergehen Ihrer Gäste; Sie möchten Ihre Gäste bloß nicht wegen eines Anrufers stören, der nicht berühmt ist«, sagte Emmanuel und stieß dann, als er das Freizeichen in der Leitung vernahm, ein »Verdammt nochmal« aus.

Im Nachbarzimmer hörte Jerry das Fluchen und das Aufschlagen des Telefonhörers – absolut untypische Emotionsausbrüche eines Vorgesetzten, der normalerweise höchst ausgeglichen und zurückhaltend war. Er stand auf und klopfte an Emmanuels Tür.

»Was ist?«, blaffte Emmanuel.

Jerry steckte seinen Kopf herein. »Alles in Ordnung?«

Emmanuel, vor Zorn noch immer rot im Gesicht, erklärte die Situation.

»Ach, deshalb wollten Sie, dass ich den Obama mache?«

Emmanuel nickte.

»Das ist aber doch kein Problem«, sagte Jerry.

»Wie meinen Sie das?«

»Diese Hotels, vor allem die europäischen Fünfsterne-Häuser, sind total online vernetzt. Ihr Stromnetz, ihre Abwässer, sogar ihre Aufzüge. Alle ihre Kommunikationssysteme, ihre Fernsehgeräte, ihre Telefone sind bloß Knoten in einem Netzwerk. Und ihre Sicherheitssysteme sind immer zum Vergessen.«

»Was schlagen Sie vor?«, fragte Emmanuel, der wieder begonnen hatte, seine Schläfen zu massieren.

Jerry überlegte eine Sekunde. »Geben Sie mir den Namen des Hotels.« Emmanuel gab ihm den Namen, und er ging zurück zu seinem Schreibtisch. Fünf Minuten lang starrte Emmanuel ins Nichts und hörte den im Nebenraum auf der Tastatur klappernden Fingern zu. Dann erschien Jerry im Türrahmen.

»Ich hab eine gute Nachricht und eine schlechte Nachnicht«, sagte er. »Ihr Sicherheitssystem ist ein Scherz. Das ist die gute Nachricht. Dr. Alexander bewohnt das Zimmer Nummer 415. Die schlechte Nachricht ist, dass sein Telefon in der Rezeption vom Netz getrennt worden ist. Eine physische Sperre. Dagegen ist nichts zu machen. Ich hab aber noch eine gute Nachricht.«

»Na schießen Sie schon los«, sagte Emmanuel, erschöpft in seinen Sessel versunken. »Worum geht's?«

»Ich kann sein TV-Gerät einschalten. Wenn er es nicht ausgesteckt hat – und wer steckt in einem Hotelzimmer schon seinen Fernseher aus? Wenn das TV-Gerät angesteckt und verkabelt ist, können wir uns im Huckepack an die Einspeisung anhängen. Wie ich sagte, es handelt sich bloß um einen Knoten im Netzwerk. Sie können über die Webcam auf meinem Laptop mit ihm sprechen. Blöd nur, dass sein Hotel-TV-Gerät keine Kamera hat, in die hinein er antworten könnte, aber Sie können ihn aufwecken und ersuchen, Sie anzurufen.«

Emmanuel setzte sich vor Jerrys Computer. »Okay, was mach ich jetzt?«

Jerry fing an zu tippen und dies und jenes anzuklicken, wobei er dauernd mit sich selbst redete. »Okay«, sagte er. »Okay, okay«, noch mehr Tippen, weitere Okays. Dann: »Der Fernseher hat sich soeben eingeschaltet. Okay. Jetzt haben wir einen Zugang. Das hier ist die Kamera.« Jerry zeigte auf die kleine Laptop-Kamera unmittelbar vor Emmanuels Gesicht. »Sie müssen nur hier hineinreden.«

Verwirrt starrte Emmanuel Jerry an.

»Sprechen Sie hinein!«, sagte Jerry. »Machen Sie, bevor er wieder ausschaltet.«

»Hallo?«, sagte Emmanuel, als würde er eine brandneue

Technologie zum ersten Mal testen – ein Dschungelbewohner starrt auf ein iPhone. Jerry lächelte und zog ihn sanft ein wenig von der Webcam zurück, an der Emmanuel so nahe dranklebte, dass im Fernseher wahrscheinlich nur sein Mund zu sehen war.

»Stellen Sie sich vor«, sagte Jerry.

»Dr. Alexander? Dr. Alexander?« Emmanuel schrie so laut, dass seine Stimme in ihrem kleinen Büro von den Wänden als Echo zurückgeworfen wurde. »Hier spricht Emmanuel Bentham vom Alaska Project. Tut mir leid, dass ich Sie belästigen muss, aber wir haben hier einen Notfall. Bitte rufen Sie mich umgehend unter der folgenden Nummer zurück …«

Emmanuel fing an, eine Nummer aufzusagen, womit er bei Jerry Kopfschütteln auslöste. »Schreiben Sie die Nummer auf und halten Sie sie in die Kamera.« Er reichte Emmanuel Kugelschreiber und Papier, und dieser kritzelte wie verrückt drauflos, während er gleichzeitig seine Ansage wiederholte: »Dr. Alexander. Dr. Alexander …«

»Er hat den Ton abgestellt«, sagte Jerry.

»Was?«

»Er hat den Fernseher auf lautlos gestellt. Er ist wach. Er hat mit der Fernbedienung den Ton abgestellt.«

»Wie können Sie das wissen?«

»Sehen Sie, hier steht das Wort MUTE für ›stumm geschaltet‹. Wir sind auf demselben Kanal«, sagte Jerry, indem er auf das Bild auf seinem Laptop zeigte, auf dem Emmanuels Gesicht in Echtzeit zu sehen war. Als würde er einem Kind ein Bilderbuch erklären, setzte er fort: »Sehen Sie das Wort MUTE?« Emmanuel brüllte weiter in die Kamera hinein, bis Jerry erklärte: »Ihr Ton ist ausgeschaltet. Sie können zu reden aufhören. Sie müssen dort wirklich laut rübergekommen sein. Halten Sie einfach die Nummer hoch.«

Es war still im Büro, während Emmanuel, vor dem Laptop sitzend, ein Stück Papier in den winzigen Lichtschein hielt. Sie konnten hören, wie sich die Heizung im alten Röhrenwerk des Gebäudes einschaltete. »Nichts passiert«, sagte Emmanuel.

»Warten Sie. Geben Sie ihm eine Minute. Sie haben ihn gerade aufgeweckt.«

Sie starrten einander volle zehn Sekunden an, Emmanuel wurde zunehmend unruhig. Plötzlich hörten sie aus Emmanuels Büro das Klingeln eines Telefons. Er schaute Jerry an und lachte, seine Gesichtszüge entspannten sich. »Allerhand, mein Junge. Sie haben sich soeben eine Gehaltserhöhung verdient.«

Es sei natürlich von allergrößter Wichtigkeit, dass sich Gedankenleser nicht trafen, sagte der Doktor. Sie waren imstande, Bilder aus dem Bewusstsein des jeweils anderen abzurufen. Innerhalb weniger Minuten nach dem Zusammentreffen konnten sie auf Erfahrungen zurückgreifen, die sie persönlich nie gemacht hatten. Innerhalb von Stunden konnten sie vertrauliche Bindungen entwickeln, die ansonsten nur in engen Familienbeziehungen entstehen. Innerhalb eines Tages stehen sie sich näher als Zwillingsbrüder.

Die Personen müssen voneinander isoliert gehalten werden.

Von Anfang an bildete dies ein wichtiges Prinzip des Programms: Nicht riskieren, dass sie sich treffen. Der Doktor, zu Beginn des Gesprächs noch ein wenig schläfrig, wurde immer unruhiger, als er die Fakten erfuhr, und am Ende des Gesprächs klang er wütend und höchst besorgt. Mehr als einmal hatte er Emmanuel gefragt, was er sich dabei gedacht hatte. Sie hatten offensichtlich Snowes Intelligenz unterschätzt und Dennys Killerinstinkt überschätzt.

»Mein Gott, das ist unser Untergang«, sagte der Doktor.

»Wir kümmern uns darum«, sagte Emmanuel betont selbstbewusst.

»Ich wurde gerade als Kandidat für den Vorsitz der UN-Entwicklungsgruppe nominiert«, klagte der Doktor.

»Es ist alles in Ordnung, Doktor. Wir kümmern uns darum.«

»Bitte ... Ich bitte Sie!« Und nach einer Pause fügte er hinzu: »Und rufen Sie mich am Mobiltelefon an, sobald Sie wissen, dass das Problem gelöst ist. Ich werde außerdem an der Rezeption veranlassen, dass man Ihre Anrufe immer durchstellt.«

»Okay«, sagte Emmanuel.

»Und wie um alles in der Welt seid ihr Kerle in mein Fernsehgerät gekrochen? Das ist ja so was von unheimlich!«

Kapitel fünfzehn

»FBI. Ich muss Ihren Internetzugang benutzen.« Snowe legte seine FBI-Marke auf den Tisch der Motel-Rezeption. Es war die am schäbigsten aussehende Unterkunft, die vom Highway aus zu sehen war. Von seiner Zeit als Polizist in Kearns wusste er, dass die Eigentümer schäbiger Hotels den Gesetzeshütern in der Regel freundlich gesonnen waren. Sie gehörten zu den ganz wenigen Leuten, die sich immer freuten, wenn sie ein Polizeifahrzeug kommen sahen, und Snowe hoffte, dass dieser Eigentümer keine Ausnahme war und dass seine Freundlichkeit sich nicht auf die einheimischen Cops beschränkte.

Der Mann an der Motel-Rezeption war fett, und er schwitzte, obwohl er nichts weiter tat, als in einem Sessel zu sitzen. Auf zwei Überwachungsbildschirmen waren Schwarzweißaufnahmen des Parkplatzes und der Lobby zu sehen, in der Snowe sich gerade befand, sodass er sich selbst dabei zusehen konnte, wie er an der Rezeption den Motelangestellten musterte, der seine FBI-Marke und ID inspizierte. Der dachte gerade, dass Snowe mit Jeans und Lederjacke bekleidet war und müde wirkte. Er war schmutzig und schlaff, nicht wie die beinharten Profis, die er als FBI-Agenten aus dem Fernsehen kannte. Auf dem anderen Monitor war der auf dem Parkplatz mit laufendem Motor wartende, altersschwache, weiße Toyota Corolla zu sehen, und auch Denny in seinem Anzug war klar zu erkennen, wie er seinen Kopf zu dröhnender Rap-Musik hin und her warf. Snowe sah ein, dass kaum zwei Menschen vorstellbar waren, die weniger wie FBI-Agenten aussahen. Und er stellte fest, dass der Mann an der Rezeption genau das Gleiche dachte.

»Nein«, sagte der Mann und schob ohne aufzublicken Snowes ID wieder zurück.

»Was heißt da nein?«, fragte Snowe, fassungslos über die Unfreundlichkeit. »Nein, Sie glauben mir nicht? Was genau meinen Sie mit ›Nein‹?« Er geiferte regelrecht vor Zorn. Abgesehen von einer allgemeinen Abneigung Snowe gegenüber hegte der Motel-Typ überhaupt keine Gedanken, die Snowe hätte lesen oder zu seinem Vorteil verwenden können. Er konnte nicht einmal sicher sagen, ob der Angestellte ihm glaubte, dass er beim FBI war, weil die Angelegenheit für ihn so irrelevant war, dass er nicht einmal darüber nachdachte. Er dachte vielmehr an eine Prostituierte, eine schwarze Frau in ihren Dreißigern, die häufig im Motel vorbeischaute und an diesem Abend bereits verspätet war.

»Raus hier, oder ich ruf die Cops«, sagte der Mann, und selbst die Anstrengung, dies zu sagen, schien ihn an den Rand der Erschöpfung zu bringen. Er begann zu keuchen.

»Okay«, sagte Snowe. Er drehte sich um und ging. Im Auto drehte er zunächst die Rap-Musik ab.

»Was ist schiefgelaufen, Bruder?« Denny schaute ihn eine Sekunde lang an, während Snowe ihn wortlos über das Vorgefallene informierte, dann schüttelte er den Kopf. Er griff unter den Sitz und holte die Glock hervor, die er dem Militärpolizisten vor einigen Tagen abgenommen hatte. »Hast du deine Pistole dabei?«

Unter normalen Umständen hätte Snowe ein solches Ansinnen ohne nachzudenken zurückgewiesen, doch die brüske Behandlung durch diesen Motelheini, sein Wissen, dass

Denny nicht beabsichtigte, den Mann zu töten, und seine augenblickliche Frustration und Erschöpfung lösten einen Schub an brutaler Energie bei ihm aus. Auch dass die Überwachungskameras auf ihn gerichtet waren, war ihm egal. »Yeah«, sagte er. Er schnallte sich das Halfter um und schlenderte mit Denny an seiner Seite zurück in die Motel-Lobby.

Der Rezeptionist sah sie kommen, und diesmal zeigte er Emotionen. Verärgerung angesichts Snowes (*Was will das Arschloch jetzt schon wieder?*) und Furcht angesichts Dennys (*Oh shit, oh shit, oh shit*). Bevor Snowe begriff, warum Denny eine derart unmittelbare Angst auslöste, zischte eine Topfpflanze an seinem Ohr vorbei und knallte gegen das dicke Glas, das den Portier in seiner Kabine schützte. Denny ging an Snowe vorbei, der noch immer vor der Glaswand stand und auf den jetzt Erde und Tonscherben niederprasselten, dann hob er sein Bein und versetzte der dünnen Sperrholztür zur Portiersloge einen krachenden Tritt. Die Tür sprang auf, der fette Rezeptionist stieß einen mädchenhaften Schrei aus. Denny fasste den Mann bei den Haaren und schlug seinen Kopf auf den Tisch, der ebenfalls aus Sperrholz war und deshalb mehr Lärm als Schaden verursachte.

»Wir haben Kameras«, krächzte der Mann. »Tun Sie mir nichts! Wir haben Kameras!«

Snowe, der die Szene durch die Glasscheibe beobachtete, spürte eine eigenartige Befriedigung. Wie oft kann man schon erleben, dass rüpelhaftes Benehmen so unmittelbar gerächt wird?

»Du hast deine Chance mit dem *good cop* gehabt«, brüllte Denny, während er dem Mann seine Pistole ans Gesicht drückte. »Jetzt ist die Stunde des *bad cop* gekommen«. Er entsicherte die Waffe und holte sich einen Stuhl heran, damit er dem Mann von Angesicht zu Angesicht gegenübersaß. Snowe las Dennys Gedanken und wusste deshalb, dass dieser Satz genau in diesem Wortlaut Denny gegenüber gefallen war, als dieser verhört wurde. Jetzt genoss er die Gelegenheit, ihn bei jemand anderem anzuwenden. Denny warf Snowe durch das Glas einen Blick zu. Er wusste, dass dieser ihn gerade gelesen hatte, und schenkte ihm ein breites Lächeln.

»Macht es Ihnen was aus, wenn ich Ihre Internetverbindung benutze?«, wandte sich Snowe noch einmal höflich an den Motel-Angestellten.

»Im Hinterzimmer«, wimmerte der Mann.

Snowe ging ins Hinterzimmer. Ein ungemachtes Bett, ein Computertisch. Hier machte er offenbar seine Nickerchen zwischen den Gästeankünften, und hier spielten sich seine Stelldicheins mit der Nutte ab. Er drehte sich um und betrachtete den Motel-Portier, der sein Gesicht von Dennys Pistole wegdrehte und vor Angst schwitzte. Was für ein Leben, dachte er. Er erinnerte sich an die Fälle von häuslicher Gewalt, mit denen er es in Kearns so oft zu tun gehabt hatte. Die Häuser waren immer in erbärmlichem Zustand. Abfälle auf dem Boden, die Betten ungemacht, überall lag Kinderspielzeug herum. Wie kannst du in einem derartigen Ambiente ein guter Mensch sein? Wenn das Einzige, worauf du dich freust, eine Fernfahrerhure ist, wie kann man von dir verlangen, dass du Fremde anständig behandelst?

Der Computer war ein offener Laptop auf dem Bett. Snowe war nicht überrascht, als nach dem Hochfahren der Anzeige eine Pornoseite zu sehen war. Er schloss die Seite und öffnete einen Suchbildschirm. Boston Marathon Top 50 Finishers 2006. Er scrollte die Liste runter, der Name Dobbs war aber nicht zu finden.

Verdammt, dachte er. Plötzlich kam ihm der Gedanke, dass es vielleicht keine so gute Idee war, dass er und Denny ihren gesamten Plan auf einer beiläufigen Bemerkung eines Matrosen aufbauten, den er vor neun Jahren in Alaska getroffen hatte. Er suchte über die Nummer 50 hinaus. Kein Dobbs. Und wenn Dobbs und sein Bruder nicht denselben Familiennamen hatten? Oder wenn Dobbs das alles erfunden und gar keinen Sportlerbruder hatte? Oder überhaupt keinen Bruder? Oder wenn die Erzählung nur Teil eines verrückten Plans war? Alles andere in dem Zusammenhang war doch schließlich Teil eines verrückten Plans. Er scrollte bis zur Nummer 100 hinunter. Vielleicht hatte Dobbs übertrieben, und sein Bruder war gar kein Finisher? Nach wie vor keine Spur von einem Dobbs.

Augenblick mal, dachte er, vielleicht suchte er ja auch im falschen Jahr? Er durchsuchte 2005 bis zur Nummer 100. Noch immer kein Dobbs. 2004, auch nichts. Im Jahr 2003 wurden die Finisher zum ersten Mal überhaupt auf der Website verzeichnet. Er klickte es an, scrollte bis 100 – weit und breit keine Person des Namens Dobbs.

Snowe steckte seinen Kopf in die Motel-Rezeption hinaus, wo Denny geduldig mit dem Angestellten wartete. Kunden betraten die Lobby, Denny senkte die Pistole. Ein älteres Paar kam herein, sah sich um, erblickte den Schmutz und die überall am Boden verstreuten Tonscherben, schaute auf Denny und den Rezeptionistin hinter dem kugelsicheren Glas, machte kehrt und ging wieder hinaus.

»Verlorene Kunden«, sagte Denny. Für den Rezeptionisten war es nur eine Frage der Zeit, bis sie ihn töten würden. *Warum stellt sich der Typ als FBI-Mann vor, wenn die zwei offensichtlich auf irgendeiner kriminellen Tour unterwegs sind? Was zum Teufel macht er in meinem Zimmer? Hab ich die Registerkarte mit der Pornoseite offen gelassen?*

Schon leicht verzweifelt, scrollte Snowe bis zum Ende der Finisher des Jahres 2006. Unter der Nummer 445 war der Name Gregg Dobbs verzeichnet. Neben jedem Wettkämpfer stand dessen Wohnort. Bei den meisten war das Boston. Neben Dobbs' Namen stand Worcester, Massachusetts.

Shit, dachte Snowe. Du verlogener Hund. Top 50 Finisher, von wegen! Er suchte nach Dobbs' Adresse in Worcester, die er zu seiner Erleichterung tatsächlich fand. Die Suchmaschine lieferte ihm, warum auch immer, gleich auch sein Alter: neununddreißig Jahre, so was Ähnliches hatte sich Snowe erwartet. Dobbs war ein häufiger Name, doch die Wahrscheinlichkeit war hoch, dass das der richtige Mann war.

»Gefunden«, sagte Snowe, als er aus dem Hinterzimmer zurückkehrte. Er betrachtete den Motel-Portier, der verängstigt und am Boden zerstört aussah. Snowe nahm zwei Zwanziger aus seiner Brieftasche und reichte sie dem Mann. »Für Ihre Umstände.«

Denny griff sich das Geld. »Was gibst du dem Geld?«, sagte er. »Der soll scheißen gehen.«

»Komm schon, Mann. Schau dir den Saustall an, den du angerichtet hast.« Snowe holte sich das Geld zurück und warf es auf die Theke neben dem Rezeptionisten, der seinen Blick auf den Boden heftete und sich nur wünschte, dass sie abhauten.

Denny zuckte mit den Achseln. »Hey!«, bellte er den Mann an. Dieser hob den Blick, seine Augen vor Angst geweitet. »Du hast heute deinen Glückstag. Das ist ein netter Kerl hier. Sag schön danke.«

»Herrgott nochmal, komm schon«, sagte Snowe.

»Danke«, sagte der Rezeptionist mit kaum hörbarer Stimme.

»So ist's brav«, sagte Denny lachend. »Wir wissen alles über dich, vergiss das nicht. Wenn du die Cops rufst, stell ich Theresas Haus auf den Kopf und lass sie wegen Drogenbesitzes hochgehen.«

»Wer ist Theresa?«, fragte Snowe, als sie wieder in den Corolla einstiegen, und Denny antwortete, ohne zu sprechen. Sie war die Schwester des Motel-Typen, die sich mit dem Verkauf von Stoff in ihrem Haus was dazuverdiente.

Die Tatsache, dass Denny das gewusst hatte, hatte dem Rezeptionisten den Rest gegeben und ihn vollends verwirrt. Warum gaben die sich als FBI aus, untersagten ihm dann aber, die Polizei zu rufen, und hatten andererseits Informationen, die wiederum nur die Polizei haben konnte? Er schaute sich um und tat einen tiefen Seufzer der Erleichterung, als er den zerbeulten Corolla mit quietschenden Reifen vom Parkplatz wegfahren sah. Sein Schaden hielt sich in Grenzen. Er beschloss, die vierzig Dollar zu nehmen, die von Denny verursachte Unordnung zu beseitigen und den ganzen Vorfall ein für alle Mal zu vergessen.

»Okay«, sagte Jerry. »Sieht aus, als wäre er gerade von einem Motel abgewiesen worden, unmittelbar an der I-95. Die Cranworth Motor Lodge.«

»Abgewiesen?«, fragte Terry. Sie warf einen Blick auf den Tacho und stellte fest, dass die Nadel sich auf 160 km/h zubewegte. Besser ein wenig vom Tempo gehen, dachte sie. Sie wollte wegen der damit verbundenen Verzögerung nicht riskieren, von einem State Trooper angehalten zu werden, dem sie dann umständlich die Situation erklären müsste.

»Er war ungefähr zehn Minuten drin, dann ist er zurück auf den Highway«, sagte Jerry, und sie hörte ihn gähnen. Es war schon nach Mitternacht, und der Junge saß noch immer an seinem Schreibtisch. Emmanuel musste ihm gesagt haben, dass er ihn für eine Nachtschicht benötigte. Überstunden machten ihm grundsätzlich nichts aus. Die heutigen Kids scheinen andere Schlafzyklen zu haben als zu meiner Zeit, dachte Terry. Wahrscheinlich würde er zu Hause ohnehin vor irgendwelchen Online-Videos abhängen, bis die Sonne aufging, da konnte er genauso gut in der Arbeit bleiben und dafür noch Geld kassieren.

Terry dachte kurz nach. Warum sollten die sie abweisen? Snowe hatte eine ID und wahrscheinlich auch Bargeld bei sich. »Ruf doch mal das Motel an und frag dort nach, was passiert ist«, sagte Terry.

»Okay.« Jerry klang nicht wirklich überzeugt, und auch Terry erschien das plötzlich keine so gute Idee mehr. Jerry war zwar sozial um einiges begabter als die meisten ihr bekannten Computer-Freaks, aber wenn das Motel-Personal nicht entgegenkommend war und die Informationen nicht rausrückte, würde Jerry nicht wissen, wie er die Leute unter Druck setzen sollte, und dann wäre möglicherweise mehr Schaden als Nutzen angerichtet.

»Weißt du was, Süßer, vergiss es. Wie weit ist es?«

»180 Kilometer«, sagte Jerry mit unverhohlener Erleichterung.

»Das schaff ich in einer Stunde. Ich erledige die Sache selbst.«

»Gute Fahrt.«

Während sie an einem Sattelschlepper vorbeidüste, warf Terry einen Blick auf die Uhr im Armaturenbrett. 2:03 Uhr.

Die gefährlichste Zeit auf der Straße, da um diese Stunde die Bars ihre Gäste nach Hause schickten. Sie bezweifelte aber, dass auf den Interstate Highways allzu viele Betrunkene unterwegs waren. Die Angesäuselten waren auf den Nebenstraßen besser aufgehoben.

Sie blinzelte mit den Augen. Allmählich stellten sich Kopfschmerzen ein. Die kamen häufig zu später Stunde, vor allem, wenn sie zu wenig geschlafen hatte. Die Kopfschmerzen plagten sie seit ihrer Operation, dazu kamen andere Nebenwirkungen, die sie Emmanuel gegenüber besser nicht erwähnte. Gelegentlich vergaß sie die Bezeichnungen einfacher Gegenstände. Einmal wollte sie einen Kellner nach einem Suppenlöffel fragen und konnte sich beim besten Willen nicht an das Wort erinnern. Was war in einer solchen Situation zu machen? Einen Suppenlöffel auf die Serviette zeichnen? Das Suppenessen mimetisch nachahmen, wie beim Charadespiel? Wenn du anfängst, einfache Wörter zu vergessen, merken die Leute gleich, dass dein Gehirn anders ist, und das ist karrieretechnisch nicht sonderlich günstig. Sie hatte gelernt, dieses Defizit zu verbergen. Die Operation war ein voller Erfolg, pflegte sie auf Nachfrage zu behaupten.

Epilepsie im Kindesalter. Gute Story. Man hatte ihr eingeschärft, das zu sagen. Sie war erstaunt, dass keiner der Gedankenleser diese Darstellung jemals in Zweifel zog. Andererseits: warum sollten sie? Die waren außerdem mehr darauf konzentriert, wie ihnen selbst geschah. Sie waren ja keine Neurowissenschaftler, hatten keine Ahnung, was ablief. Die Menschen glaubten, Vertrauen müsse verdient werden. In Wirklichkeit waren die Menschen grundsätzlich darauf eingestellt, zu glauben, was ihnen gesagt wurde. Verdienen musst du dir vielmehr das Misstrauen. Diese zwei Kerle, Snowe und

Denny, waren die beiden Ersten, die ihr je misstraut hatten. Snowe hatte ein Auto gemietet und es in Brooklyn stehenlassen, um sie zu täuschen. War es möglich, dass sie schön langsam anfing, ihre Fähigkeiten einzubüßen?

Nein, sagte sie sich. Sie war so gut wie eh und je. Sie hatte Snowe einfach falsch eingeschätzt, dachte sie. Er war ihr wie ein typischer Polizist erschienen – stets bereit, Autoritäten zufriedenzustellen. Er war so ernsthaft gewesen. Sie war sich sicher, er würde zwei oder drei Tage brauchen, um Denny zu finden, und dass er sie täglich auf dem Laufenden halten würde. In Wahrheit benötigte er nicht mal einen Vormittag – und angerufen hatte er kein einziges Mal! Irgendwas war da schiefgelaufen. Wie gern hätte sie gewusst, was in der Wohnung dieser doofen Barfrau vorgefallen war. Das schien der entscheidende Wendepunkt gewesen zu sein, von dem an alles den Bach runterging.

Angefangen hatte es schon mit diesem bescheuerten Gefängniswärter Coffey, dem Idioten, der im UN-Gebäude ihre Tasche durchwühlt hatte. Alles war im Grunde seine Schuld. Sie fragte sich, was aus ihm geworden war. Ob er seinen Job im Gefängnis noch hatte, oder ob er wieder Bier trinkend auf seinem Wohnwagenabstellplatz abhing und Arbeit als Hausmeister oder so suchte. War er verheiratet? Hatte er Kinder? Sie hatte ihn nie gefragt. War ja auch egal. Geht mir am Arsch vorbei, der neugierige Mistkerl. Was muss er auch in meinen Sachen schnüffeln. Er war ja kein Kind mehr. Er war beim Militär gewesen, drei Einsätze im Irak, oder was weiß ich, hatte er nicht so was erzählt? Der hätte es eigentlich besser wissen müssen.

Aus diesem Grund hatte sie auch den Job bekommen, das wusste sie. Weil sie keine Zeit mit all dem persönlichen

Quatsch verschwendete, mit Sympathie und Empathie und wie auch immer die Psychologen dazu sagen, wenn du wegen jeder Unfreundlichkeit, die du zu verantworten hast, gleich Nervenflattern bekommst. Posttraumatisches Syndrom, und noch 'n Trauma hier und noch 'n Trauma dort, dachte Terry. Jeder hat neuerdings emotionale Narben. Wir entwickeln uns zu einem Volk von Weicheiern. Das hatte sie auch in dem Bewerbungsgespräch behauptet, nachdem man sie von einem Community College in der Nähe von Little Rock weg engagiert hatte. Die Interviewer hatten sich angeschaut und gelächelt. Die meisten Bewerber machten dann eine Karriere bei Walmart. Sie hingegen wurde nach Washington geflogen und einer Reihe von Psychologie- und Intelligenztests unterzogen. Wie es aussah, hatte sie sich bewährt. Es dauerte keinen Monat, und sie hatte ihren Staatsjob und eine privilegierte Sicherheits-Klassifizierung. Besser als ein Job in der Abteilung für Modeaccessoires.

Ein plötzlicher Schmerzanfall ließ sie noch einmal fest die Augen zusammenkneifen, aber die Pein verschwand genauso schnell, wie sie gekommen war. Hatte vielleicht mit dem Stress zu tun, dachte sie. Und der Stress ging auf das Konto dieser beiden Mistkerle. Beruhige dich. Die Sache wird innerhalb von vierundzwanzig Stunden geklärt sein. Sie hatte noch Urlaub offen. Vielleicht würde sie dieses Jahr in die Karibik fliegen. Weiter weg war nicht drin. Letztes Jahr hatte Emmanuel sie von den Bahamas zurückgerufen, weil man einen Neuen in Austin, Texas, entdeckt hatte. Wie viele dieser verfluchten Exemplare gab es überhaupt? An die dreißig oder vierzig von ihnen musste es wohl noch geben. Und es war nun mal so, dass man sie nicht einfach ersetzen konnte, oder dass sie ihre Arbeit mit jemandem teilen konnte. Sie zweifelte daran, dass es allzu viele Menschen mit ihren Qualifikationen gab, die sich freiwillig einer Gehirnoperation unterzogen. Eine »Bastelei«, wie der Doktor es genannt hatte. Wir müssen vielleicht ein wenig basteln. Wie war nochmal sein Name? Alexander Dingsbums? Dingsbums Alexander? Sie erinnerte sich nicht. Sein Gesicht hatte sie noch vor sich. Sie hatte ihn ja auch etliche Male auf CNN gesehen. Nur mit den Wörtern hatte sie gelegentlich ihre Probleme.

Wie viele gab es von ihnen? Und, noch wichtiger: Was würde nach dem Letzten geschehen? Terry dachte nicht viel darüber nach. Langfristige Planung war nicht ihr Ding. Alles war gut so, wie es war. Sie hatte einen wirklich interessanten Job, richtig viel Geld und konnte gratis erster Klasse durchs Land gondeln. Wenn das vorbei war, stellte sie sich vor, würden sie eine ähnliche Aufgabe für sie finden. Vielleicht konnte der Doc sogar ihr Gehirn wieder so einrichten, wie es gewesen war.

Jetzt sah sie die blinkenden Dachlampen eines Einsatzfahrzeuges im Rückspiegel. Obwohl sie mit über 175 km/h unterwegs war, hatte dieser Typ sie im Nu eingeholt. Waren schon verdammt schnell, diese Polizeiautos.

»Jerry, ich hab ein Problem mit einem State Trooper. Kannst du mir da helfen?«

»Yeah, ich ruf seine Einsatzzentrale an«, sagte Jerry. Seine Stimme war etwas verschleiert, als wäre er eben an seinem Schreibtisch aufgewacht. »Fahr jetzt bitte etwas langsamer, damit er deine Nummer lesen kann.«

»Okay«, sagte sie, während sie von einem neuen Schmerzanfall heimgesucht wurde, der sie aufstöhnen ließ. Der Einsatzwagen schloss mit aggressivem Blaulicht hinter ihr auf, sie nahm noch etwas Tempo weg. Siebzig, sechzig, fünfzig. Sie sah zu, wie die Nadel fiel, während der Motor immer mehr verzögerte. Jetzt war der Cop nahe genug an ihr dran, um das Autokennzeichen lesen zu können. Die Zentrale sollte gerade jetzt die Meldung durchgeben, dachte Terry. Und tatsächlich: Der Polizeiwagen fuhr auf gleiche Höhe, schaltete die Einsatzlichter aus und sandte ihr per Hupe einen kurzen Gruß. Terry erwiderte den Gruß per Lichthupe, dann verlor sie ihn aus den Augen.

Sie peitschte den Wagen jetzt wieder hoch auf 160 km/h. Auf einer Plakatwand sah sie eine Werbung für die Cranworth Motor Lodge. Noch dreiundzwanzig Kilometer. Das Plakat zeigte eine glückliche Familie, die am Pool entspannte. Darunter stand: »Wer Spaß hat, dem vergeht die Zeit wie im Flug.«

Ach ja, in der Tat?, dachte Terry.

Der Motel-Portier zuckte zusammen, als sie ihre FBI-Marke zeigte. »Bitte«, sagte er. »Bitte, ich will keine Probleme.«

»Was denn für Probleme?«

»Sie dürfen den Computer benutzen!«, rief er in Panik aus. »Ich hol ihn für Sie raus!« Er ließ sich von seinem Stuhl gleiten und ging in sein Zimmer zurück. Einen Augenblick später war er wieder da, mit seinem Laptop in der Hand. Er stellte ihn auf den Sperrholzschreibtisch und forderte Terry auf, um die Glaswand herum in sein Büro zu kommen. Als sie die Portierloge betrat, bemerkte sie gleich die Unordnung und die frische Kerbe im Sperrholz.

»Was ist hier vorgefallen?«

»Der Typ …« Der Motel-Angestellte hörte plötzlich zu reden auf, seine Gesichtszüge in Angst erstarrt. »Ich weiß es nicht«, sagte er. »Ich war nicht hier.«

Was für eine abgefahrene Story ist denn das nun wieder, dachte Terry. Warum dreht der Mann fast durch? Warum hat er den Computer geholt? Woher kommen die Schäden an der Bürotür? Und warum hat der Mann einen Bluterguss am Kopf? Während sie sich all diese Fragen stellte, war ihr klar geworden, dass Snowe und Denny hier sicher nicht einchecken wollten und »abgewiesen« worden waren.

Terry zog sich einen Stuhl heran und legte dem Rezeptionisten sanft die Hand auf den Arm. »Okay, mein Lieber, fangen Sie ganz von vorne an. Erzählen Sie mir, was die beiden Männer Ihnen angetan haben.«

Langsam beruhigte er sich, sein Keuchen ließ etwas nach. Er schaute ihr in die Augen. Terry erwiderte seinen Blick mit warmherziger und mitfühlender Miene. »Die waren gar nicht beim FBI?«, fragte er mit zitternder Stimme.

»Die waren vielleicht in der FBI-Datenbank«, sagte Terry mit einem sauren Lächeln. »Sie stehen auf unserer Schwerverbrecherliste ganz oben. Irgendwie sind sie zu einer FBI-Marke gekommen. Aber nein – sie sind ganz bestimmt keine FBI-Agenten, und sie werden auch ganz bestimmt nicht zurückkommen.«

»Und was ist mit Theresa?«, fragte er. Er klang wie ein kleines Kind.

Terry hatte keine Ahnung, wer diese Theresa war, aber sie stellte sich vor, dass einer der beiden mit diesem armen Teufel ein wenig Gedankenlesen gespielt und ihn dabei bis aufs Mark erschreckt hatte. Sie tippte auf Denny. »Theresa hat nichts zu befürchten«, sagte sie, nicht ohne seinen Arm ein klein wenig zu streicheln. »Auch Sie haben nichts zu befürchten.«

Die Armkosung zeigte Wirkung. Wahrscheinlich, dachte

Terry, hat ihn lange keine Frau berührt, ohne dass er sie vorher dafür bezahlt hat. Seine Gesichtszüge hellten sich zu einem freundlichen Lächeln auf. »Ich habe Kameras«, sagte er stolz. »Die hab ich letztes Jahr installieren lassen. Sie können sich die ganze Geschichte anschauen.«

Kapitel sechzehn

Ein seltsames Gefühl, Denny wiederzusehen. In der vergangenen Woche erlebte sie ihn nur in der Erinnerung oder auf Fahndungsfotos, hier war er auf einem Video zu sehen, das kaum drei Stunden alt war. Wie er eine Topfpflanze gegen ein Plexiglasfenster schleuderte, eine Tür eintrat und den Kopf eines Mannes auf die Tischplatte knallte.

Denny, wie er leibt und lebt. Wie in den guten alten Zeiten, dachte Terry bei sich.

Snowe stand bloß abseits und schaute zu.

Er spielt den Part des Intellektuellen, dachte Terry. Er war von den Kameras weg ins Hinterzimmer gegangen, um den Computer zu benutzen. Das erklärte auch das seltsame Verhalten dieses Kauzes, der ihr, kaum war sie eingetreten, schon mit seinem Laptop auf den Leib rückte. Das bedeutete, dass Snowe wusste, man würde ihm auf die Spur kommen, wenn er einen Computer von einem Hotelzimmer aus benutzte, in das er mit der Kreditkarte eincheckte, die sie ihm gegeben hatte. Er ergriff also aktiv Maßnahmen, seine Spur zu verwischen – kein gutes Zeichen. Allerdings hatte er entweder nicht daran gedacht oder wusste einfach nicht, dass er über sein Telefon nach wie vor verfolgt werden konnte.

Terry klickte sich durch den Browser-Verlauf des Laptops zurück. Das schaffte sie sogar ganz allein, ohne Jerrys Hilfe. Porno, Porno und noch mehr Porno. Du meine Güte! Sie bezweifelte sehr, dass Snowe und Denny in der Cranworth Motor Lodge angehalten hatten, um mal kurz einen Blick auf

Geile Hausfrauen 13 zu werfen. Zwischen all den Pornotiteln und Triple-X-Seiten entdeckte sie zwei einsame Einträge. Websuchen. Um 1:53 Uhr nachts.

»Um welche Uhrzeit wurde das Video aufgenommen, mein Süßer?«, fragte sie den Rezeptionisten.

Er spulte die Aufnahme zurück und konnte zusehen, wie sein Kopf vom Tisch zurücksprang, sich ein zersplitterter Tontopf wundersamerweise wieder zusammenfügte und sich friedlich zurück auf seinen Platz auf dem Tisch begab, und wie Snowe und Denny rückwärts zur Tür hinausmarschierten. Er war froh, dass das Video keine Tonspur hatte, so konnte diese sexy FBI-Agentin sein mädchenhaftes Gekreisch nicht hören. Ohne Ton betrachtet, hinterließ er eigentlich sogar einen recht heldenhaften Eindruck. Na ja, so einigermaßen.

»Sie haben das Gebäude um 1:51 Uhr betreten«, sagte er. Er hoffte, das klang irgendwie amtlich und offiziell.

Alles klar, dachte Torry, dann musste das Snowes Websuche sein. Boston Marathon Top 50 Finishers 2006. Dann 2005. Dann alles zurück bis ins Jahr 2003. Ging's da um eine Wette oder was? Was zum Teufel war so wichtig über den verfluchten Boston-Marathon, dass die beiden mitten in der Nacht ein Motel ansteuern, um es rauszufinden? Dann sah sie noch eine Suche. Nach Gregg Dobbs. Und seine Adresse. Sie hatten einen Mann gesucht, der den Marathon gelaufen war. Warum? Es spielte keine Rolle.

Weil sie genau wusste, wohin sie unterwegs waren.

Sie holte die DVD aus dem Sicherheitssystem raus. »Wir brauchen die als Beweismittel«, sagte sie. In sein ungläubiges Staunen hinein winkte sie ihm nochmal freundlich zu und verließ das Motel mit dem einzigen Ding in der Hand, das als

Beweis dafür dienen konnte, dass all die rätselhaften Vorfälle dieses Abends tatsächlich stattgefunden hatten.

Sie setzte sich wieder ins Auto und fuhr zurück auf den Highway. Sie drückte auf die Anruftaste am Lenkrad und scrollte auf ARBEIT runter. »Jerry, bist du da?«

Alles still.

»Jerry, aufwachen!«, schrie sie ins Mikro.

Sie hörte schlurfende Geräusche und Gähnen. »Yeah«, sagte Jerry, der versuchte, topfit zu klingen. »Ich bin hier.«

»Du musst alles über einen Typ namens Gregg Dobbs rausfinden.« Sie gab ihm die Adresse in Worcester, Massachusetts. »Vielleicht findest du ja etwas, was ihn mit Snowe oder Denny verbindet.«

»Mm-kay«, sagte er schläfrig.

Als sie auf das Gaspedal stieg, um wieder auf 160 km/h zu beschleunigen, spürte sie einen angenehmen Adrenalinschub. Die Kopfschmerzen ließen nach. Sie fühlte sich wieder gut.

Kapitel siebzehn

»Das hier, das ist das Haus«, sagte Denny. Snowe fuhr mit dem Corolla ran und parkte auf der anderen Seite einer baumgesäumten Vorstadtstraße. Sie fanden sich vor einem kleinen Terrassenhaus aus Holz wieder. Jede Menge Holzhäuser hier in der Gegend, wie in Michigan, dachte Snowe.

»Und wie in Oklahoma«, sagte Denny, was Snowe wieder daran erinnerte, dass seine Gedanken nicht privat waren. »Ach was, fast überall im Land sehen die Häuser so aus.«

Ein Dunstschleier legte sich über das abgefahrene Straßenpflaster, als das erste Tageslicht zwischen den Zweigen der Bäume hindurch zu leuchten begann. Snowe stellte den Motor ab und bemerkte, wie ruhig es in dieser Straße war. So ein Leben hatte er sich immer vorgestellt: ein kleines Häuschen in einer friedlichen Umgebung mit viel Grün. Mit einer Frau und zwei oder drei Kindern und einem anständigen, aber nicht zu extravaganten Auto. Das Auto hatte er schon mal gekauft – dann geriet der Plan ins Stocken. Die Anforderungen des Berufs, dachte er. Die anderen Cops hatten ihm immer über die Scheidungsstatistiken bei Polizeibeamten berichtet. Die meisten älteren Kollegen in der Dienststelle Kearns waren entweder geschieden oder bereits zum zweiten Mal verheiratet. Warum sollte man Energie und Zeit auf etwas verschwenden, wenn die Wahrscheinlichkeit so klar gegen einen Erfolg sprach.

»Noch ärger ist's, wenn du mit Drogen handelst«, sagte Denny. »Bei der Karriere stehen die Chancen noch schlechter, dass du dich irgendwann in einem Häuschen mit Familie niederlassen wirst.«

Snowe schaute zu ihm rüber. Ihm war noch nie der Gedanke gekommen, dass Denny jemals Sehnsucht nach so einem Leben gehabt haben könnte. »Sag mal, hörst du dir eigentlich jeden meiner Gedanken an?«

Denny lachte. »Das kannst du ja auch mit mir machen.«

Snowe zeigte durchs Fenster auf das Haus, wo soeben ein Licht eingeschaltet wurde. »Es ist Viertel vor sieben. Zu früh zum Klopfen, was meinst du?«

Denny zuckte mit den Achseln. »Das Licht ist an.«

Snowe öffnete die Autotür und fühlte bei den ersten zögerlichen Schritten, wie das Blut in seine Beine zurückkehrte. Die ersten kühlen Herbsttage standen vor der Tür. Es war seine liebste Jahreszeit, wenn die Blätter sich zu färben begannen, zum ersten Mal ein Mantel für draußen nötig war, der Atem am Morgen sich frostig zeigte. Er spürte Feuchtigkeit in der Luft. Es war noch mehr Regen im Kommen. Wie ging doch gleich der Dylan-Song?

»A Hard Rain's A-Gonna Fall«, sagte Denny.

»Kannst du damit bitte aufhören?«, fragte Snowe, als er die Autotür zuknallte.

Denny zuckte mit den Achseln. Sie gingen auf das Haus zu. Sie hatten sich kaum ein paar Schritte vom Auto entfernt, da öffnete sich die seitliche Eingangstür, und ein Mann in Trainingshosen und T-Shirt kam raus. Er war barfuß, ging aber rasch, in der Hand einen Abfalleimer. Als er Denny und Snowe sah, blieb er stehen.

»Mr. Dobbs?«, rief ihm Snowe zu.

Mr. Dobbs war groß und athletisch, wie man sich einen Langstreckenläufer vorstellte. Er hatte eine Glatze und sah überaus seriös aus, wie Snowe fand. Typisch mittleres Management. Überrascht stand er neben seiner Mülltonne, und Snowe bemerkte, dass er wesentlich beunruhigter war, als es den Anschein hatte. In seinem Bewusstsein mischten sich Angst und Sorge, während er versuchte rauszubekommen, wer die beiden Typen da waren. *Sind das Polizisten? Ist jemand gestorben?*

»Alles in Ordnung«, sagte Snowe und hielt die FBI-ID-Marke hoch, die Terry ihm gegeben hatte. »Wir hätten da bloß ein paar Fragen.«

Mr. Dobbs wusste nicht allzu viel über das FBI, aber er war sich ziemlich sicher, dass FBI-Agenten nicht in einem alten Toyota Corolla herumfuhren und aussahen, als hätten sie die Nacht im Wagen verbracht, um ihn dann um 6:45 Uhr am Morgen abzupassen, während er den Müll entsorgte.

»Worum geht's?« Während er dies sagte, kam ein blonder Junge, vielleicht vier oder fünf Jahre alt, herausgelaufen und rief nach ihm. Er war verärgert, weil sein Bruder was mit der Milch für sein Müsli angestellt hatte. Der Junge blieb stehen, als er seinen Vater mit zwei fremden Männern reden sah. »Geh wieder rein, Aidan«, sagte er.

Aidan blieb zunächst einfach stehen, und erst als sein Vater ihn nachdrücklicher dazu aufforderte, ins Haus zu gehen, machte er kehrt und rannte zurück.

»Wir hätten ein paar Fragen über Ihren Bruder«, sagte Snowe.

»Meinen Bruder? Danny?«

Snowe kam plötzlich in den Sinn, dass er Dobbs' Vornamen gar nicht kannte und dieser Mann hier möglicherweise mehr als einen Bruder hatte. »Derjenige, der in der Navy gedient hat. In Alaska.«

Dobbs hielt inne und starrte sie ein paar Sekunden lang an. »Doug. Sie wollen mich über Doug fragen.«

Snowe sah einige Bilder von Doug im Bewusstsein Dobbs' auftauchen. Derselbe lächelnde, blonde Bursche, den er aus dem Freizeitraum in der Navy Base in Adak in Erinnerung hatte. Nur war Doug hier ein Teenager, der in seinem Zimmer über Kopfhörer Musik hörte. Doug lachte mit Dobbs über ein Mädchen, das ihnen gefiel, in der Highschool. Doug, dieser Typ, den Snowe nur von einem einzigen Abend kannte, der sein Leben änderte, dieser Doug war plötzlich zu einer Person geworden, umgeben von Menschen, denen er wichtig war. Er hatte sich in Mädchen verliebt, Autofahren gelernt und mit seinen Brüdern Baseball gespielt. Plötzlich sah Snowe das Bild eines Grabsteins, in den Dougs Name eingraviert war. Und er sah Sargträger bei einem Begräbnis.

»Fuck«, sagte Denny, der offenbar dieselben Bilder gesehen hatte. Zum ersten Mal hatte Denny ein Wort gesagt. Dobbs richtete seinen Blick auf ihn, jetzt mehr als je zuvor davon überzeugt, dass dieser Kerl kein echter FBI-Agent sein konnte.

»Er ist tot?«, fragte Snowe.

»Das FBI kommt hier zu mir raus, und ihr wisst nicht mal, dass mein Bruder tot ist?«, sagte Dobbs. »Worum geht's hier eigentlich?«

Snowe und Denny sahen einander an. Sie hatten keine Ahnung, wie es jetzt weitergehen sollte. Als FBI-Ermittler machten sie einen reichlich unvorbereiteten Eindruck, das war ihnen klar.

»Ihr zwei seid nicht beim FBI, stimmt's?«

Snowe und Denny schüttelten beide den Kopf.

»Wer seid ihr dann?« Er richtete die Frage an Snowe,

schaute aber auch Denny an. *Der Mann sieht ja recht normal aus, aber der da ist furchterregend. Was zum Teufel geht hier ab? Waren sie Freunde von Doug gewesen? Wie konnten sie bloß nicht wissen, dass er tot ist?*

»Ich bin Polizeibeamter«, sagte Snowe. Und auf einen skeptischen Blick Dobbs' fügte er hinzu: »Nein, ganz im Ernst. Ich bin Streifenpolizist in Kearns, Michigan. Ich hab Ihren Bruder beim Militär kennengelernt, das war 2006.«

»Und Sie?«, wandte Dobbs sich an Denny. »Auch ein Cop?«

»Nein.« Es war eine Weile ruhig, während Dobbs auf irgendeine Erklärung wartete. Schließlich fügte Denny hinzu: »Ich hab Ihren Bruder auch gekannt.«

Das sind die Typen, über die er mir erzählt hat.

Snowe und Denny sahen einander an.

»Er hat Ihnen von uns erzählt?«, fragte Denny.

»Dougie war immer ein freundlicher Mensch gewesen. Er mochte jeden. Nachdem er von der Navy zurückkam, war er nicht mehr derselbe«, sagte Dobbs. »Eines Abends, vielleicht ein paar Wochen vor seinem Tod, gehen wir auf einen Drink in eine Bar, und auf einmal fängt er an, mir diese verrückte Geschichte zu erzählen. Das war so ... ich weiß auch nicht, verdammt schräges Zeug. Ich dachte, vielleicht dreht er jetzt durch, wird verrückt oder was.«

»Was hat er Ihnen erzählt?«

»Er erzählte mir, dass die Navy ihn zu dieser abgelegenen Niederlassung in Alaska geschickt hatte. Dort oben waren auch diese Typen stationiert, für die die Militärbasis nur ein Durchgangsaufenthalt auf dem Weg nach Korea oder wohin auch immer war. Und Dougies Aufgabe bestand darin, mit diesen Leuten eine Bar aufzusuchen. Das war alles – er musste sie nur dazu überreden, mit ihm auszugehen und zu trinken. Ich meine, Dougie war so verdammt freundlich, das war der perfekte Job für ihn.

Allerdings war das gar keine echte Bar, das war eher wie eine Filmkulisse. Der Barkeeper, alle anderen Gäste, das waren so Leute, na, die haben für den Militärgeheimdienst gearbeitet. Und diese Geheimdienstler haben Drogen in ihre Drinks getan, und die Boys sind müde geworden, und dann haben sie sie weggeschafft. Dougie hat sie danach nie mehr wiedergesehen.« Dobbs schüttelte den Kopf. »Ich meine, das klingt doch wirklich crazy, oder?«

Snowe und Denny sagten nichts. Snowe spürte, dass ihm ein einzelner Regentropfen mitten auf die Stirn gefallen war. Er wischte ihn weg.

»Als er mir das alles erzählt hatte, sagte ich zu meiner Frau, Dougie sei verrückt geworden. Verfolgungswahn oder so was. Ich dachte, er würde eines Tages in einer Nervenklinik landen. Er war dermaßen deprimiert. Jede Menge Schuldgefühle hatte der.«

Einige Sekunden lang herrschte Stille. Die drei Männer standen nur da und blickten einander an. Sie hörten zu, wie die Blätter im Wind raschelten.

»Ihr beide seid diese Männer, stimmt's?«, sagte Dobbs. »Ich meine – es ist wirklich passiert?«

»Yeah, es ist wirklich passiert.«

»Haben die euch – na ja, am Kopf operiert oder so Scheiß? Dougie hatte so was vermutet.«

Denny schwieg, also sagte Snowe: »Yeah, sieht so aus. Wir sind danach nicht wirklich gut informiert worden.«

»Tut mir leid«, sagte Dobbs.

»Hey, Mann, mit Ihnen hat das doch gar nichts zu tun«,

sagte Denny. Er blickte sich um, voller Bewunderung für die Stille in diesem vorstädtischen Viertel, und er genoss das Wetter. Die Leute beschwerten sich so oft übers Wetter, aber warum eigentlich? Das Wetter ist eines vom Ersten, was du im Gefängnis vermisst. Kein Regen, kein Sonnenschein, kein Wetterwechsel. Schlechtes Wetter, gutes Wetter, alles egal, solange es sich nur von Zeit zu Zeit ändert. »Wie ist Ihr Bruder gestorben? Glauben Sie, dass da was nicht mit rechten Dingen zugegangen ist?«

»O nein. Nein!«, sagte Dobbs unter heftigem Kopfschütteln. »Nein, nichts dergleichen. Dougie war Alkoholiker. Nach seiner Zeit bei der Navy hat er enorm viel getrunken. Er war so gut wie jeden Tag betrunken. Und er ist ständig betrunken mit dem Auto gefahren. Er ist völlig abgestürzt, und meine Frau sagte immer, sie wäre überrascht, wenn er bei seinem Alk-Konsum dreißig Jahre alt würde. Und er hat's tatsächlich nicht geschafft. Zwei Wochen vor seinem dreißigsten Geburtstag wurde er von einem Lieferwagen überfahren.« Dobbs hatte feuchte Augen bekommen. »Aber nein«, sagte er. »Verdächtig war da gar nichts.«

»Danke«, sagte Snowe, der sich mit einem Mal indiskret vorkam. Er bekam Gewissensbisse, weil sie diesen Mann auf seinem Rasen überrumpelt hatten, als er dabei war, den Müll rauszutragen, und ihn an eine der schlimmsten Tragödien seines Lebens erinnerten. Er wandte sich zum Gehen. Auch Denny nickte dankend und streckte seine Hand hin. Dobbs schüttelte sie.

»Wisst ihr übrigens, dass ihr ganz gezielt selektiert wurdet?«

Snowe und Denny schauten sich an. »Was meinen Sie damit?«

Dobbs zuckte mit den Achseln. »Keine Ahnung, wie viel davon wahr ist, aber Dougie erzählte, dass die nach unverheirateten Männern gesucht haben, die auch noch Einzelkinder waren, also keine Geschwister hatten. Und auch die Eltern mussten gestorben sein. Er sagte, sie hätten ihm das zwar nie ausdrücklich gesagt, aber in den Unterhaltungen mit den Kandidaten hatte sich das klar herauskristallisiert. Also dass keiner dieser Typen Familienangehörige hatte.« Dobbs warf ihnen einen fragenden Blick zu. »Ist das ... ich meine ... trifft das auf euch auch zu?«

Snowe spürte Zorn in sich hochsteigen. Die Ärsche hatten doch tatsächlich Leute ohne familiären Anhang ausgesiebt. Das Böse steckt immer im Detail. Er war ein Einzelkind, und seine Mutter war in dem Jahr an Krebs gestorben, als er zum Militär kam. Sein Vater war gegangen, als er noch klein war. Er blickte zu Denny rüber und sah, dass dieser vor Aufregung rot im Gesicht war. Snowe sah, dass auch er ein Einzelkind gewesen war. Seine Mutter war bei einem Autounfall gestorben, als Denny in der Highschool war. Ein sehr ähnlicher Unfall wie der, dem Doug Dobbs zum Opfer gefallen war. Jahrelang hatte sie getrunken und sich gehenlassen. Sein Vater hatte während eines Großteils von Dennys Leben hinter Gittern gesessen.

»Die haben uns selektiert, Mann«, sagte Denny mit leiser Stimme. »Wie beschissen ist das eigentlich?«

»Tut mir leid«, sagte Dobbs. »Das hab ich nicht gewusst.«

»Ist doch nicht Ihre Schuld, Mann«, sagte Snowe. »Tut mir echt leid wegen Ihres Bruders.« Er blickte hoch zu den Bäumen, als er die ersten Regentropfen eines bevorstehenden Starkregens spürte. In den Baumwipfeln war ein zunehmendes Grollen zu vernehmen, und er stellte fest, dass der Wind stärker geworden war und sich während ihres Gesprächs Regenwolken aufgetürmt hatten. »Sie sagen, er habe das alles in den Unterhaltungen mit uns herausbekommen, dass wir Einzelkinder waren und so.« Snowe kratzte sich am Kinn. »Wie viele waren wir eigentlich insgesamt?«

»Au weia«, sagte Dobbs, als er den einsetzenden Regen gewahrte, und er ging mit seinem Mülleimer zum Gehsteig vor. »Tja, das hat Dougie wirklich zu schaffen gemacht. Ich gehe davon aus, dass es wahrscheinlich ... ich weiß nicht ... vielleicht um die hundert waren?« Er zuckte mit den Achseln. »Ich weiß nicht. Vielleicht mehr. Vielleicht weniger. Aber ich weiß, dass es viele waren. Genug, um Dougie in schwere Schuldgefühle zu stürzen.«

Sie schüttelten einander noch einmal die Hände, während es richtig zu schütten begann. Dobbs hielt plötzlich inne und drehte sich noch einmal zu den beiden um, die im Begriff waren, wieder in den Corolla zu steigen. Der Regen prasselte jetzt so heftig nieder, dass Snowe wahrnahm, wie Dobbs' Shirt sich dunkel einfärbte. Dieser ignorierte das von seinen Wimpern tropfende Regenwasser und ging die paar Schritte auf Snowe zu.

»Wie habt ihr mich gefunden?«, fragte er.

»Der Boston-Marathon«, sagte Snowe. »Wahrscheinlich hatte er Auftrag, nichts Persönliches preiszugeben, aber offenbar konnte er einfach nicht anders. Er hat uns erzählt, dass Sie den Boston-Marathon zu Ende gelaufen sind.« Snowe öffnete die Corolla-Tür und winkte Dobbs noch einmal zu. »Er war mächtig stolz auf Sie.«

Kapitel achtzehn

Snowe schaltete die Scheibenheizung ein, während sie die stillen Vorstadtstraßen entlangrollten. Der Regen trommelte unentwegt aufs Autodach. Denny kochte innerlich noch immer wegen des Auswahlverfahrens. Die hatten doch tatsächlich nach Menschen gesucht, die mutterseelenallein auf der Welt waren.

»Ist nachvollziehbar«, sagte Snowe. »Wir hätten selbst draufkommen können.«

»Anfangs, nachdem mir die Zusammenhänge klarer zu werden begannen, hab ich mir auch überlegt, wie sie's angestellt haben, wie das Ganze abgelaufen ist«, sagte Denny. »Ich hab mir auch überlegt, wie sie uns ausgewählt haben. Ich stellte mir vor, sie hätten vielleicht nur die Besten genommen. Erinnerst du dich an die Tests, die wir immer wieder machen mussten? Ich glaub, da hab ich echt gut abgeschnitten. Und ich dachte, deshalb haben sie mich genommen. Weil ich da was echt gut hinbekommen hab. Ich dachte, ich bin zwar in gewisser Weise eine gescheiterte Existenz, aber irgend so 'n Psychologe hat da bei einem Test rausgefunden, dass ich, na ja, doch was Besonderes bin.« Er lachte, jetzt wirklich belustigt: »Jetzt komm ich drauf, die haben mich genommen, weil mein Daddy im Knast saß und meine Mom Alkoholikerin war.«

Snowe sagte nichts.

»Arschgeigen«, sagte Denny. Er blickte aus dem Fenster, während Snowe von Häuserblock zu Häuserblock rollte und auf dem Weg zurück zum Highway an jeder Stopptafel anhielt. »Hey«, sagte er. »Ich will mir ein Handy kaufen. Du weißt schon, eines von den billigen Dingern, die du im Supermarkt zu kaufen kriegst. Ich will Angela anrufen.«

Snowe hatte Verständnis und war einen Moment lang neidisch. Denny war erst eine oder zwei Wochen in Freiheit, und schon hatte er eine ernsthaftere Beziehung als er selbst. Er zog Terrys Telefon aus seiner Tasche. »Du kannst das da benutzen.«

Denny starrte das Handy an, dann Snowe. »Was ist denn das?« Seine Stimme bebte vor Aufregung, und die wäre Snowe auch dann nicht entgangen, wenn er Denny nicht hätte lesen können.

»Das ist das Telefon, das mir Terry gegeben hat, diese FBI-Tussi.«

Denny zuckte vor dem Ding zurück wie vor einer scharfen Granate. »Mensch, Alter! Mit dem können sie unsere Spur aufnehmen. In diesem Zeug steckt doch ein GPS drin.«

Snowe schüttelte den Kopf. »Du leidest unter Verfolgungswahn. Sie können nur feststellen, von wo aus du telefoniert hast. Ich hab es aber nie benutzt.«

Denny schüttelte zornig den Kopf. »Ich dachte, du bist ein verdammter Cop, Mann. Die Hälfte aller Leute, die heutzutage eingebuchtet werden, haben sie nur deshalb überführt, weil man mit ihren Handys nachweisen konnte, dass sie sich am Tatort befanden. Die haben auch keine Anrufe gemacht. Es genügt absolut, wenn dein Telefon eingeschaltet ist.«

Snowe blickte ihn skeptisch an. »Ist ja nur ein Telefon, Mann.«

»Yeah, und warum haben die dir das gegeben, was meinst du? In das Ding haben sie wahrscheinlich alle nur erdenklichen Verfolgungsprogramme reingepackt.« Denny schossen die Gedanken panisch durch den Kopf, was Snowe einigermaßen beunruhigte. Der meint das wirklich ernst, dachte Snowe, er erinnerte sich aber auch an einen Fall aus Kearns, als die Kripoleute versucht hatten, einen Verdächtigen mithilfe des Mobiltelefons einem Tatort zuzuordnen, und sie außerstande waren, seine exakte Position zu bestimmen. Die einheimischen Blogger und Technik-Freaks hatten sich über sie lustig gemacht, und Snowe und die anderen Cops schrieben alles dem legendären »CSI-Effekt« zu. Die Kollegen von der Kripo glaubten, heutzutage alles lösen zu können, wenn sie nur ein wenig herumrechneten und die Dinge mit einem blauen Licht ganz genau ausleuchteten.

»Wann war das?«, fragte Denny, der ihn offenbar gelesen hatte und dessen Stimme noch immer gestresst wirkte. »Etwa vor fünf Jahren? Shit, Mann, die haben das inzwischen alles längst im Griff. Die Sachen funktionieren jetzt. Wahrscheinlich hören sie in diesem Augenblick unserem Gespräch zu! Fahr mal ran!« Er zeigte auf einen Minimarkt mit einigen Zapfsäulen davor. Denny schnappte sich Snowes Handy und ging rüber zu einem roten Lexus, dessen Besitzer gerade im Shop seine Tankrechnung bezahlte. Rasch warf er das Telefon auf den Rücksitz und setzte sich wieder in den Corolla, der mit laufendem Motor wartete.

»Okay«, sagte er, zufrieden lächelnd. »Jetzt kaufen wir uns ein paar dieser wertlosen Wegwerftelefone, die kein GPS installiert haben. Das Zeug, das die Mexikaner verwenden.«

»Okay, hör zu … Er war bei Dobbs zu Hause. Er hat sich dort acht Minuten aufgehalten. Jetzt ist er zurück in deine Richtung unterwegs.«

Terry nickte. Über der Massachusetts-Mautautobahn war die Dämmerung hereingebrochen, und sie konnte eine dunkelgraue Wolkenbank sehen, die direkt auf sie zukam. Seit dem Motel hatte sie die Scheibenwischer im Intervallbetrieb eingeschaltet, jetzt musste sie auf volle Pulle gehen. Satelliten-Zuspielungen waren bei diesem Wetter zu vergessen, das wusste sie. Selbst wenn sie in der Lage war, das Auto der beiden zu identifizieren, wäre für eine Verfolgung die Bewölkung zu stark.

»Hast du über Dobbs was rausgefunden?«, fragte sie.

»Bin noch dran«, sagte Jerry. Er war jetzt wieder ganz wach und konzentriert. Wie auch Terry, hatte er eine schlaflose Nacht hinter sich, doch sie wusste aus Erfahrung, dass man am nächsten Morgen, wenn die Sonne aufgeht, wieder einigermaßen funktionsfähig sein kann. Dein Körper schaltet automatisch auf Morgenmodus, ob du geschlafen hast oder nicht. Der Schlafmangel macht sich erst nach dem Mittagessen bemerkbar. Überhaupt – das Essen macht's aus. Wenn du nur einen Kaffee trinkst und nicht zu viel isst, hältst du mindestens bis Mittag durch. Mittag würde sie sich ein Nickerchen gönnen.

»Wo ist das Problem?«

»Ich finde einfach keinen Zusammenhang«, sagte Jerry. »Der Mann hat den Großteil seines Lebens in Massachusetts verbracht. Ging ans College in Boston. Arbeitet als Ingenieur. War nie in Michigan oder Oklahoma. Soweit ich sehe, hatte er niemals Kontakt mit Denny oder Snowe.«

»Okay, bleib dran«, sagte Terry. Sie gähnte, streckte sich und rieb sich den Nacken, ohne die Augen von der Straße zu nehmen oder langsamer zu fahren. Sie hätte gern gewusst, ob da vorne irgendwo ein Starbucks daherkam. Sie hätte natürlich Jerry fragen können. Der würde ihr die Entfernung auf den Meter und den Zentimeter genau mitteilen und sie nötigenfalls hinlotsen. Egal! Sie wollte zuerst die beiden Saftsäcke zu fassen kriegen. Adrenalin war noch immer besser als Kaffee.

»Die beiden kommen in deine Richtung«, sagte Jerry. »Die werden dir jeden Augenblick begegnen.«

Terry blickte sich um. Überall Verkehr, der sich noch immer recht flott bewegte. Die nächste Ausfahrt sechs Kilometer entfernt. »Gib mir Bescheid, wenn sie an mir vorbeifahren.«

»Okay, könnte aber zu einer Verzögerung kommen.«

Terry verlangsamte auf etwa fünfzig Stundenkilometer und beobachtete vom rechten Fahrstreifen aus den Verkehr Richtung Osten. Pkws und Lastwagen, nichts Besonderes. Ein Sattelschlepper, ein Klein-Lkw, ein weißer Pkw, eine schwarze Limousine neuerer Bauart, ein rotes Auto. Terry wünschte, sie würde sich bei Autos besser auskennen. Für sie sahen sie alle mehr oder weniger gleich aus – Autos halt. Mit Rädern und Windschutzscheiben und Türen. Wenn es sich nicht gerade um einen Ferrari oder eine speziell abgefuckte Karosse handelte, ließ sich darüber wenig mehr sagen. Ein rotes Auto, ein silberfarbenes Auto, noch ein Sattelschlepper.

»Jetzt!«, sagte Jerry. »Eure GPS-Signale befinden sich am exakt gleichen Ort. Und jetzt ... sind sie vorbei.«

Terry spähte nach den Autos, die soeben vorbeigefahren waren. Es kamen eigentlich nur zwei in Frage – das rote und das silberfarbene. Sie beschleunigte, überquerte unter geflissentlicher Nichtbeachtung wütender Hupsignale der von ihr geschnittenen Fahrer drei Fahrspuren und bog schließlich in den Grasstreifen ein, der die beiden Fahrbahnen trennte.

Innerhalb weniger Sekunden hatte sie ihre Fahrtrichtung von West auf Ost umgekehrt. Und schon wieder machte sich ein State Trooper mit Blaulicht bemerkbar, der es auf sie abgesehen hatte.

»Jerry, die State Trooper sind wieder hinter mir her. Kannst du sie mir vom Hals schaffen?«

»Kein Problem.«

Terry hielt auf das silberfarbene Auto zu, als der Verkehrsfluss sich merklich verlangsamte. Es sah so aus, als wäre der Verkehr weiter vorne bereits völlig zum Erliegen gekommen. Der State Trooper stellte sich direkt hinter sie und schaltete sein Folgetonhorn ein.

WEEEEEEEEIIIIIIIIIIIII WEEEEEEEEIIIIIIIIIIIII WEEEEEEIIIIIIIIIIII!

»Verflucht, Jerry, kannst du nichts dagegen machen?«, schrie Terry. Die Kombination aus schlafloser Nacht und heulender Polizeisirene rüttelte an ihrem Nervenkostüm.

»Die Zentrale hat noch nicht reagiert«, schrie er zurück. »Eine Sekunde Geduld.« Das ist das Problem, wenn du diese kleinen Genies ohne College-Bildung von der Straße weg engagierst, dachte Terry. Im College lernt man nämlich, dass pampige Antworten deinem Chef gegenüber unangebracht sind. Noch ein paar Jahre, und die Abteilung geht vor die Hunde mit all diesen superklugen und extrem disziplinlosen kleinen Wichsern …

WEEEEEEEEIIIIIIIIIIIII WEEEEEEEEIIIIIIIIIIIII WEEEEEEIIIIIIIIIIII! TÖÖÖÖT TÖÖÖÖT. WEEEEEEE-IIIIIIIIIIIII!

Dem Typ hinter ihr reichte es langsam. Terry klappte den Deckel der Armlehne hoch und holte aus dem kleinen Fach zwischen den Sitzen ihre Pistole hervor.

»Sieht dieser Trottel denn nicht das offizielle Autokennzeichen an meinem Wagen?«, rief sie ohne bestimmten Adressaten aus. Sie legte sich ihre 25er-Kaliber in den Schoß und begann sich durch den Verkehr zu schlängeln, um das silberfarbene Auto in den Blick zu bekommen.

»Ich hab gerade mit seiner Zentrale gesprochen«, sagte Jerry ruhig und langsam, als würde er mit einer psychisch Kranken sprechen. »Die informieren den Mann jetzt gleich.«

Plötzlich schaltete der Trooper sein Blinklicht aus, fuhr neben Terry ran und winkte ihr zu. Sie winkte zurück und versuchte zu lächeln, was aber – so fürchtete sie – wohl eher wie Zähnefletschen aussah. Sie stellte fest, dass sie schwer atmete.

»Der Mann will dir helfen«, sagte Jerry. »Er wird dich eskortieren.«

»Kannst du ihn loswerden?«, fragte sie.

Jerry war ruhig. »Ich sehe da jetzt keine Möglichkeit«, sagte er dann in einem Tonfall, der Terrys Frage als lächerlich erscheinen ließ. Und Terry sah ein, dass sie das wohl auch war. »Mensch, Mann«, murmelte sie vor sich hin, ungewiss, ob Jerry sie hören konnte. Sie schloss jetzt zu dem silberfarbenen Auto auf, das die Geschwindigkeit beim Herannahen einer Mautstelle beinahe auf null reduziert hatte. Sie nahm zwei Köpfe wahr, Fahrer und Beifahrer. Das Auto war in Massachusetts zugelassen. Fuck. Wahrscheinlich nicht Snowe und Denny. Sie blickte in den Rückspiegel. Der State Trooper befand sich unmittelbar hinter ihr.

»Wo sind sie, Jerry?«, fragte sie. Ihre Stimme klang müde, auch für sie selbst. »Ich bin an einer Mautstelle.«

»Sie sind durch die Mautstelle bereits durch«, sagte Jerry. »Sie sind etwa einen Kilometer vom Schranken entfernt. Die gute Nachricht ist, dass sie im Stau stecken. Sie kriechen mit fünf Meilen pro Stunde dahin.«

Der State Trooper war offenbar fest entschlossen, sie nicht in Ruhe zu lassen, also beschloss Terry, das Beste draus zu machen. Vielleicht war er ja zu was zu gebrauchen. Sie hielt das Auto einfach am Fahrstreifen an und stieg aus. Er kurbelte sein Fenster runter, als sie auf ihn zukam.

Er war ein junger, gutaussehender Mann, wie Terry feststellte, mit der Mischung aus Bereitwilligkeit und Unschuld, die sie auch an Snowe festgestellt hatte. Einer von den Typen, die immer behaupten, sie wären »zur Polizei gegangen, um das Gute in der Welt durchzusetzen« – und die das auch ernst meinten.

»Ma'am«, sagte der Trooper, als sie neben ihm stand, »wem sind wir auf den Fersen?«

Terry warf einen Blick in seinen Streifenwagen. Die Sitze waren rein, das Clipboard lag bereit, alles lag fein säuberlich an seinem Ort. Keine Fastfood-Verpackungen oder lose Sitzgurte oder anderer Müll auf dem Beifahrersitz. Der Mann hatte die Ordnung im Blut. Sie schaute auf seine tadellose Uniform und das Namensschild. Tolliver.

»Vielen Dank für Ihre Hilfe, Officer Tolliver«, sagte sie in der Hoffnung, dass es überzeugend klang, nachdem die Fahrzeuglenker hinter ihnen bereits missmutig zu hupen begonnen hatten. »Wir suchen ein rotes Fahrzeug, circa einen Kilometer nach der Mautschranke. Mehr hab ich nicht – nur ein rotes Auto.«

»Ich bin Trooper Tolliver«, sagte er mit einem offiziellen Nicken. »Fahren Sie mir nach.«

Nachdem Terry wieder eingestiegen war, führte Tolliver sie an der rechten Seite der Mautstation vorbei, das ging noch schneller als die Expressspur mit elektronischer Abbuchung. Sie rasten über das Straßenbankett und an den im Stau dahinkriechenden Autokolonnen vorbei.

»Jerry, gib mir Bescheid, wenn ich nahe dran bin«, sagte sie, während sie auf dem Bankett hinter dem Trooper herflog.

»Ungefähr dreihundert Meter«, sagte Jerry.

Terry gab Signal mit der Lichthupe und verlangsamte ihr Auto bis zum Stehen. Der Trooper vor ihr stoppte sein Fahrzeug ebenfalls. Sie stieg aus und rannte zu seinem Fenster vor, eine Aktenmappe mit den Fahndungsfotos Snowes und Dennys in der Hand.

»Ma'am?«

»Hören Sie zu«, sagte sie, während sie ihm die Fotos reichte. »Das sind die Knaben, die wir suchen. Sie sind bewaffnet und definitiv gefährlich. Halten Sie Ihre Waffe bereit. Und vielleicht ist's besser, ich gehe vor.«

Tollivers Augen weiteten sich vor Überraschung. »Haben Sie das der Zentrale gefunkt? Vielleicht sollte ich Verstärkung anfordern?«

»Nein!«, schrie Terry, die sofort bemerkte, wie schrill sie klang. Sie versuchte das abzufedern, indem sie, die Fotos entgegennehmend, mit betont ruhiger Stimme hinzufügte: »Es handelt sich um eine von höchster Stelle autorisierte Operation. Wir versuchen das Ganze so unauffällig wie möglich abzuwickeln. Ich bin seit Tagen hinter den beiden her. Wir beide werden die schon kriegen – wir beide ganz allein.«

Bevor Tolliver etwas einwenden konnte, war Terry bereits zu ihrem Auto zurückgetrabt und legte den Sicherheitsgurt an. Sie wusste, was er gerne gesagt hätte. Unterstützung ... Unterstützung ... Protokoll ... bla bla bla. Diese Typen in ihren makellosen Uniformen und netten Meckifrisuren und ihren schneidigen »Jawohl, Sir« und »Jawohl, Ma'am« legten wahrscheinlich auch fürs Zähneputzen ein Protokoll an, dachte Terry. Die Situation war alles andere als ideal, mit Hunderten von Zeugen im Verkehrsstau und dem smarten Streber da hintendran, aber was soll's – sie hatte nun mal kein besseres Blatt in den Händen.

Sie fuhr um Tollivers Streifenwagen herum und rollte langsam das Bankett entlang. Weniger rote Autos, als man meinen möchte, stellte sie fest.

»Wie sieht's aus, Jerry?«

»Etwa 150 Meter.«

Terry legte sich die Waffe in den Schoß und löste den Sicherheitsgurt, während sie auf 25 km/h verlangsamte. Es begann jetzt wieder zu nieseln, sie schaltete den Scheibenwischer ein. Sie spürte einen kühlen, sauberen Adrenalinschub. Die meisten dieser Typen verdienten es eigentlich nicht, es musste halt einfach getan werden. Aber Denny war ein Sonderfall. Der bekam, was er verdiente. Nach einer vollen Woche mit Verfolgung und Rätselraten war es höchste Zeit, diesen Punkt abzuhaken. Zeit zum Feiern. Es war zwar noch früher Morgen, aber sie hatte das Gefühl, es war Zeit für ein feierliches Abendessen zum Abschluss dieses Falles.

Snowe würde in den Schusswechsel geraten. Pech für ihn, dachte Terry. Er schien ein ganz anständiger Kerl zu sein, wie die meisten von ihnen. Snowe hatte immerhin einen Teil seines Auftrags erfüllt. So lautete die Zielvorgabe: Bring sie dazu, eine Aufgabe zu lösen – vor dem Abendessen. Diese Top-Operationen waren teuer und durften auf keinen Fall komplett verschwendet werden, auch nachdem sich das gesamte Programm als Rohrkrepierer herausgestellt hatte. Zwischen den Trümmern ließ sich doch die eine oder andere

Perle bergen. Denny hatte seine Sache im UN-Gebäude gut gemacht. Snowes Aufgabe bestand darin, Denny zu finden. Alle waren sie Sieger.

Nun ja, vielleicht nicht wirklich Sieger im eigentlichen Sinne, dachte Terry lächelnd, während sie am stockenden Verkehr vorbeirollte.

Wie hieß noch mal der erste Typ? Bales. Verdammt, seit der Operation fiel es ihr schwer, sich Namen zu merken. Bales, oder jedenfalls so ähnlich. An sein Gesicht konnte sie sich freilich gut erinnern. Er war als Erster *online* gegangen, zu der Zeit, als es noch so aussah, als würde das Programm ein Riesenerfolg werden. Sie hatten ihn nach Bagram ausgeflogen, um einen gefangenen Taliban-Kämpfer zu verhören. In fünf Minuten war die Sache erledigt. Kein Waterboarding, keine peinigenden Zwangsstellungen, nichts mit nackt ausziehen und knurrenden Hunden nur Zentimeter von den freiliegenden Genitalien entfernt. Der Taliban hatte nur an einem Tisch gesessen, Bales betrat den Raum, stellte ihm fünf Minuten lang ein paar Fragen und ging dann wieder. Der Mann hatte kein Wort gesagt, doch Bales holte sämtliche benötigten Informationen aus ihm raus. Am nächsten Tag hatten Sondereinheiten das Versteck eines führenden Taliban-Kommandanten in der Provinz Helmand gefunden, nach dem man drei Jahre vergeblich gesucht hatte.

Was für eine Zukunft lag vor ihnen! Schluss mit Folter. Schluss mit geheimen Gefängnissen und Internierungslagern. Dr. Alexander hatte sogar in Aussicht gestellt, dass seine Gedankenleser in der Luftfahrtsicherheit eingesetzt werden können. Also keine Folter *und* kein Schuhe-Ausziehen mehr auf den Flughäfen. Die USA würden ihre verlorene moralische Autorität zurückgewinnen. Amerika war wieder auf den

Beinen. Dr. Alexander würde einen Nobelpreis gewinnen. Oder er hätte einen gewinnen können, hätte die Möglichkeit bestanden, der Welt von seinen Taten zu berichten.

Und dann fing Bales an, sich komisch zu benehmen.

Nachdem er drei Wochen in der Einsatzzentrale in Bagram verbracht hatte, fing er an, mit allen anderen so zu reden, als wären sie seine Freunde. Er hörte auf, die Generäle mit »Sir« anzureden. Wenn er aufgefordert wurde, einen Dorfältesten über Taliban-Verstecke zu befragen, weigerte er sich und verschwand. Stunden später entdeckte man ihn beim Basketballspiel mit afghanischen Kids außerhalb der Basis. Einen auf Besuch weilenden Kongressabgeordneten aus Indiana fragte er, ob er den Krieg für eine gute Sache halte. Dann erzählte er überall herum, der CIA-Stationschef habe eine Affäre mit einer Kollegin.

»Noch circa einhundert Meter.« Jerrys Stimme knarrte im Autolautsprecher. Terry beobachtete die dahinkriechenden Autoschlangen. Wenige Meter entfernt erspähte sie auf der langsamen Fahrspur ein rotes Auto. Zu nahe, außerdem war das rote Auto, das sie gesehen hatte, eine andere Marke und ein anderes Modell. Kleiner auch. Sie wusste nicht viel über Autos, aber Formen konnte sie sich gut merken. Das Fahrzeug, nach dem sie suchte, war eher schachtelförmig.

Bales war fast über Nacht von einem Trumpf zu einer Belastung geworden. Und das betraf nicht nur Bales. Zwei weitere waren *online* gegangen und zeigten ein ähnliches Verhaltensmuster. In Panik rief der Stationschef Dr. Alexander an und fragte, ob man die Sache rückgängig machen könne. Dr. Alexander verneinte. Als Bales dabei belauscht wurde, wie er alles, was er über das Drohnen-Programm wusste, einem pakistanischen Geheimdienst-Offizier erzählte, der auf der Militärbasis keinerlei Zuneigung noch Vertrauen genoss, wurde ihnen bewusst, dass sie ein Problem hatten.

Sie informierten Emmanuel Bentham.

Terry hatte Bales in Fort Lewis im Bundesstaat Washington getroffen, nachdem man ihn – angeblich für einen neuen Auftrag – in die Heimat transportiert hatte. Sie hatte ihn zuerst mal zum Abendessen eingeladen. Von daher kam auch der Code: »Ich lade ihn zum Abendessen ein«, hatte Terry – ganz ohne drohenden Unterton – zu Emmanuel gesagt. Sie wollte mit ihm Abendessen gehen, weil sie hungrig war. Nach dem Dinner und einigen Drinks unternahmen sie einen angenehmen Spaziergang entlang eines ruhigen Wanderwegs am Fuße der Cascades-Berge, wenige Kilometer von Fort Lewis entfernt. Im offiziellen Bericht war von einem Selbstmord aufgrund einer posttraumatischen Belastungsstörung die Rede.

Emmanuel hatte dann als Erster das Codewort »Jemanden zum Abendessen einladen« verwendet. Sie war auch mit den beiden anderen zum Abendessen ausgegangen, doch später hatte sie wegen der zu häufigen *Online*-Fälle dazu kaum noch Zeit. Man wusste nie, wer als Nächster rauskommen würde. Die Abstände zwischen den Fällen verkürzten sich. Dahinter waren kein Muster und keine Logik zu erkennen. Einige kamen nach kurzer Zeit *online*, andere blieben jahrelang im Verborgenen. Sie wussten nur, dass die Operation bei einigen einfach nicht funktioniert hatte und diese niemals *online* gehen würden. Jerry hatte ein System entwickelt, mit dem er sämtliche 183 Kandidaten verfolgen konnte, nachdem man bestimmte Verhaltensänderungen festgestellt hatte, die immer dann auftraten, wenn es geschehen war. Es gab insgesamt vier Parameter, von denen der einzig wirklich relevante die Internetsuche nach »Gedankenlesen« war. Die anderen drei dienten dann nur mehr zur Bestätigung.

Im gegenständlichen Fall blieb ganz sicher keine Zeit für ein Abendessen.

»Okay«, sagte Jerry. »Du müsstest jetzt direkt an ihnen dran sein.«

Terry schaute sich um. Einige Autolängen vor ihr stand auf dem mittleren Fahrstreifen ein rotes, schachtelförmiges Ding mit Vorstadtcharme. Es sah aus, als säße eine Frau am Steuer, war aber nicht klar erkennbar. Vielleicht Denny oder Snowe mit einer Perücke, überlegte sie. Die beiden entwickelten eine zunehmende Cleverness. Terry blinzelte mit den Augen. Da saß zweifellos jemand auf dem Rücksitz. Das musste es sein. Zeit fürs Abendessen. Sie griff nach der 25er-Pistole auf ihrem Schoß und öffnete leicht ihren Mantel, sodass der Mantelschlag die Waffe verdeckte. Es gab keinen Grund, die netten Menschen auf ihrem Weg zur Arbeit unnötig zu erschrecken. Außerdem will man vermeiden, dass jemand zu kreischen beginnt.

Der Regen war hilfreich. Alle hatten die Fenster geschlossen, sodass selbst für den Fall, dass jemand zu schreien anfing, Snowe und Denny dies kaum gehört hätten.

Sie fuhr rechts ran, stieg aus und gab dem Trooper ein Zeichen, hinter ihr zu bleiben. Er zeigte mit fragendem Blick auf das rote Auto. Sie nickte. Er stieg aus seinem Wagen. Sie duckte sich und schlich, die anderen Fahrzeuge der Autoschlangen als Deckung nutzend, an das rote Auto heran, bis sie im toten Winkel auf der Beifahrerseite angekommen war.

Massachusetts-Kennzeichen. Scheiße, das war seltsam. Irgendwas stimmte nicht.

Terry pirschte sich rasch an die hintere Tür auf der Beifahrerseite heran und duckte sich unter das Fensterniveau. Dann erhob sie sich und guckte auf den Rücksitz, ehe sie sich rasch wieder duckte.

Die Person auf dem Rücksitz war ein Knabe von etwa zehn Jahren. Daneben saß ein Kleinkind in einem Kindersitz.

Wie sie bemerkte, hatte sich Trooper Tolliver inzwischen an die Fahrerseite herangeschlichen. Terry wurde erst jetzt bewusst, dass alle Leute rundherum sie anstarrten, als würden sie einen Kinofilm sehen. Sie erfasste einen Türgriff und zog daran. Die Tür war versperrt.

Die Person am Steuer fing zu schreien an. Terry erkannte, dass es eine Frau war, nicht Snowe in einer Perücke. Eine echte Frau. Eine echte Frau, die in diesem Augenblick die Entscheidung traf, das Gaspedal panisch durchzutreten, sodass sie in das Heck des BMW vor ihr krachte. Airbags lösten sich aus. Kinder begannen zu weinen.

Terry hörte Tollivers Stimme von der anderen Seite des Autos. »Ma'am, bitte steigen Sie aus«, sagte er, während er ans Fenster klopfte. Seine Stimme war fest und Respekt einflößend. »Steigen Sie aus.«

»WAS IST HIER LOS!«, schrie die Frau. »LIEBER GOTT, WAS IST DENN LOS!«

»Was zum Teufel fällt Ihnen ein?«, brüllte der Mann im schwarzen BMW, der inzwischen ausgestiegen war und den Schaden konstatierte. »Was ist denn bloß in Sie gefahren?«, brüllte er die Frau an.

»Sir, steigen Sie wieder in Ihr Fahrzeug ein«, sagte Tolliver. Er hatte, im Unterschied zu Terry, seine Pistole wieder eingesteckt. Die wurde sich plötzlich bewusst, dass sie am Höhepunkt der morgendlichen Stoßzeit inmitten der Massachusetts-Mautautobahn mit einer Pistole in der Hand dastand und einen Verkehrsunfall erlebte, an dem sie fast ganz allein schuld war. Dutzende Kraftfahrer starrten sie an, unwillig weiterzufahren, obwohl sich der Stau langsam aufzulösen begann. Was für eine grandiose Unterhaltung!

»Ma'am, steigen Sie aus«, sagte Tolliver ruhig zu der Frau, die noch immer herumschrie und deren Gesicht von Airbag-Staub bedeckt war. Das Kleinkind auf dem Rücksitz heulte. Der Junge starrte Terry mit einer Gleichgültigkeit ins Gesicht, als ob so was jeden Tag passierte.

Terry gab dem Jungen ein Zeichen, die Autotür zu öffnen.

»Ich kann nicht«, sagte er leise durchs geschlossene Fenster. Seiner Mimik war zu entnehmen, dass die Mutter die Kontrolle über die Türen hatte.

»Ma'am, öffnen Sie die Tür«, wiederholte Tolliver. Die Frau heulte aber bloß weiter.

»OGOTTOGOTT! Jemand mit einer Waffe hat gerade an meiner Tür gezerrt!«

Der Fahrer des BMW, ein beleibter, bärtiger Mann in einem tadellosen Anzug, trat an ihr Fenster heran. »Schauen Sie sich an, was Sie angerichtet haben, Sie doofe Ziege!«, brüllte er.

»Sir, gehen Sie zurück in Ihren Wagen«, sagte Tolliver.

»Sehen Sie, was Sie mit meinem Auto gemacht haben? Was zum Teufel ist in Sie gefahren?«

»OGOTTOGOTT!«

»Ma'am, öffnen Sie die Tür. Sir, zurück in Ihren Wagen!«

Durch das Rückfenster konnte Terry sehen, dass das Kleinkind ein Smartphone in Händen hielt. Sie erkannte sofort, dass dies das Telefon war, das sie Snowe gegeben hatte. Er hatte es dem Kind wahrscheinlich zugesteckt, als seine Mutter nicht aufgepasst hatte.

»Sie dumme Kuh!«, schrie der Mann die Frau an.

»Sir, zum letzten Mal«, sagte Tolliver mit monotoner Stimme. »Gehen Sie zurück in Ihren Wagen, oder ich nehme Sie fest.«

Die Frau fing hysterisch zu weinen an.

Terry drehte sich um, ging an den Zuschauern vorbei, stieg in ihr Auto und fuhr davon.

Kapitel neunzehn

»Er hat das Telefon weggeworfen«, sagte Terry, während sie das Straßenbankett bis zur nächsten Ausfahrt entlangraste. Route 9, nächste links. »Hat 'ne Weile gedauert, aber wie's aussieht, hat er's jetzt doch kapiert.«

»Echt Scheiße«, sagte Jerry. »Ich check nochmal, wo wir sie zum letzten Mal geortet haben. Das war beim Haus von Dobbs in Worcester. Sie müssen also dort in der Gegend herausgefunden haben, dass wir sie übers Telefon verfolgen können.«

»Wie bringt uns das jetzt weiter?«

Jerry schwieg einen Augenblick. »Wohl gar nicht.« Und nach einer Pause: »Aber ich hab über Dobbs was Neues zu berichten. Ich verbinde dich mit Emmanuel.«

Oho. Das klang interessant. Terry fuhr langsamer, als sie von der Mautstraße abfuhr. In einiger Entfernung erblickte sie ein Starbucks-Schild in einem Einkaufszentrum. Endlich Kaffee. Sie lenkte den Wagen in Richtung Parkplatz. »Was gibt's, Manny?«

»Dieser Dobbs, sein Bruder war in der Navy.«

»Oh, là, là. War er ein Leser?«

»Nein. Er wurde im Programm eingesetzt.«

Terry hielt den Wagen an. Der Parkplatz war eine riesige Asphaltfläche und leer bis auf wenige Fahrzeuge, die sich alle beim Eingang zum Starbucks zusammendrängten. Sie spürte ihre Kopfschmerzen zurückkehren. »Manny, wie ist das möglich?«

»Ich weiß«, sagte Emmanuel mit gedämpfter Stimme. »Die Suchläufe im Internet lassen vermuten, dass der Typ ihnen von einem Bruder erzählt hat, der den Boston-Marathon gelaufen ist. So sind sie auf den Bruder gekommen. Er ist Buchhalter in Worcester. Ein ganz normaler Typ, wie es aussieht.«

»Gottverdammte Scheiße, Manny. Ich dachte, denen war ausdrücklich verboten, persönliche Informationen preiszugeben ...«

»Ich weiß«, sagte Emmanuel in beinahe besänftigendem Tonfall. »Ich weiß.«

»Jetzt sind die beiden also ganz verdammt scharf drauf, herauszufinden, was da wirklich gelaufen ist.«

»Sieht ganz so aus.«

Terry atmete tief ein und ließ die Luft wieder ausströmen, während sie dem Regen zuhörte, der auf ihr Autodach trommelte. »Okay«, sagte sie nach einer Minute. »Möchten Sie, dass ich diesen Dobbs zum Abendessen einlade?«

Es war einige Sekunden lang still, Terry hörte dem Regen zu und sah zwei Frauen aus dem Starbucks herauskommen und unter dem Vordach ihre Regenschirme öffnen. Zwei Frauen, vielleicht Freundinnen, vielleicht Kolleginnen, die an einem ganz gewöhnlichen Wochentag ihren Geschäften nachgingen. Manchmal erschien ihr so ein Leben erstrebenswert, aber sie wusste, dass sie es nicht lange aushalten würde. Sie war kein normaler Mensch wie diese Frauen. War nie einer gewesen. Schon in der Mittelschule hatte sie Probleme, Freundschaften zu schließen. Sie war immer auf der Suche nach etwas Aufregenderem gewesen, auch wenn sie dabei gegen Regeln verstieß und allerhand Probleme bekam.

»Stellen wir das mal für den Augenblick zurück«, sagte Emmanuel. »Aber ich möchte, dass du dir helfen lässt.«

»Manny ...«

»Terry, ich weiß, was du jetzt sagen wirst. Ich weiß. Aber die Sache ist wesentlich ernsthafter, als du dir vorstellen kannst.«

»Ich weiß sehr wohl, wie ernst die Sache ist ...«

»Ganz in deiner Nähe haben wir einen Mann. Er hat sämtliche Legitimationen und ist einsatzbereit.«

»Alle Legitimationen? Manny, zum Teufel nochmal, du hast bereits jemand angerufen?«

»Er ist Geheimagent, sitzt gleich da oben in Boston und ist bereit, dir zu helfen, wenn es nötig ist«, sagte Emmanuel im Ton eines Mannes, der ein flennendes Kind beruhigen möchte. »Schau mal, Terry, wir müssen das unbedingt hinkriegen, und wir können es uns nicht leisten, irgendwelche Ressourcen ungenutzt zu lassen ...«

»Seine verfluchten Legitimationen sind mir scheißegal«, blaffte Terry zurück. Emmanuel war zwar alles andere als ein Pedant, dem das offizielle Protokoll heilig ist, doch sie merkte, dass ihn die Heftigkeit ihrer Reaktion verblüfft hatte. »Diese Leute können Gedanken lesen, Manny. Welche Legitimation hat er für den Umgang mit so was?«

»Okay, hör zu, wir machen das jetzt wie folgt«, sagte Emmanuel mit fester Stimme und in einem Tonfall, der keine Diskussion mehr zuließ. »Ich ruf dich an, sobald wir irgendwas herausfinden. Bleib inzwischen, wo du bist.« Dann legte er auf.

Terry schlug so fest mit der Hand auf ihr Lenkrad, dass die Hupe kurz feststeckte. Die beiden im Regen ihren Autos zustrebenden Frauen blickten zu ihr herüber und kehrten dann in ihre eigene Welt zurück.

»Hi, Baby«, sagte Denny mit gespielter Gelassenheit. Er benutzte eines der Mobiltelefone, die er und Snowe nach dem Besuch bei Dobbs in einem Gemischtwarenladen gekauft hatten. Sie hatten einige Minuten vor dem Laden gestanden, programmierten jeweils die Nummer des anderen in ihre neuen Handys und riefen einander probeweise an, um sicher zu sein, dass die Dinger auch funktionierten. Dann waren sie zu einem schäbigen Motel gefahren, das sich etwa eine halbe Stunde entfernt von Boston unmittelbar an der Mautstraße befand. Sie hatten vereinbart, getrennte Zimmer zu nehmen, die nicht benachbart waren. Es wäre ganz nett, fanden beide, mal eine Weile nicht die Gedanken des anderen zu hören, und es wäre auch nett, ein wenig auszuruhen. Die grauhaarige alte Lady am Empfang steckte das Bargeld ein und stellte keine Fragen.

Aber Denny fand keinen Schlaf. Er machte sich Sorgen um Angela. Er war besorgt, dass Angela sich um ihn Sorgen machte. Es war nicht richtig, einfach so zu verschwinden. Er hatte sich ihre Nummer an dem Tag eingeprägt, an dem er angefangen hatte, mit Drogen zu dealen, für den Fall, dass Darius ihn erreichen musste.

Er lag ausgestreckt auf dem Bett, glücklich, Angelas Stimme zu hören. Er hatte schon den ganzen Morgen an sie gedacht, nachdem Dobbs berichtet hatte, er sei für die unfreiwillige Gehirnoperation ausgewählt worden, weil er niemanden auf der Welt hatte. Er wusste, dass ihre Beziehung keine realistische Zukunft hatte. Er war erst vor kurzem der Todeszelle entkommen, und sie liebte es, in ihrer Bar nach zwielichtigen Typen zu angeln. Das war eher nicht der Stoff für großartige Romanzen. Aber es tat gut, die Stimme einer normalen Person zu hören, die keine Ahnung von den Dingen hatte, die sein Leben beherrschten. So schräg sie auch war, Angela war das einzig Normale in seinem Leben.

Angela war eine Sekunde lang still, und Denny wusste gleich, dass etwas nicht stimmte. War sie sauer, weil er die Nacht über wegblieb?

»Ach du meine Güte, Brooks.« Ihre Stimme war ungewöhnlich weich. Normalerweise war sie sprachgewaltig, schnodderig, mit einem lauten New Yorker Akzent. Da stimmte definitiv etwas nicht.

»Was ist los, Baby?« Er versuchte fröhlich zu wirken.

»Brooks, wo bist du?«

Denny setzte sich im Bett auf. Irgendetwas war passiert. Sie wusste etwas. »Baby«, sagte er, jetzt mit ernster Stimme. »Was ist los?«

Angela hatte zu weinen begonnen, das wusste er, obwohl sie versuchte, es zu unterdrücken. »Brooks, ist es wahr?«

Er atmete langsam aus. »Yeah«, sagte er – und war auf den darauf folgenden Schrei nicht vorbereitet.

»DU HAST JEMANDEN ERMORDET!«, plärrte sie ins Telefon. »UND ICH HAB DICH IN MEINEM BETT SCHLAFEN LASSEN!«

Mein Gott, dachte Denny, komm wieder runter.

»Ich fühle mich schmutzig!«, schrie sie ihn an, und Denny kam allmählich zu der Überzeugung, dass der Anruf doch keine so gute Idee war. »Du hast mich berührt. Ich habe das Gefühl, ich muss jedes Mal duschen, wenn ich daran denke, was du mit mir gemacht hast ...«

»Na komm schon, jetzt aber mal im Ernst«, sagte Denny, der jetzt seinerseits zornig wurde. Ihm kam die Szene etwas gar zu dramatisch vor, so als hätte sie sie vorher geübt. »Was genau habe ich denn *mit dir gemacht*?«

»DU HAST MICH BELOGEN!« Er konnte sich vorstellen, dass sie die Situation in gewisser Weise sogar genoss. Er wünschte sich, er wäre mit ihr in einem Zimmer, damit er sie lesen konnte. Es fühlte sich seltsam an, mit jemandem ein Gespräch zu führen, ohne jeden Gedanken und jedes Gefühl des Gegenübers zu kennen – also so, wie das ohnehin die ganze Welt tat.

»Nun ja, schon«, sagte Denny in beruhigendem Tonfall. »Natürlich hab ich gelogen. Ich wollte es dir erzählen. Aber ich musste dich zuerst besser kennenlernen.« Während er das sagte, überlegte er, ob es die Wahrheit war. Schon möglich, entschied er. Es gefällt mir, dachte er, mit jemandem zu telefonieren, ohne seine Gedanken zu lesen. Man redete einfach drauflos, so wie alle normalen Menschen es machten. Er beschloss, noch ein wenig dicker aufzutragen. »Ich hätte es dir sicher erzählt, Baby, das schwör ich dir.«

Angela sagte lange Zeit nichts, wohl eine ganze Minute lang. Schließlich sagte sie: »Brooks, warum macht man so was?«

Er erzählte ihr die ganze Story. Als er fertig war, schwieg sie. Sie verzieh ihm. Er entschuldigte sich noch einmal. Er spürte, dass Angela sich über seinen Anruf freute. Cool war das, jemandem eine Freude zu machen. Sie verabschiedeten sich. Sie waren sich beide ziemlich sicher, dass sie einander nie mehr sehen würden, doch es war etwas Beruhigendes an der Tatsache, dass sie das beide unerwähnt ließen.

Die gesamte Konversation dauerte genau acht Minuten und vierundzwanzig Sekunden.

Kapitel zwanzig

Seit dem Telefonat mit Terry war die Stimmung im Büro angespannt gewesen. Es schien, dass Snowe und Denny entkommen waren und wussten, dass sie gejagt wurden. Außerdem war den beiden mehr über ihre Situation bekannt als irgendjemandem vorher. Emmanuel konnte sich vorstellen, wie es mit seiner Karriere weiterging, wenn eine entsprechende Schlagzeile im *Boston Globe* erscheinen würde, dazu ein Bild von Snowe und Denny auf der ersten Seite.

Er wäre am Ende, dachte er. Seine Beförderung könnte er vergessen. Seine Partnerin würde ihn bald darauf verlassen. Er wusste doch, wie die Dinge liefen. Er war der Mann, dem man die volle Verantwortung zuschieben würde. Es würde Anhörungen im Kongress geben. Der Doktor, der General, der Admiral, der Senator – er würde sagen müssen, dass die von allem nichts wussten. Dass alles seine Idee gewesen wäre. Terry und Jerry waren nur Befehlsempfänger. Er befand sich genau an der Stelle, auf die die gesamte Schuld fokussiert würde, und er wusste, dass es seine Aufgabe war, dies auch zuzulassen. Er war zu hoch oben, um als bloßer Befehlsempfänger durchzugehen, und zu weit unten, um die Immunität der Eliten zu genießen. Vielleicht könnte er nach einigen Jahren von irgendeiner Seite eine Begnadigung erhalten, oder ein General oder Admiral oder Senator könnte bei einem einfühlsamen Richter ein gutes Wort für ihn einlegen. Das war das Best-Case-Szenario. Dreißig Jahre Regierungstätigkeit für die Katz, einfach so.

»Dieses Mädchen ist gerade angerufen worden«, sagte Jerry.

»Was für ein Mädchen?«

»Na, die in New York. Angela Cataldi. Hat gerade einen Anruf aus Massachusetts bekommen.«

Emmanuel schoss aus seinem Sessel hoch. Unglaublich. Diese Kerle hatten immerhin ihre Spuren in den letzten vierundzwanzig Stunden verwischt. Das war doch gar nicht möglich. »Woher ist der Anruf gekommen?«

Jerry schüttelte den Kopf. »Die Nummer bringt uns nicht weiter. Sie ist bei einer privaten Mobiltelefongesellschaft registriert, die nur diese billigen Wegwerf-Handys verkauft. Sie haben es wahrscheinlich in einem Minimarkt gekauft. Nicht mal GPS oder irgendwas, ein simples Ramschprodukt. Ich kann es nicht mal einschalten.«

Emmanuel fluchte.

»Ich kann auf jeden Fall die Nummer verfolgen«, sagte Jerry. »Ich kann es so einrichten, dass wir das Gespräch in Echtzeit hören, wenn er das Telefon noch einmal benutzt.«

»Okay, mach das. Was ist mit den Sendemasten?«

»Die Sendemasten waren in Framingham, Massachusetts. Der nächstgelegene Ort, den ich mir vorstellen kann, ist etwa hier, gleich an der Mautstraße. Das ganze Gespräch hat über acht Minuten gedauert und wurde zur Gänze über einen einzigen Sender übertragen. Das bedeutet, der Anrufer hat sich nicht bewegt, ist also nicht mit dem Auto gefahren.« Jerry öffnete ein Satellitenbild der Gegend. »Irgendwo hier, nehm ich an.«

Emmanuel warf einen Blick auf das Satellitenbild und war erleichtert, als er sah, dass nur wenige Gebäude zu sehen waren. Er zeigte auf ein langgestrecktes, schmales Haus gleich neben einer Autobahnausfahrt mit einem großen Parkplatz davor. »Was ist das? Ein Motel?«

Jerry tippte und schaute, tippte und schaute. Sein Gesicht glühte vor Intensität, wie Emmanuel feststellte, trotz der Tatsache, dass seine Augen gerötet waren und seine Haut Flecken und die Spuren eines Schläfchens auf der Schreibtischplatte aufwies. Er nickte. »Das ist die Framingham Motor Lodge, gleich neben der Mautstraße gelegen.«

Jetzt aber!, dachte Emmanuel. Er klopfte Jerry anerkennend auf die Schulter. »Gute Arbeit, mein Junge. Wo ist Terry?«

»Sie ist nach Boston in ein Hotel gefahren, um ein wenig auszuschlafen. Sie wollte heute Nacht nach DC zurückkommen.«

Emmanuel nickte »Weck sie auf. Es ist Showtime!« Emmanuel riss beide Arme über seinen Kopf, wie ein Sportler, der in der letzten Minute des Sieges ein Tor erzielt hat. Jerry schüttelte den Kopf und wählte lächelnd Terrys Telefonnummer.

Emmanuel ging zurück in sein Büro und schloss die Tür. Er blickte auf eine Telefonnummer, die mit Tinte auf einen Notizblock neben seinem Sicherheitstelefon geschrieben stand. Er nahm den Hörer ab, dachte kurz nach und legte wieder auf. Er setzte sich hin und starrte die Nummer an. Dann nahm er den Hörer wieder ab und wählte.

Der Anruf wurde nach dem ersten Klingelton entgegengenommen.

»Hallo, ich möchte eine Restauranteinrichtung bestellen.«

»Dazu brauche ich die Adresse«, sagte der Mann am anderen Ende der Leitung.

»Framingham Motor Lodge, direkt an der Mautstraße.«
»Kenne ich. Bin in einer halben Stunde dort.«

David Kelly schaute seinen Bauch an. Er schätzte, dass er an die zehn Kilo Übergewicht hatte. Er hatte fünfzehn der letzten zwanzig Jahre als Angehöriger der Navy-Seals-Sondereinheit verbracht und war vier der anschließenden Jahre für eine private Sicherheitsfirma im Irak und in Afghanistan tätig, und er war körperlich immer in Topform gewesen. Inzwischen war das Angebot an Kriegseinsätzen zurückgegangen, und er hatte bemerkt, dass die Jobs in der Heimat andere körperliche Ansprüche stellten. Keiner fragte mehr nach einem Modellathleten mit dem Körper eines griechischen Gottes. Die Leute wollten eine Durchschnittsfigur. War auch verdammt schwierig, als Vertreter für Restaurantausstattungen durchzugehen, wenn du dich wie eine Katze bewegst, ein straffes Sixpack dein Eigen nennst und fast platzt vor Muskeln.

Er war extra zu einem Kongress für Restaurantausstatter in South Carolina gereist und hatte endlose Handbücher über begehbare Kühlschränke und gewerbliche Geschirrspüler ohne Belüftungsöffnung, chemische Reiniger, Eismaschinen, Kaffeeautomaten, Regal- und Flachgeschirr studiert. Er konnte auswendig Artikelnummern und Vertriebsfirmen aufzählen. Er kannte den Unterschied zwischen einem Longdrinkglas und einem Whiskytumbler und wusste, wie viel diese im Einzel- sowie im Großhandel kosteten. Trotzdem war ihm aufgefallen, dass er sich von den »Kollegen« noch immer unterschied. Am letzten Abend des Kongresses hatte er sich einigen echten Vertretern an der Hotelbar angeschlossen, und wenn er in den langen Spiegel hinter der Bar schaute, musste er feststellen, dass er noch immer viel zu athletisch gebaut war. Offenbar waren die Vertreter von Restaurantausstattungen um eine gute körperliche Verfassung nicht sehr bemüht.

Er beschloss, sich zu ändern. Er setzte sich selbst auf eine strenge Torten- und Süßwarendiät und verzichtete künftig auf seinen täglichen Morgenlauf. Stattdessen setzte er sich an den Frühstückstisch und verspeiste ein paar mit Ahornsirup getränkte Waffeln. In der ersten Woche fühlte er sich total scheiße. Nach einigen Wochen hatte sich sein Körper angepasst. Schon eine erstaunliche Maschine, so ein menschlicher Körper. Gewöhnt sich schier an alles.

Er ging ins Einkaufszentrum und besorgte sich eine neue Garderobe aus möglichst unauffälligen Kleidungsstücken, die zu seiner neuen Figur passten. Außerdem legte er sich ein billiges, graues Auto mit dem Image von Zuverlässigkeit und langer Haltbarkeit zu. Er ließ sich das Haar vom militärischen Kurzhaarschnitt zu einer im mittleren Management beliebten Wuschelfrisur auswachsen. Am schwersten fiel ihm die Trennung von seiner Rolex. Er versetzte sie im Pfandhaus und tauschte sie gegen eine beschissene Allerweltsuhr chinesischen Ursprungs mit braunem Lederband. Er liebte seine Rolex. Ein afghanischer Warlord hatte sie ihm aus Dankbarkeit für erwiesene Dienste geschenkt. Es musste sein, sagte er sich beim Verlassen des Pfandhauses. Der Warlord hätte mich verstanden.

Dann verständigte er alle seine Kontaktpersonen von den privaten Sicherheitsfirmen, dass er einsatzbereit war. Nichts geschah.

Wochenlang saß Dave Kelly herum, verbrauchte seine Ersparnisse und wartete auf seinen ersten Auftrag. Keiner kam vorbei. Keine Anrufe, keine E-Mails. Nichts. Seinem Kontoguthaben konnte er beim Schmelzen zusehen. Er hatte sich einen robusteren Markt für seine Dienstleistungen vorgestellt. Seine Weltsicht war wahrscheinlich durch acht Jahre permanenten Kriegsalltag verzerrt, musste er einbekennen. Er rechnete sich aus, dass er noch etwa sechs Wochen Zeit hatte, ehe er die Miete schuldig bleiben musste. Dann rief Emmanuel an.

Emmanuel kannte Leute, die er auch kannte, und wirkte vertrauenerweckend. Er hatte einen Expressauftrag. Zwei Personen, hunderttausend Dollar. Pro Kopf fünfzig Riesen. Außerdem keine Reisespesen, da Dave in Boston lebte und diese Leute sich praktischerweise in der Stadt befanden. Emmanuel hatte ihm über ein verschlüsseltes Netz auf einem Sicherheitsserver Fotos auf ein E-Mail-Konto gesendet und angeordnet, er solle stillhalten, bis er über ein Wegwerf-Handy, das Dave in einem Minimarkt gekauft hatte, Restaurantausstattung bestellte.

Das war der Morgen, an dem sich das Blatt gewendet hat, dachte Dave. Er verdiente es. Er hatte eine Menge Arbeit investiert, und jetzt war die Zeit der Ernte gekommen. Ganz der *American Way*.

Dave fuhr auf den Parkplatz der Framingham Motor Lodge und blickte sich um. Vom Verkehr auf der nahe gelegenen Mautstraße kam ein tiefes, ununterbrochenes Summen rüber. Das Anwesen sah alt und ein wenig verlottert aus, dachte er. Er wunderte sich, wie Emmanuel, ein Mann von Klasse, in Schwierigkeiten mit Verlierertypen geraten konnte, die in einem derartigen Motel abstiegen. Er schüttelte den Kopf. War ja auch egal. Ging ihn nichts an. Er griff sich seine zerfledderte Aktentasche und setzte sich eine Baseballkappe mit großem Schild und Sonnenbrillen auf, für den Fall, dass die eine Überwachungskamera hatten. Dann begab er sich zur Rezeption.

»Hi«, sagte er freundlich zur Rezeptionistin, einer Frau mittleren Alters mit lächerlich großen Brillen, die überhaupt nicht zu ihrem trüben, leeren Blick passten. »Ich suche zwei Männer aus meiner Firma, ich glaube, die wohnen hier.«

»Sorry«, sagte sie mit harter Stimme, die nicht danach klang, als ob es ihr wirklich leidtäte. »Wir geben keine Auskünfte über unsere Gäste. Möchten Sie einchecken?«

Dave ließ eine Hundertdollarnote auf die Empfangstheke fallen und legte die Bilder von Denny und Snowe dazu.

Die Hundertdollarnote verschwand noch in derselben Sekunde in der Jeanstasche der Frau. »Der da ist Zimmer 14. Der da ist Zimmer 8.«

»Vielen lieben Dank«, sagte Dave. »Könnte ich ein Zimmer neben einem der beiden haben? Hätten Sie da noch was frei?«

Die Frau schaute auf den Computer-Bildschirm. »Zimmer 9 ist frei. Das ist das Zimmer neben diesem Herrn.« Sie deutete auf Dennys Foto. »Es ist nur noch nicht saubergemacht, die Vormieter haben gerade ausgecheckt.«

»Oh, das macht gar nichts«, sagte Dave. »Ich nehm es, wie es ist.«

»Aber das Bett ist nicht gemacht ... Es ist nichts hergerichtet ...«

Dave ließ noch mal hundert Dollar fallen, die ebenfalls augenblicklich aufgesaugt wurden. Der Schlüssel zu Zimmer 9 erschien. Dass die Dame keinen Ausweis verlangte, wunderte ihn nun nicht mehr.

»Wenn Sie die beiden sehen, sagen Sie nichts«, sagte er augenzwinkernd. »Ich möchte sie überraschen.«

Die Frau erwiderte sein Lächeln nicht, sie starrte ihm nur mit leerem Blick nach, als er durch den Regen zurück über den Parkplatz lief. Er öffnete den Kofferraum seines Vernunftautos und entnahm ihm einen kleinen, schwarzen Koffer, der eine Beretta Kaliber 380 und einen Schalldämpfer enthielt. Das Köfferchen verstaute er in seiner zerfledderten Aktentasche. Er holte einen Wandpfostensensor heraus und legte ihn ebenfalls in die Aktentasche. Dann zog er sein Anzughemd aus dem Hosenbund und ließ es lose über den Gürtel hängen, um eher dem Bild eines abgekämpften Vertreters von Restaurantausstattungen zu entsprechen. Er überquerte erneut den Parkplatz und ging zum Zimmer 9.

Er bemerkte einen kleinen Spalt zwischen den Vorhängen im Zimmer 8, durch den man ein klein wenig hindurchblicken konnte. Könnte sich noch als vorteilhaft erweisen.

Auf Zimmer 9 warf Dave seine Aktentasche auf das ungemachte Bett. Er presste sein Ohr gegen die Wand und konnte aus Zimmer 8 unzweifelhaft TV-Geräusche hören. Das würde ganze fünf Minuten dauern, dachte er lächelnd. Er schraubte den Schalldämpfer auf die Beretta und legte die Waffe aufs Bett. Dann zog er Handschuhe an und schob den Fernseher ganz bis ans Ende der Kommode, um so ausreichend freie Wandfläche zu schaffen. Er nahm den Pfostensensor und markierte drei verdeckte Wandpfosten mit einem gelben Signalstift, damit er wusste, wo er schießen musste.

Er trommelte gegen die Wand. »Mach leiser da drüben!«, rief er. »Ich versuche hier zu schlafen.« Das Fernsehgerät war ziemlich leise eingestellt. Ganz schön fies, sich da zu beschweren. Dave lächelte in sich hinein.

Er wartete. Stille. Der Mann reagierte nicht. Dauerte vielleicht eine Weile, bis er es schnallte. Er blickte auf die Beretta in seiner Hand. Die Beretta hatte er schon immer gerngehabt, weil sie so leicht zu tragen war. In letzter Zeit hatte er allerdings manchmal überlegt, sich was Größeres zuzulegen. Ein Gerät mit größerer Reichweite. Er zielte auf die Wand und wartete. Nichts. Na komm schon, Mann, was für ein Kotzbrocken muss ich denn noch sein, bevor du deinen Arsch hochkriegst?

Er schlug nochmal gegen die Wand. »Hey, du Arsch, ich will hier schlafen.«

Jetzt hörte er, wie sich jemand bewegte. Jemand ging auf die Wand zu. Dave schaute auf die Pfostenmarkierungen und schlug noch einmal gegen die Wand.

»Hey, scheiß dich nicht an!« Der Typ hämmerte zurück. Erster Schuss auf Brusthöhe, genau an der Stelle, wo er gegen die Wand schlug. Zweiter Schuss dreißig Zentimeter tiefer. Dritter Schuss nochmal dreißig Zentimeter darunter. Er hörte eine Lampe zu Boden fallen. Stille.

Eine volle Minute lang presste Dave sein Ohr gegen die Wand. Nichts zu hören außer dem Fernseher. Klang nach einer Doku über Schlangen. Verdammt leicht verdiente Fünfzigtausend waren das. Er musste aber sichergehen. Am besten rausgehen und einen Blick durch den schmalen Spalt zwischen den Vorhängen werfen, der ihm zuvor aufgefallen war. Er zweifelte, dass die alte Nutte an der Rezeption gierig genug war, um ihm den Schlüssel zum Zimmer eines anderen Gastes zu geben. Er musste lachen, als er daran dachte.

Zuerst hier auf Nummer sicher gehen, dann überlegen, wie mit dem Typ auf Zimmer 14 zu verfahren ist.

Er wischte die gelben Markierungen mit einem Lappen

von der Wand, schob den Fernseher auf seinen Platz zurück, legte die Beretta und den Wandpfostensensor zurück in die Tasche, nahm die drei Patronenhülsen an sich und verließ das Zimmer. Es kam ihm nicht ungelegen, dass es regnete. Niemand würde sich auf dem Parkplatz aufhalten und neugierige Blicke werfen. Er ging rüber zum Fenster von Zimmer 8 und spähte hinein, um die Leiche auf dem Boden liegen zu sehen, dort, wo sie hingefallen sein musste. Auf dem Boden lag keine Leiche.

Auf der anderen Seite der Fensterscheibe stand ein großer, gesunder Mann, der mit einer Pistole direkt auf seinen Hals zielte. Dann gab er einen Schuss ab.

Kapitel einundzwanzig

Königskobras töten vierzigtausend Menschen pro Jahr. Sie sind unglaublich gefährlich. Das hielt den jungen australischen TV-Moderator nicht davon ab, in den Sack zu greifen und eine rauszuholen. Er hielt das Tier in die Kamera, während er weiter darüber referierte, wie unfassbar gefährlich es war. Denny war fasziniert. Seit einer halben Stunde hatte er die Sendung gesehen, und offenbar gab es kein Tier, wie gefährlich auch immer, mit dem dieser Typ nicht Katz und Maus spielte. Ein selbstmörderischer Verrückter war das, aber er genoss Dennys vollen Respekt.

Der Mann fuhr gerade auf der Ladefläche eines Jeeps irgendwo in Afrika dahin und redete über schwarze Mambas, als Denny beiläufig gewahr wurde, dass jemand das Zimmer nebenan betrat. Zunächst schenkte er dem keine Aufmerksamkeit. Dann hörte er ein Kratzen an der Wand. Er drehte das Fernsehgerät leiser. Kratz, kratz, kratz. Wer checkt in ein Hotelzimmer ein und fängt gleich mal an, an den Wänden rumzumachen? Dann hörte er das unmissverständliche Geräusch eines über die Kommode geschobenen TV-Geräts.

Bloßfüßig kroch er zur Wand hin. Da drüben hegte offenbar jemand die Absicht, durch die Wand zu schießen.

Was sollte diese Scheiße?! Er schlich auf Zehenspitzen zum Nachtkästchen, nahm seine Glock zur Hand und entsicherte sie. *Der erste Schuss muss genau auf Brusthöhe sein,* dachte der Kerl da drüben. *Weiß ja nicht, wie groß der ist, also geh ich beim zweiten Schuss dreißig Zentimeter tiefer, und beim dritten nochmal. Das sollte dann eigentlich reichen.* Dann BUMM BUMM BUMM an die Wand geschlagen. »Mach leiser da drüben!«, schrie der Mann. »Ich versuche hier zu schlafen!«

Denny erstarrte. Wer zum Teufel war dieser Kerl? Wie hatte er ihn gefunden? Hatte das was mit der Gedankenleserei und Terry zu tun, oder war das tatsächlich nur ein Mann, der zu laut eingestellte Fernsehgeräte in Motels nicht ausstehen konnte? Er kauerte sich auf den Boden hinter der Kommode, zum Zerreißen gespannt.

Hatte das mit Angela zu tun? Weil er sie angerufen hatte? Er dachte, dieses Handy konnte nicht geortet werden. Jedenfalls schien dieser Mensch da nicht zu wissen, dass er ein Leser war. Warum sollten die jemanden schicken, der das nicht wusste? Oder dachten die etwa, er könne nicht durch die Wand lesen? Wie ging es Snowe? Hatte der Typ auch an seine Wand gehämmert? Das ergab doch alles keinen Sinn.

Jetzt trommelte er wieder gegen die Wand. »Hey, du Arsch, ich will hier schlafen.«

Hallo, du Pfeife, der Fernseher ist praktisch auf lautlos. Was für ein Macker. Ohne sich mehr als ein paar Zentimeter vom Boden abzuheben, holte sich Denny die Lampe von der Kommode herunter. Er nahm den Schirm ab und drehte die Lampe um.

»Hey, scheiß dich nicht an!«, schrie er zurück. Dann schlug er, immer noch hinter der Kommode kauernd, den Lampenfuß gegen die Wand.

Drei Kugeln kamen durch die Wand. Die erste schlug ihm die Lampe aus der Hand, diese fiel zu Boden, die Glühbirne zerbrach. Die zweite und dritte Kugel trafen das Bett. Dann war es ruhig. Denny bewegte sich nicht. Er hockte hinter der

Kommode und hörte dem Mann im anderen Zimmer beim Aufräumen zu. Er wischte irgendwas von der Wand ab. Dann versuchte er durch die winzigen Einschusslöcher durchzugucken, sah aber nichts. Er dachte an eine Zahlung von fünfzigtausend Dollar. Er musste auf Nummer sicher gehen. Dann dachte er an den Mann im Zimmer 14.

So war das also – er wurde bezahlt und war drauf und dran, Snowe umzubringen.

Denny hörte, wie der Mann sein Zimmer verließ. Er atmete langsam aus. Dieser Typ war unterwegs zu Zimmer 14. Er musste Snowe warnen. Sein Handy lag auf dem Nachtkästchen, und als er aufstand, um es zu holen, bemerkte er, dass der Mann an sein Fenster getreten war und hereinspähte. Zwischen den Vorhängen war ein Spalt. Der Typ trug eine Baseballkappe, die er nach hinten gedreht hatte, damit er sein Gesicht gegen die Scheibe drücken und hereinschauen konnte. Denny fand, er hatte genug von diesem Saukerl.

Er erschoss ihn durch die Fensterscheibe.

Der Mann griff sich an den Hals und taumelte rückwärts über den Parkplatz. Obwohl der Mann sich umgedreht hatte, sah Denny noch immer das Blut aus seinem Hals spritzen. Es sah aus, als würde er ganz normal dahinspazieren und dabei seinen Hals umklammern. Dann fing er zu wanken an. Er legte noch ein paar Schritte zurück, ehe er neben einem Auto zu Boden sank. »Fuck you«, sagte Denny.

Er ging zum Nachttisch zurück und griff nach dem Telefon, doch bevor er wählen konnte, klingelte es. Es war natürlich Snowe.

»Was zum Teufel war denn das?« Er hatte den Schuss gehört.

»Hey, Alter, die haben uns einen Killer geschickt. Der Typ versuchte mich durch die Wand umzulegen.« Auf dem Parkplatz fing eine Frau zu kreischen an. »Alter, wir müssen hier raus.«

»Verdammte Scheiße«, sagte Snowe. »Bin gleich da.«

Denny fand einen Schuh und schlüpfte hinein. Wo zum Kuckuck war bloß der andere? Zum Kotzen war das! Snowe klopfte an seine Tür. Er humpelte rüber und machte auf.

»Was hast du getan?«, fragte Snowe.

»Schau mal«, sagte Denny und zeigte auf die Einschusslöcher. »Der Narr hat durch die Wand auf mich geschossen.«

Snowe sah sich entgeistert im Zimmer um. »Wie zum Teufel haben die uns gefunden?«

Denny knirschte mit den Zähnen und schaute betreten drein. »Alter, ich glaube, ich bin schuld.« Er hielt das Handy hoch. »Ich hab Angela angerufen.«

»O Scheiße!«, schrie Snowe. Er entriss Denny das Handy, wie man einem schlimmen Kind ein Spielzeug wegnimmt. »Was zum Teufel hast du dir dabei gedacht?«

Vom Parkplatz herauf hörten sie die quietschenden Reifen eines Autos, und Denny zog den Vorhang auf. Snowe bemerkte das Einschussloch im Fenster und die Blutspritzer auf dem Glas.

»Die Bullen sind hier. Wir hauen besser ab.« Mit nur einem Schuh an den Füßen drückte Denny die Tür auf und rannte davon.

Snowe stand im Zimmer 8 und versuchte sich einen Reim auf all das zu machen. Vor einigen Minuten hatte er noch fest geschlafen. Er hatte von dem Mädchen geträumt, das er während seiner Anfangszeit als Gedankenleser in Kearns in der

Bar getroffen hatte, die Kleine aus dem Autoladen. In seinem Traum lief die Sache wesentlich besser als in Wirklichkeit. Sie war nur allzu bereit, mit ihm nach Hause zu gehen. Dann BUMM. Er war aufgewacht, und als er nachschaute, sah er einen Kerl mit aufgerissenem Hals, der im Regen über einen beschissenen Motel-Parkplatz wankte.

Die Wirklichkeit kotzte ihn an.

Er öffnete die Tür und stand vor einem jungen State Trooper, der seine Waffe auf ihn gerichtet hatte. Er seufzte.

»KOMMEN SIE AUS DEM ZIMMER! KOMMEN SIE AUS DEM ZIMMER UND NEHMEN SIE DIE HÄNDE HOCH!«, brüllte der Trooper ihn an, obwohl er ja nur ein oder zwei Meter entfernt war. »Hände hoch! Die Hände auf den Kopf legen!«

Kapitel zweiundzwanzig

»Ich bin Polizist«, sagte Snowe ruhig. »Ich habe eine Dienstmarke in meiner Tasche.«

»Kommen Sie raus.«

Snowe ging, die Hände auf den Kopf gelegt, aus dem Zimmer hinaus. Hinter ihm knallte die Tür ins Schloss.

»Haben Sie eine Waffe?«, fragte der Trooper.

»Ja. Eine Smith&Wesson Kaliber 40. Sie ist in meinem Halfter unter der Jacke.« Diese Information verwirrte den Trooper. Er hatte nicht geglaubt, dass Snowe Polizist war, was dieser wusste. »Ich habe eine Dienstmarke in meiner Brieftasche. Kann ich sie Ihnen zeigen?«

Der Trooper nickte. »Langsam, ganz langsam.« Als Snowe nach seiner Brieftasche griff, merkte er, dass er noch immer Dennys Handy in der Hand hielt. Der Trooper nahm das Telefon an sich. Dann warf er einen Blick auf Snowes Dienstmarke.

»Wo ist Kearns?«, fragte er.

»Michigan.«

»Was macht ein Streifenpolizist aus Michigan in Massachusetts?« Bevor Snowe antworten konnte, hatte der Trooper zu einem anderen Dienstausweis in der Brieftasche geblättert – er sah den FBI-Ausweis und die Dienstmarke, die Terry ihm gegeben hatte. »Beim FBI sind Sie also auch?«

»Nein. Der ist nicht echt.«

»Tatsächlich. Die haben Sie wohl in einer Müslischachtel gefunden?«

»Nein, das ist … na ja, kompliziert. Ich bin aber wirklich Polizist.«

»Mmmmm«, sagte der Trooper. »Drehen Sie sich um. Ich werde Ihnen Handschellen anlegen.«

»Ich bin Polizeibeamter«, sagte Snowe noch einmal geduldig.

»Yeah. Blöd nur, dass da ein toter Mann auf dem Parkplatz liegt. Und heute früh hab ich eine FBI-Agentin getroffen – eine echte FBI-Agentin! –, die mir ein Bild von Ihnen gezeigt hat. Sie sagte, Sie seien bewaffnet und gefährlich. Und dieser andere Kerl, der gerade weggerannt ist – ich glaube, das war der andere. Also drehen Sie sich um.«

»Sie ist hier?«, sagte Snowe. »Sie ist in Massachusetts?«

»Umdrehen.« Der Trooper hob seine Pistole hoch, und Snowe wusste mit Sicherheit, dass er schießen würde. Der Trooper legte Snowes Brieftasche auf die Fensterbank und fasste mit beiden Händen nach seiner Pistole. »Umdrehen.«

»Mann, so hören Sie mir doch zu. Die Lady ist ebenfalls keine FBI-Agentin. Sie ist eine Killerin. Sie bringt Menschen um. Sie will mich umlegen, weil ich Gedanken lesen kann.«

»Das ist jetzt die letzte Warnung, dann drück ich ab.«

»Sie haben einen Hund, der Rocky heißt«, sagte Snowe.

Der Trooper hielt inne.

»Ihre Schwester heißt Kendra und wurde vor kurzem in die Tufts Medical School aufgenommen. Sie haben am 18. Oktober Geburtstag.«

Der Trooper starrte Snowe an wie ein Kind, das gerade seinen ersten Zaubertrick erlebt hatte. »Wieso … wie kommt es, dass – wie?« Er dachte kurz nach. »Ich denke mir eine Zahl zwischen eins und …«

»Sechsunddreißig«, sagte Snowe.

»Scheiße«, zischte der komplett verblüffte Trooper. Unendlich verwundert fixierte er Snowe mit den Augen. »Okay, ich denke mir eine andere …«

»Vierundvierzig. Hören Sie, wir können das den ganzen lieben Tag lang machen …«

»Wer wird nächstes Jahr den Super Bowl gewinnen?«

»Was?« Snowe blinzelte ihn an. »Ich hab keine Ahnung. Ich komm nicht aus der Zukunft. Ich kann Gedanken lesen. Schauen Sie …« – er las das Namensschild des Mannes – »… Trooper Tolliver, ich heiße Jared Snowe. Ich bin Streifenpolizist aus Kearns, Michigan. Die Lady, von der Sie glauben, sie sei beim FBI, ist eine Killerin. Ihre Aufgabe besteht darin, mich auszulöschen. Wenn Sie mich festnehmen, wird sie mich in Gewahrsam nehmen und umbringen.«

Trooper Tolliver blickte Snowe nach wie vor entlang eines Pistolenlaufs an, aber ihm war aufgefallen, dass Snowe ihn als Trooper angesprochen hatte, und nicht als Officer, was alle anderen taten und was er nicht ausstehen konnte. Tolliver nahm die Waffe herunter. »Wer ist der Mann auf dem Parkplatz?«

»Da bin ich mir nicht sicher. Aber ich denke, die FBI-Dame könnte das wissen. Der Blödmann auf dem Parkplatz hat versucht, den anderen Typ umzulegen, den Mann, der weggelaufen ist.« Snowe zeigte auf die Tür. »Dieses Zimmer ist voller Einschusslöcher. Der Mann hat ihn definitiv in Notwehr getötet.«

Tolliver drückte die Tür zum Motelzimmer auf. Er blickte sich einige Sekunden lang um, dann kehrte er zurück. Snowe hörte seinen ungeordneten, verworrenen Gedanken kurz zu, während er überlegte, was zu tun sei. »Hau schon ab«, sagte er schließlich.

»Vielen Dank, Mann. Pass auf dich auf. Und erzähl niemandem was davon.« Snowe rannte weg, bevor Tolliver seine Meinung ändern konnte.

Kapitel dreiundzwanzig

Terry bog mit ihrem Wagen in den Parkplatz der Framingham Motor Lodge ein und traf dort auf drei State-Trooper-Streifenwagen mit eingeschaltetem Blaulicht. Sie fuhr näher heran und sah einen toten Mann in einer Blutlache, der in bizarrer Haltung gegen ein weißes Auto gelehnt war. Sie stieg aus, zeigte ihre ID und machte unter den erstaunten Blicken der State Troopers mit ihrem Telefon ein Foto der Leiche. Dann lehnte sie sich gegen die Motorhaube des Autos und sandte das Bild an Emmanuel, begleitet von der Nachricht »Schick keinen Mann, um den Job einer Frau zu tun«.

Einige Augenblicke später klingelte ihr Telefon. »Wie nett von dir, Terry.«

Nun, sie hatte jedenfalls ihre Meinung kundgetan. »Auf dem Weg hierher hab ich den Polizeifunk abgehört. Sieht aus, als wären sie zu Fuß unterwegs, hier irgendwo in der Nähe. Einer von ihnen trägt nur einen Schuh; gut möglich, dass er als Erstes einen Schuhladen aufsucht. Ich bin auf dem Weg hierher an einem Einkaufszentrum vorbeigefahren.«

»Okay«, sagte Emmanuel. »Was brauchst du?«

»Schau mal, ob Jerry an die Notrufstelle der Polizei in Framingham andocken kann. Sobald dort ein Anruf über irgendwas Verdächtiges reinkommt, gebt mir das sofort weiter.«

»Bin schon dabei«, hörte sie Jerry im Hintergrund sagen.

Terry sah sich auf dem Parkplatz um. Eines der Hotelzimmer hatte ein Einschussloch im Fenster. Von dort ging auch die Blutspur aus. Sie stellte sich vor, dass der arme Teufel durchs Fenster geguckt hatte und mit Denny konfrontiert wurde. Was war Emmanuel da bloß eingefallen?

Sie winkte den State Troopers zu, stieg in ihr Auto und fuhr hinunter zum Einkaufszentrum. Sie bemerkte nicht, dass einer der Troopers – derselbe, den sie schon am Morgen getroffen hatte – ebenfalls in seinen Wagen einstieg und ihr folgte.

»Eben ist ein Anruf aus einem Schuhladen gekommen«, sagte Jerry. »Angeblich hat ein Mann gerade einen Schuh aus der Auslage gestohlen.«

»Wo?«, schrie Terry ins Telefon. Die Nachricht hatte ihr einen Adrenalinschub versetzt. Sie trat das Gaspedal durch und raste mit quietschenden Reifen zu dem großen Einkaufszentrum.

»Williamson's Formal Wear auf der Worcester Road.« Sie hörte, wie auf eine Tastatur eingedroschen wurde. »Du bist ganz in der Nähe. Ein paar hundert Meter weiter vorne, auf der rechten Seite.« Terry fuhr mit über fünfzig Stundenkilometer, sodass sich etliche Passanten auf dem Weg zu ihren Autos rennend und fluchend in Sicherheit brachten. Sie fuhr so schnell über eine Bodenschwelle, dass sie mit dem Kopf gegen das Autodach schlug.

»Arschloch«, hörte sie einen Fußgänger rufen. Im Rückspiegel sah sie, wie ihr jemand anderer den Finger zeigte. Dann noch eine Bodenschwelle, und nochmal mit dem Kopf gegen das Autodach. Williamson's Formal Wear. Hier war das Geschäft. Nebenan die Filiale einer großen Buchhandelskette und am anderen Ende des Gebäudes ein Starbucks.

Und dort war Denny gerade dabei, um die Ecke zu rennen.

Sie war sich nicht ganz sicher. Der Typ sah ihm sehr ähnlich. Er bewegte sich schnell, schneller, als man es von einem normalen Kunden erwarten würde. Sie krachte über eine weitere Bodenschwelle und erreichte einen Fußgängerübergang. Vor einer Frau, die mit zwei Kleinkindern in einem Einkaufswagen die Straße überquerte, musste sie eine Notbremsung hinlegen. Die Frau starrte Terry aus kalten Augen an und deutete auf ein Schild mit der Aufschrift »5 Meilen pro Stunde«. Terry lächelte sie entschuldigend an, während sie insgeheim ein »Hau schon ab, du Schlampe« murmelte. Jetzt zeigte die Frau auch noch mit dem Finger auf Terry, die kurz davor war, auszusteigen, die Frau in den Schwitzkasten zu nehmen und ihr Gesicht gegen den Asphalt zu schlagen. Sie biss sich auf die Lippen und winkte noch einmal entschuldigend. In dem Augenblick, in dem sie nicht mehr im Weg stand, sprang Terry wieder aufs Gaspedal und gab ordentlich Gummi, während die Frau ihr irgendwas nachbrüllte.

Sie erreichte das Starbucks-Ende des Gebäudes und schaute nach rechts. Denny war verschwunden. Erneut gab sie Gummi und raste zur Rückseite des Geschäfts.

Da war er, vielleicht fünfzig Meter entfernt, in schneller Bewegung.

Sie fuhr los, nicht zu schnell, doch um einiges schneller, als er zu Fuß ging, vorbei an Müllcontainern und Hintertüren und Laderampen von Großkaufhäusern. Er trug Schuhe unterschiedlicher Farbe. Als sie etwa vier Meter von Denny entfernt war, hielt sie den Wagen an. Sie stieg aus und schloss die Tür.

Denny drehte sich um. Er lächelte.

»Sieh mal an, wer da ist«, sagte er. »Die einzige interessante Person, die ich kenne.«

Kapitel vierundzwanzig

Snowe war nirgendwohin gegangen. Er rannte ein paar hundert Meter in die zu Denny entgegengesetzte Richtung, dann realisierte er, dass er keine Ahnung hatte, wohin er wollte. Er wollte sich vom Highway fernhalten, also ging er in ein Fastfood-Restaurant und bestellte einen Hamburger mit Pommes. Beim Essen beobachtete er den im Regen vorbeifließenden Autoverkehr und versuchte einen Plan zu fassen.

Er legte seinen gesamten Besitz auf den Linoleumtisch. Seine Brieftasche mit 189 Dollar Bargeld. Sein Mobiltelefon mit einer einzigen einprogrammierten Nummer – derjenigen Dennys. Einen Zimmerschlüssel für Zimmer 14 der Framingham Motor Lodge. Und eine Pistole Kaliber 40. Die Autoschlüssel befanden sich noch auf der Kommode in seinem Zimmer, das Auto stand noch immer auf dem Parkplatz.

Und jetzt?

Noch immer regnete es ununterbrochen. Er warf seinen Abfall in den Müllkübel und spazierte die Route 9 entlang, bis er zu einer Bibliothek kam. Er ging hinein und las etwa eine halbe Stunde lang in einem Magazin, dann suchte er einen Drogeriemarkt auf, wo er sich einen Regenschirm und ein Handtuch kaufte. Er stand unter dem Vordach und trocknete sich ab. Inzwischen, so dachte er, war genug Zeit vergangen, um zum Hotel zurückzukehren.

Er lief an der Rückseite der Hauptstraßenhäuser eine kleine Erhebung entlang, von der aus die Mautstraße zu sehen war. All diese Autos, all diese Menschen mit ihren normalen Leben, die alle irgendwohin unterwegs waren. Unterwegs zu Kinos, Einkaufszentren und Supermärkten. Wie großartig, ein ganz normales Leben zu führen. Er hatte das nie so richtig gewürdigt, dachte er, und jetzt war es zu spät.

Er kam von der Rückseite auf das Motel zu und spähte um die Ecke. Ein Rettungswagen war gerade am Wegfahren. Wahrscheinlich bringt er den Mann in die Leichenhalle, dachte Snowe. Zwei Polizeiautos standen noch rum, und überall gelbe Absperrbänder, aber die Situation schien sich zu beruhigen.

Snowe war auf zahlreichen Mordschauplätzen gewesen, und die entwickelten jeweils ihre eigene Dynamik. Zuerst hektische Betriebsamkeit, Sperrbänder werden befestigt, Neugierige werden verjagt, die Leiche wird bedeckt. Dann einige Stunden Langeweile, während die Tatortgruppe ihre Beweismittel sicherstellt. Dann die Reinigung. Alle sammeln ihre Gerätschaften wieder ein und gehen nach Hause. Man kann ja nicht ewig hierbleiben. Irgendjemand ging immer als Letzter. Schließlich wurde der Mordschauplatz, an dem jemand seine letzten Atemzüge getan hatte, wieder zu einem ganz gewöhnlichen Ort.

Hier gab es nun nicht allzu viele Beweismittel zu sammeln. Die Täterfrage stand ja außer Frage. Die Parkplatz-Überwachungskamera hatte alles aufgezeichnet, und jeder Einzelne hatte sich von den Umständen in Dennys Zimmer bereits ein Bild gemacht. Es sah ganz danach aus, dass sie mit der Tatortarbeit fertig waren und sämtliche Messungen und Bilder gesichert hatten. Ein Typ wurde erschossen. Denny hat's getan. Ende der Story. Wozu sollte da eine Unzahl an Bildern, Zeugenaussagen und Patronenhülsen gut sein?

Für Snowe stellte sich die Frage, ob irgendjemand *ihn* bemerkt hatte. War jemand im Zimmer 14 gewesen? Er wollte ja nur schnell rein und sich die Schlüssel schnappen, allerdings nur, wenn es im Zimmer nicht vor Tatortermittlern wimmelte. Wie es aussah, war die Luft rein. Er bezweifelte, dass die alte Vettel an der Rezeption freiwillig mit der Information rausgerückt war, dass Denny in Begleitung eines zweiten Mannes eingecheckt hatte, zumal die Bullen dann gleich zwei ihrer kostbaren Zimmer geschlossen hätten. Er war sich ziemlich sicher, dass die nicht einmal bemerkt hatten, dass sein Zimmer für den Tathergang relevant war, und jetzt waren nur noch zwei Polizeiautos vor Ort. Wenn er noch eine halbe Stunde oder so wartete, würden sie wahrscheinlich auch weg sein, und er könnte endlich das Weite suchen.

Er warf einen Blick auf sein Mobiltelefon. Verdammt, dachte er. Er hatte Dennys Handy an sich genommen, und dann hatte der Trooper es eingesteckt. Wo mochte Denny sein? Wahrscheinlich irgendwo unter einer Brücke versteckt. Der Mann ist ein Überlebenskünstler. Dem passiert schon nichts, dachte er.

Eines der Polizeiautos schaltete das Blaulicht aus und verließ den Parkplatz. Jetzt war nur noch einer hier. Snowe lugte um die Ecke. Der Trooper sammelte die Tatortbänder ein. Aufräumen war angesagt. Beinahe geschafft. Nur noch wenige Minuten.

Eine große, graue Limousine bog in den Parkplatz ein und stoppte neben dem Trooper. Der Fahrer wechselte ein paar Worte mit dem Cop. Klingt nach einer Frau, dachte Snowe. Das Auto sah aus wie ein Dienstwagen. *Shit*, er hoffte, dass da nicht noch ein Ermittler gekommen war. Das Auto rollte vor den Haupteingang, die Fahrerin stieg aus und ging rein.

Es handelte sich um Terry.

Schöne Scheiße. Terry war der einzige Mensch, der über ihn Bescheid wusste, und wahrscheinlich zeigte sie in diesem Augenblick gerade diesem elenden Rezeptionsdrachen sein Foto, und die würde behaupten, sie kenne den Mann nicht, dann würde Terry ihr Feuer unterm Arsch machen, und sie würde einknicken und kleinlaut sagen: Zimmer 14. Und Terry würde aus dem Büro rauskommen, was sie in diesem Augenblick gerade tat, und die Fahrzeuge auf dem Parkplatz entlanggehen, um herauszufinden, in welchem Snowe und Denny hierhergekommen waren. Sie würde Nummerntafeln begutachten und das New-York-Kennzeichen auf dem Corolla entdecken, und sie würde wieder in ihr Auto steigen und dieses so unauffällig wie möglich an einer Stelle parken, von der aus sie die Tür zum Zimmer 14 und den Corolla beobachten konnte. Und dann würde sie einfach nur dasitzen und warten.

Der letzte State Trooper fuhr, Snowe fluchte. Wenn er bloß fünf Minuten früher gefahren wäre, oder wenn Terry auch nur fünf Minuten später gekommen wäre, dann hätte er noch abhauen können.

Terry parkte ihr Auto auf dem hintersten Parkplatz, ganz isoliert gleich beim Müllcontainer, von wo aus sie sowohl Zimmer 14 wie auch den Corolla im Blick hatte. Sie schaltete den Motor aus. Snowe beobachtete sie, wie sie in ihrem Auto saß, abseits am Ende des Parkplatzes. Der starke Regen behinderte die Sicht. Vielleicht konnte er auf einen richtigen Wolkenbruch warten und dann rasch hineinflitzen, um die Schlüssel zu holen. Vielleicht konnte er sie auch aussitzen. Irgendwann musste ihr langweilig werden, oder?

Was glaubte er eigentlich? Sie war schließlich alles andere als ein Amateur. Von ein wenig Regen würde die sich nicht drankriegen lassen. Und sie würde auch nicht aufgeben und nach Hause gehen.

Snowe nahm seine Kaliber 40 aus dem Halter, entsicherte sie und wickelte sich sein Handtuch um die Hand. Er war völlig durchnässt. Wasser tropfte von seiner Nase und seinen Wimpern, aber die Pistole war trocken. Er ging hinter dem Hotel herum, überquerte die Route 9, lief einen Häuserblock weiter und querte die Straße wieder zurück. Als er bei Terrys Auto ankam, sah er aus, als wäre er mit einem Feuerwehrschlauch abgespritzt worden.

Er zerrte an der Beifahrertür. Zu seiner Überraschung ließ sie sich öffnen. Er stieg ein.

Kapitel fünfundzwanzig

Terry wirkte keineswegs überrascht. Sie war schon ein cooles Ding, das musste man ihr lassen. »Wo waren Sie?«, fragte sie, als habe er sich zum Abendessen verspätet. Snowe versuchte aus ihrer Miene zu lesen – erfolglos. Weder ihre Gedanken noch ihren Gesichtsausdruck konnte er interpretieren.

»Wo ist Denny?«

»Brooks Denny wurde wieder festgenommen«, sagte sie. »Er wurde der Massachusetts State Police übergeben. Zurzeit ist er auf dem Weg zurück nach Oklahoma.«

Snowe sagte nichts. Terry blickte auf das Handtuch, in dem sich offensichtlich eine Waffe verbarg. Als sie ihn fragend anblickte, nahm er das Handtuch ab und warf es auf den Fahrzeugboden. Über seine Nase rann Wasser, das er mit der Hand wegwischte.

»Lassen Sie die Hände auf dem Lenkrad liegen«, sagte er. Sie gehorchte.

»Ich glaube, wir sind Ihnen zu Dank verpflichtet«, sagte Terry. »Auch wenn Sie mich nie angerufen haben.« Sie lächelte ihn an. »Sind Sie hierhergekommen, um mir mein Mobiltelefon zurückzugeben?«

Snowe wurde plötzlich bewusst, dass er ohne Plan gekommen war – eine Tatsache, die sich für sie beide nun deutlich abzuzeichnen begann. Sie hörten ein paar Sekunden zu, wie der Regen auf das Dach trommelte, und Snowe stellte fest, dass sich im Wageninneren Dunst bildete.

»Was machen Sie mit dieser Pistole, Officer Snowe?« Sie

redete langsam und deutlich, was Snowe seltsam erschien. Alles war seltsam.

Er bemerkte, dass ihm der Schreibstift, den Terry für ihr Kreuzworträtsel benutzte, bekannt vorkam. »Ist das der Schreibschrift ... von diesem Asiaten im UN-Gebäude?«

»Ja.« Sie schaute ihn erwartungsvoll an. Snowe versuchte sich vorzustellen, was das bedeuten mochte. Wie zum Teufel war Terry an das Schreibgerät geraten – das nämliche Instrument, mit dem all das hier angefangen hatte? Er konnte sich keinen Reim darauf machen, aber irgendwas stimmte da nicht. »Ich hab auch den anderen, den goldenen. Möchten Sie sehen?«

»Wo ist er?«

»Er liegt in dem Fach zwischen den Sitzen«, sagte sie liebevoll. Snowe bemerkte, dass sich ihre Hände zu ihrem Schoß hinbewegt hatten. »Hier, ich zeig ihn Ihnen.«

»Legen Sie Ihre Hände zurück aufs Lenkrad.«

Sie blickte ihn traurig an, als wollte sie sagen: »Wir waren mal so gute Freunde«, aber sie tat, wie ihr geheißen. Wieder fiel ein Wassertröpfchen von Snowes Haar in seine Augen. Er überlegte, ob er einfach hinausspringen und weglaufen sollte, als plötzlich sein Mobiltelefon klingelte. Der Klingelton warf ein ungewöhnliches Echo, das im ganzen Auto nachschwang.

Nur eine einzige Person besaß Snowes Handynummer. Denny. Snowe hob die Pistole an, um bedrohlicher zu wirken, doch Terry zuckte kein bisschen zusammen. Das Telefon klingelte erneut, und wieder gab es diesen Nachhall, als ob die Verbindung über die Autolautsprecher liefe. Er holte das Handy aus seiner Jackentasche und schaute auf die Anruferkennung. Denny. Wer sonst?

Er zielte mit der Pistole weiter auf Terry. »Hallo?«

»Hey, sprech ich mit Jared Snowe?«, Er erkannte die Stimme sofort am Massachusetts-Akzent. Es war Tolliver, der State Trooper, der ihn laufenlassen hatte.

»Yeah, hey, wie geht's?«

»Hier spricht Trooper Tolliver.«

»Yeah, ich weiß. Was gibt's?« Terry warf ihm einen fragenden Blick zu, und er registrierte, dass sich ihre Hände am Lenkrad langsam abwärts bewegten.

»Mann, Sie hatten völlig recht, was diese Frau betrifft«, sagte Tolliver. »Ich hab mir eben die Überwachungsaufnahme von der Laderampe gleich beim Buchladen hier im Einkaufszentrum angeschaut. Die hat dem Mann glatt in den Kopf geschossen. Er war unbewaffnet. Geradezu bestialisch ...«

Tollivers Stimme wurde plötzlich vom Lautsprechersystem überlagert. »ER WEISS ES!«, war eine laute, männliche Stimme zu vernehmen. »Er weiß, dass du Denny erschossen hast!«

Innerhalb eines einzigen Augenblicks realisierte Snowe, was hier gespielt wurde. Als er in das Auto eingestiegen war, war Terry gerade mitten in einem Telefongespräch über die Freisprechanlage des Autos. Ihr Gesprächspartner – wer immer das auch war – musste die ganze Zeit über mitgelauscht haben. Und dieselbe Person hörte auch Dennys Mobiltelefon ab. Und eben diese Person versuchte nun, Terry zu warnen.

Terry lehnte sich vor und versuchte das Ablagefach zu öffnen, wo angeblich der Schreibstift war, aber sie hatte nicht die geringste Chance. Wie schnell auch immer sie sein mochte, sie musste zu viele Bewegungen in derselben Zeitspanne machen, in der Snowe nicht mehr zu tun hatte, als leicht den Fingern zu krümmen. Und das tat er auch.

Nach einem lauten Knall wurde Terry rückwärts geschleudert und sackte zur Tür hin zusammen.

Snowe kniff die Augen zusammen. Hinter ihr war das Fenster voll Blut. Rauchschwaden zogen durchs Auto. Seine Ohren summten.

Er atmete kräftig aus. »Ooooooooh«, stöhnte er, als er die leblos zum Boden starrende Terry anschaute. Sie hatte tatsächlich ein Loch im Kopf, unmittelbar über ihrem rechten Auge. Darin sammelte sich Blut und tropfte auf ihren Mantel.

»Terry?«, sagte eine Stimme aus dem Lautsprecher.

Snowe starrte den Lautsprecher an.

»Terry?«

»Terry gibt's nicht mehr, Mann«, sagte Snowe. Er wischte sich mit dem Handtuch die Stirn ab und stellte fest, dass es sich rot färbte. Offenbar war sein eigenes Gesicht blutbespritzt, dachte er. Er wendete das Handtuch und wischte sich gründlich sauber.

Er hörte, wie der Mann am anderen Ende der Leitung traurig seufzte. Eine jüngere Stimme im Hintergrund sagte: »Verdammte Scheiße, hat er Terry umgebracht?«

»Mein guter Junge«, sagte die ältere Stimme voller Müdigkeit. »Sind Sie sich klar, was Sie angerichtet haben?«

Snowe öffnete das Fach, auf das Terry zugreifen wollte. Darin lagen eine Pistole Kaliber 25 und der goldene Schreibstift. Er nahm den Stift und hob den silbernen vom Boden auf, wo Terry ihn fallen lassen hatte. Er wischte das Blut von beiden Stiften ab und steckte sie in seine Tasche.

»Geht doch scheißen«, sagte er und öffnete die Autotür.

»Warte, warte, warte ...«, sagte die Stimme.

Snowe knallte die Tür zu, öffnete den Regenschirm und

schlenderte die Route 9 hinunter. Sein Mobiltelefon lag noch immer am Boden des Autos, weshalb er auch Trooper Tollivers Frage nicht mehr hörte: »Jared? Was zum Teufel ist da los?«

Kapitel sechsundzwanzig

Eine ehemalige FBI-Agentin und ein hochdekorierter Kriegsheld, der drei Einsätze im Irak und in Afghanistan absolviert hat, wurden am Dienstagnachmittag von einem entflohenen Häftling in einem Motel in Framingham niedergeschossen. Bei dem Ausbrecher, einem gewissen Brooks Denny, handelt es sich laut offiziellen Auskünften um einen verurteilten Mörder, der seit einigen Wochen flüchtig ist.

Denny wurde kurz darauf bei einer Schießerei mit der Massachusetts State Police in einem nahe gelegenen Einkaufszentrum südlich der Route 9 erschossen, berichtet die Polizei.

Laut Mitteilung der Massachusetts State Police wurde die Agentin Theresa Dyer, 36, vor dem Motel, in dem Denny abgestiegen war, in ihrem Auto ermordet. Sie hatte Denny einige Tage lang quer durch den nordöstlichen Teil des Landes verfolgt. Es ist davon auszugehen, dass David Kelly getötet wurde, als er Dyer zu Hilfe kommen wollte.

»Agentin Dyer wird uns sehr fehlen«, sagte ein offizieller Sprecher, der nicht namentlich genannt werden wollte. »Sie war einzigartig. Ihr Tod ist ein schwerer Schlag für unsere Abteilung.«

Seine Freunde erinnern sich an Kelly, der aus Wylie in Massachusetts stammt, als zuvorkommenden und großzügigen Nachbarn, dem es Freude bereitete, sich nach mehreren Kampfeinsätzen im Ausland nun wieder an das zivile Leben zu gewöhnen. Wie die Nachbarn berichten, war er zuletzt damit beschäftigt gewesen, ein Unternehmen für Restaurant-

ausstattungen aufzubauen. Der Bürgermeister von Wylie, Herr Brian Roberts, hat im Gemeinderat den Antrag gestellt, ein Jugendzentrum nach Kelly zu benennen.

Snowe faltete die Zeitung und legte sie zurück auf die Bar. Als ein älterer Mann ohne Begleitung hereinkam, bot er ihm die Zeitung an. Der Mann lehnte dankend ab. »Mich interessiert nur das Pferderennmagazin«, sagte er.

Den Abend zuvor hatte Snowe damit verbracht, den Matrosen von Handelsschiffen zuzuhören, die offenbar den gesamten Kundenstock dieser Bar bildeten und sich hier bei einem Bierchen über ihren Arbeitsalltag unterhielten. Er glaubte, genug Erinnerungen aufgesaugt und genug Ausdrücke gelernt zu haben, um jemanden um eine Mitfahrt anschnorren zu können. Und jetzt, bei seinem zweiten Besuch in der Bar, hielt er Ausschau nach einer Zielperson. Der Mann, der eben reingekommen war, war Kapitän – genau das, was Snowe suchte.

Der Mann erinnerte sich an einen Typ namens Eduardo Sanchez, einen spanischen Matrosen, mit dem er in dieser Bar in den vergangenen dreißig Jahren zu saufen pflegte. Eduardo war letztes Jahr gestorben, und der Mann kippte sich einen Drink in seinem Angedenken hinter die Binde. Mit finsterer Miene überlegte er, wann wohl sein letztes Stündchen schlagen würde.

Snowe hatte inzwischen begriffen, wie er vorgehen musste. Es war, wie das meiste im Leben, eine erlernbare Fertigkeit. Man konnte sich nicht darauf verlassen, dass schon alles so laufen würde, wie man sich das erhoffte. Nur nichts überstürzen, so viel hatte Snowe verstanden.

Der alte Mann würde morgen nach Liverpool in See stechen. Das würde funktionieren, dachte Snowe. Über Liverpool wusste er nur zwei Dinge – aus dieser Stadt kamen die Beatles, und es war verdammt weit entfernt. Er belog ungern seine Mitmenschen, aber er hatte nun wirklich keine andere Wahl.

»Entschuldigen Sie«, sagte er zu dem alten Mann. »Sie kennen nicht zufällig einen Mann namens Eduardo Sanchez?«

Die Gesichtszüge des Alten hellten sich augenblicklich auf. »Verdammt, mein Junge, und ob – das war ein guter Freund! Ich hab gerade an ihn gedacht. Er ist gestorben, wussten Sie das?«

»O nein«, sagte Snowe mit gespielter Bestürzung. »Mein Daddy wird darüber sehr traurig sein. Er und Eduardo waren in den achtziger Jahren zusammen als Matrosen unterwegs. Sie haben beide für Maersk gearbeitet.«

Der alte Mann lachte von Ohr zu Ohr. Er schob Snowe einen Barhocker hin. »Komm rüber und setz dich zu mir, mein Junge.«

ENDE